Lost for Words

乔治与龙酒馆的诗歌之夜

〔英〕斯蒂芬妮·巴特兰 著　陈磊 译

北京出版集团公司
北京十月文艺出版社

新经典文化股份有限公司
www.readinglife.com
出 品

献给艾伦

目录

1　　诗 / 2016　　意外

47　　过往 / 2013　　有些事，你尚不知

57　　罪行 / 1999　　刺耳的哐当一声

77　　诗 / 2016　　此处不该沉默

103　　过往 / 2013　　一点曲折

115　　罪行 / 1999　　时间已无意义

127　　诗 / 2016　　翻开新一页

157　　过往 / 2013　　关于食物

173　　罪行 / 1999　　没有一本书是无价值的

189　　诗 / 2016　　有些事，无人能解

205　　诗 / 2016　　找到

229　　罪行 / 1999　　折射

239　　诗 / 2016　　世上没有魔法

259　　旅行 / 2016　　翻涌的记忆

273　　诗 / 2016　　盐和紫罗兰

303　　诗 / 2016　　哦，人们啊

327　　记忆 / 2016　　选择

335　　诗 / 2016　　治愈你心

350　　致谢

353　　与斯蒂芬妮·巴特兰的对谈

诗
Poetry

-2016-
意外

书就像划着未燃时冒着烟的火柴。

艾奇说，书是我们最好的情人，是最发人深省的朋友。他说得对。但我的想法也没错，书还会让你受伤。

在捡到诗人布莱恩·帕滕的诗集那天，我以为我知道这一点的。但事实证明，我需要学习的还很多。

到达上班地点的最后一段路，我一般会跳下自行车推着它走完。一过公交车站，卵石路便开始越变越窄，一同变窄的，还有约克郡的这片人行道，推着自行车走会省去许多麻烦。那个二月的早晨，一个开着辆旧汽车的女人将前车轮横在汽车道上，后车轮却还在人行道上，一副"我的车，我爱停就停"的架势。就在绕过它时，我看见了那本书。

它躺在垃圾桶旁，仿佛是某个人准备扔掉，但又懒得劳神命中目标似的。不管怎么说，我停了下来。当然了，谁会忍心对一本落难的书置之不理呢？开旧车的女人不耐烦起来，尽管我并未给她带来任何麻烦。她看上去是那种成天嘟囔个不停的人，像是一台泄了气的机器。这种人我见多了：他们生来就鼻孔朝天。要是他们看见了我的文身，准会抓住难得的机会大做文章。

我没理她，捡起那本书，发现它的书名是《笑脸杰克》。书的品相不错，只是之前一直贴着地面的封底有点受潮，其余部分都还好。有几页内文的书角被整齐地折叠成直角三角形，这不禁让人有些好奇。我自己是不会这么做的——我很爱惜书。再说，找枚书签又有多难？你总能找到什么来代替，公交车票啦，饼干包装纸啦，缺了角的纸币啦。不过，如果在书的某一页上有一些意义深重的话语，以至于有人要像打耳标似的把它们标记出来的话，我还是能接受这种方式的。顺便提一句，在这里用作比喻的肉类食品耳标，出现于十六世纪七十年代左右。如果在你工作地点的五米范围内，就摆着四个塞满字典、百科全书和词库文献的书架，而你还说不知道的话，那我完全可以说你很粗鄙了。

好吧，我跑题了，当然，艾奇说我经常这样。开旧车的女人说："不好意思，我看不见您身后的路况了。"她的语气很有礼貌，于是我便把自行车后轮拖上人行道，好让她能更清楚地观察车流。这时我想起来，不要妄做假设和评论。每个人都有喜欢诗歌的权利，即便是对骑自行车的人啧啧抱怨的家伙。

我说："这是您的书吗？它掉在地上了。"

她看着我。我知道，她花了些时间来打量我皮肤上的各种穿孔，以及我的发尾是黑色、发根却是棕色这件事，显然，她本来是打算保持沉默的，但或许是我打理得干干净净的指甲和牙齿让她对我产生了些许信任感，她稍稍沉了沉肩膀。

"除了儿童识字图画书之外，我都不记得上一次看书是什么时候了。"她说。要知道，那时我差一点就把书递给她了。不过在此之前，车流断了，于是她发动车子横穿过街道，同时嘴里还发出颤音，和孩子说着去游泳之类的事情。

我环顾四周，想看看是不是附近的某人弄丢了这本利物浦诗人的诗集，或是有没有正两眼盯着地面，原路返回寻找的人。特许经营酒类商店门外，有位女士正急切地在挎包中翻找。我正准备过去时，却看到她掏出了正在响的手机。看来这不是她的书。我实在看不出还有谁在寻找一本遗落之书了。于是，我想着把书放在特许经营酒类商店的窗台上，就像你处理捡到的手套那样，但是在这样的天气状况下，不用费多大劲就能把一本书摧毁，所以我把它放进了自行车前面的篮子里——是的，我的自行车前装有一只篮子，这有什么奇怪的吗？我继续向一家二手书店走去，自十五岁到现在，我已在里面工作了十年。

每周三我都到得比较晚，因为周二下班后要多待几小时忙读书会的事。一般情况下，喝过第二杯葡萄酒后，读书会的乐趣就会大大降低。有一位成员正在闹离婚，其余人有的嫉妒，有的反对，不过都将这些情绪隐藏在同情的幌子之下。活动能带来短暂的快乐，但归根结底是令人讨厌的，就如同斯威夫特给人带来的感觉一样。

但有一点我非常喜欢，读书会虽由我们举办，但并不用全程跟进，所以我会喝喝茶，收拾收拾，偷听一下讨论书的部分，其余部分则一律跳过。它让我有机会做一些书店营业时不能做的事。在没有人打扰的情况下，你能完成的事情实在多到令人惊喜。艾奇说，如果任由我随心所欲，那书店都会开得像老派的杂货店一样，前面搭一张柜台，货架都摆在后面，这样一来，就不会有讨厌的人弄乱我精心设计过的货物摆放系统。我认为他这么说有点太夸张了，可又觉得就算办个"逛书店能力测试"也不为过。就考一些基本规则：在哪里拿的书就放回哪里，爱惜书，不苛待工作人员。这没那么难，你懂的。

我走进书店，里面静悄悄的。我来晚了点儿，部分原因是被布莱恩·帕滕的诗集耽搁了，不过话说回来，我本来就把时间卡得太死，想在十一点整进门。我经常在打烊后加班，艾奇会给我留些时间，供我应付紧急情况，所以迟一会儿从来不是什么大事。我锁好自行车，到隔壁咖啡馆给自己买了杯茶，给艾奇买了杯咖啡，然后才开始上班。如果忽略丝绢花朵的装饰品，以及写着"来时是陌生人，去时变朋友"这类话语的指示牌，阿米咖啡馆算是个相当好的邻居。

我喜欢走进无言书店大门时的感觉。书店里有纸张和烟草的味道。艾奇不会再在店里抽烟了，至少他公开宣称是这样。我怀疑没人在时他还是会抽。他一刻不停地抽烟斗的那些岁月，已经渗入墙壁和木头，渗入书页中。在书架的围绕下，我觉得自己仿佛身处森林之中，虽然我从未真正考虑过身处森林是什么感觉。不过我猜，如果真的身处森林，闻到烟味恐怕不是什么好事。不管怎样，我把咖啡递给了艾奇。

"谢了，你就是我永远得力的右手。"他说。他是个左撇子，所以可能认为开这种玩笑很有意思。我冲他露出一个挖苦的微笑，捅了一下他的西装背心。那件西装背心里的艾奇是个厚脸皮。你要是想捅他，得有一把真正的长刀才能刺中他任何一个致命的器官。他拿起烟斗。"我去透透气，"他说，"我不在时好好表现，洛芙迪。"

"一如既往。"我说。

店门两侧各有一个飘窗，其中一个被巨大的橡木台式书桌填得满满的。艾奇说那张书桌是二十世纪七十年代末他在一个牌局上从伯特·雷诺兹①手中赢来的，不过在细节上他讲得非常简略。如果艾奇讲的故事都是真的，那他大约得有三百岁——据他说，他经营这家书店已有二十五年了，他在海军服过役，在澳大利亚生活过，同"有生之年仅有的一个懂他的女人"在加拿大开过一家酒吧，在拉斯维加斯当过发牌员，还在香港蹲过监狱。我相信书店的事是真的，（或许）酒吧的事也是真的。

---

① 伯特·雷诺兹（Burt Reynolds, 1936–2018），美国演员、导演、制作人。（本书注释若无特殊说明均为编注。）

那是一张美丽的桌子,当然前提是你得从纸堆下面找到它。信箱安在店门左边,桌子的一角一直延伸到信箱下方。如果我不清理,有时信件和免费报纸会在桌上一直待上三天。一直以来,艾奇都只会把上面的东西越堆越多。

另一个飘窗下有一个小小的窗座,其舒适程度就跟你看到的一样——也就是说,一点也不舒适。尽管读《绿山墙的安妮》长大的读者总忍不住要坐上去试试,不过他们从来都坐不了多久。我认为窗座就是那些通常最好存在于书中的事物之一,就像银行周一休假时在田野上举办的乡下农产品展,就像性爱、旅行这些你能想到的所有事物,停留在想象阶段会更好。

我的工作很忙。我知道你们应该更喜欢睡懒觉,但我总是觉得日子会不经意间从身边逃走,而我永远都追赶不上。这份工作唯一的好处在于,我不是非得将人们留在门口的一袋袋书搬进来,因为那些人根本不知道二手书店和慈善商店的区别。

过去,我的祖母总是天一亮就起床。我现在还记得她说"一天中最好的时候啊,小家伙"时的样子,她的声音有些沙哑,眼里含着笑意。祖父母是我认识的人里最早过世的。那一年,我们去了康沃尔郡两次,一次是在春天,祖母因为胃癌去世,一次是在秋天,祖父追随她离开,每个人都摇着头说自己"心都碎了"。那时我大概四五岁。记得当时我还觉得很奇怪,爸爸的父母过世,哭泣的却是妈妈。我们过去常去的海滩在法尔茅斯附近,那里是爸爸的故乡,美丽得就像从故事书中搬出来的一样。在我的记忆中，那里的沙子是黄色的，海水好似毡尖笔的墨水一样蓝。我们的家在惠特比的海边，但是康沃尔的海不一样，它充满魔幻色彩。爷爷过世后，我们便再也没回去过。爸爸总是说，他和詹妮姑妈之间没什么感情，所以我猜也没什么别的理由再回去了。

我先简单做了些清理工作，接着便去处理顾客查询任务。艾奇操作电脑让人无法信赖——他会使用电脑，不过他性子古怪——所以我得趁他在外面的人行道上抽烟时，坐在桌边先查看一下电子邮件。没什么重要信息：一封是查询一本我们没有的书的邮件，另一封是网络销售信息，我五分钟就全处理完了。接着我翻了翻放在外面让顾客自行填写查询留言条的盒子，因为艾奇只转达他认为有趣的查询内容。

我发现只有一张新的留言条，上面要找的书正好还有一本在楼上的仓库里，所以我把它刨出来，放在一只棕色纸袋中，写上了留言顾客的名字，然后给他打电话说书已经准备好了，之后就将书放在了桌后的架子上。这是本珍·M·奥尔①的书，艾奇绝对不会在意。这本书可能只值五英镑，不过我敢打赌，我找到的所有五英镑的书的销售额加起来一定比艾奇那些珍贵的首版书卖出的价格要高。事实上，我都不需要打赌，因为我看过销售数据。艾奇带我去同会计

---

① 珍·M·奥尔（Jean Marie Auel, 1936— ），美国作家，代表作为《地球的孩子》系列小说。——译注

碰面时，他先是听得连连点头，然后便开始打盹，最后双下巴会完全抵在胸口上，所以我能听见他漏掉的那些细节。有趣的是，他睡觉的时候看上去很年轻。他醒着的时候总是喋喋不休，看起来老气横秋的，仿佛书店容不下他，约克市也容不下他，不过他自己倒觉得这座城市对他来说简直完美。我问过他以后会拿书店怎么办，而他只是回答说"眼下还能维持就行"。那是个荒唐的答案。还有一次，他告诉我他来约克市是为了见一个朋友，"结果大喜过望"，一时兴起就买下了这家店。这说法也很荒唐，不过可能性要大一些。

负责清扫房屋和为我们送书的本，已经送来了两箱书。看着它们的书脊我就能发现，（古典）音乐传记类图书区将增添一些受欢迎的书：那将是我今天的工作。我喜欢送来的一箱箱书按主题分类，而非像大杂烩似的堆在一起送过来。按主题分类的书会让我感觉仿佛在花时间同某个有灵性的人相处。此外，这其中可能会有艾奇所谓的被埋没的宝藏书存在。爱书的人更喜欢购买和收藏首版书，并深究书中的内容，不过他们不会考虑金钱价值，因为对他们来说，价值全都藏在书页之间。就我个人而言，我是认同他们的，不过就像艾奇总爱指出的那样，交房租的人又不是我。

整理箱子中的新书之前，我做了个小小的告示，是一则失物招领，就像人们在爱猫走失时张贴的"遗失声明"那样。有些猫因为没有被好好照顾，会立即走掉。我仿照这样的情况在告示中写道："失物招领：布莱恩·帕滕的《笑脸杰克》。如果你是（粗心的）失主，进

9

来找洛芙迪。"我将告示卡在窗户上，然后将那本书收起来，放在标有"私人领域"的门后面。如果没有其他人认领那本书，我便会好好珍惜它。

艾奇抽了半小时烟斗，并与路过的每一个人闲聊，之后才重新回到店里。这是他每天都会做的事，风雨无阻。我有些欣赏他这种雷打不动的精神，不过我也很清楚，如果他是为了抽烟斗，那我可能不应该赞美他。烟味会让我想起爸爸。我家经济状况不佳时，妈妈让他戒了烟。即便到现在，烟味依然会让我不舒服，但同时，那味道里也有一丝家的气息。

箱子里有一本J.S.巴赫的传记，我发现打开来有一张被精心折叠起来的防油纸，里面包着一朵玫瑰。我拆开防油纸，没有撕裂它，纸页发出窸窸窣窣的声音，那朵玫瑰看起来比防油纸更脆弱。我屏住呼吸，试着尽量不去碰它，以免它碎掉。那些花瓣可能曾是粉红色的，但与空气和光隔离后已经成了土灰色。我将纸重新折起来，用别针别在了书店前面的"书中所见"公告栏中。我很想知道是谁将它保存下来的，也对其中的故事很好奇。它被夹在书中是某人的一时冲动，还是被遗忘的结果呢？还是说它有着更加重要的意义？我将永远无法得到满意的答案。这些事物能让你意识到世界上充满着各式各样的故事，这种感觉还不错，至少它们可能和你的故事一样痛苦。

∞

一周过去了，那本布莱恩·帕滕的诗集还是无人领取。那天下午，我打算摘掉那块失物招领的告示，将那本书收在柜台后面，然后送给某位看上去对它感兴趣的顾客。我不会把这本书卖掉，因为这样会让人感觉不真诚。是的，我有时候会想太多。当然，这不是我最坏的缺点。

当时我正在书店的后面吃午餐，那里就只有一个小厕所和一个洗手盆，前面隔着的木门没装好，需要猛拽才能关上，使劲推才能打开。安全出口前有一把扶手椅和一个架子，架子下面放着垃圾桶和吸尘器。扶手椅大而舒适，被随意摆在那里，我可以盘腿坐在上面。麦片和一根香蕉是我的午餐——这也是我的早餐，我最喜欢的就是早餐了，有什么理由不吃两顿"早餐"呢？吃到一半时，我听见艾奇在叫我的名字。

艾奇叫我一般都是因为店里来了一位"我的"顾客（也就是他不喜欢的那些），不会是库存的问题。我发誓，他清楚店里的每一本书及其所在的位置。

艾奇和我的相似之处在于，我们都不能容忍惹恼我们的人——正如他所说，这在服务业中算不上什么优点——但幸好惹恼我们的人的类型完全不同。我不喜欢傻笑的人，他却认为有小小的生活乐趣无可厚非；他不喜欢有体味的人，我却认为有些人是环境所迫，不能因此责怪他们，而且书不会在乎你上一次洗手是什么时候。我不喜欢那些试图砍价或是喋喋不休地说着网上价格更便宜的人，他们不知道就许多珍本来说，就算在互联网上检索，最后还是会找到我们，而且我们寄送时还会收取邮费。我很喜欢这种事情。这种幸灾乐祸的劲头，真的能点亮在邮局排队二十分钟等着邮寄图书时的糟糕心情。

我感觉自己就像《名利场》里的女主角贝基·夏普。

艾奇不喜欢他称作"超级粉丝"的那些人，不过我却希望我的顾客能对书多关注一点。想拥有某位作者所写的每一本书的每一个版本，这并没有错，而且我们书架上受人追捧的作家绝大部分都已过世，如果他们都不为这些"超级粉丝"烦恼，我不知道自己有什么理由讨厌他们。

我以为来访者正是这种收藏家，所以艾奇会自动转给我接待，完全不考虑我的午餐吃了多少。我之所以会忽略艾奇在工作中犯下的这些小错误，是因为他身上优缺点的比例大约为三比一。我以为来的是那位沉迷于哥特小说的老妇人，因为我产生了一种午餐会被毁掉的第六感，不过我绕过烹饪图书区后，却看到一个从没见过的人正在与艾奇交谈。如果见过，我会有印象。

那个人身穿皮衣，平头，脚上是金属蓝的马丁靴，两根鞋带的系法不同，笑容——艾奇看起来像是被他的魅力攻陷了——如同淌过砾石的海浪。艾奇见我走出来，立刻捕捉到了我的眼神。

"你做好准备,"他说,"她可不喜欢不爱惜书的人。"

"好吧,"那陌生人说,"我也不喜欢。"

"她来了,"艾奇说,"迷途的流浪儿。"有那么一刻,我害怕他要开始讲"我如何遇见洛芙迪"这段故事了,这让我有些害怕,不过他还是克制住了自己。

"有什么需要我帮忙的吗?"

"当然,"那陌生人说,"我想,你已经帮过忙了。"他微笑着,一口牙齿又齐又平,是中产阶级才会有的牙齿,毫无疑问,是花大价钱戴牙箍弄的。

"真的吗?"希望他能找到这么说的理由。

"洛芙迪,"艾奇说,"这位先生在找一本遗失的诗集。"

"我看到了窗户上的告示。关于书的。"陌生人的口齿很清晰,我听不出一丝口音,不过也算不上标准的上流社会口音。

"我在人行道上捡到的。"我的语气听起来有些责难的意味,不过我不在乎。就算人们不把诗集扔掉,诗人的生活也够难的了。

"我想它是从我的口袋里掉出来的,"他说,"我的口袋很深,不过我当时正在公交车上读这本书,然后我突然意识到快坐过站了,就匆忙下了车。我想它掉出来大概是因为没放好吧。"他将一只手伸进上衣口袋,手腕以下的部分立即消失了。他的手很长,哪怕与他身体的其他部分相比也一样。他的手指从根部到指尖逐渐变细,大拇指翘起来与其他手指分开,仿佛想要跑开。

"这样啊。"我觉得他可以编得更用心些，不过我很高兴，毕竟他还想着澄清事实，仿佛面试迟到了一般。

"而且我热爱利物浦的诗人，"他说，"我曾研究过他们。我觉得几乎可以说是他们创造了表演诗，而人们仿佛没有意识到这一点。就这一点来说，是他们推动了披头士的诞生。"

我没必要听他演讲。"我去给你拿书。"我说。回到书店后面时，我吃了满满一勺麦片，不过它们已经黏在一起快变成粥了。

"我们这位粗心大意的新朋友也是一位诗人。"我返回时听见艾奇这样说道。

"那他应该知道，不要折诗集的页角比较好。"我说着将布莱恩·帕滕的诗集还给了他。我并不感到惊讶，我家里也有两个写满自作诗的笔记本，不过我不会告诉别人自己是诗人。我只会告诉他们，我在一家书店工作，当然，是在我认为这件事和他们有关系的情况下。

"我知道，这是个糟糕的习惯。"那位皮衣诗人露出微笑，我也笑着回应，虽然我并不想微笑。微笑能泄露的东西远远不只你的牙齿。

他将书放进口袋，并放下兜盖盖好，仿佛在向我展示他已经吸取了教训。那是三月初的一天，天气依然很冷。这让我不禁好奇他夏天会穿什么。

"好吧，以后我会小心点。"他打了个手势——我以为他要敬礼，不过我接着意识到那是某种类似脱帽致意的动作，尽管他并没有戴帽子。这让那动作显得有点蠢，也可能那动作本来就那样。接着他伸出一只手来同我握手，我便也伸出手。他说："谢谢你，洛芙迪。我叫内森·埃夫伯里。"我看到了他又细又直的手腕。

"没事。"我说。这就是我不喜欢与人交谈的原因，因为我从来都想不出任何有意思的话题。我需要时间组织语言，而当人们看着我的时候，这会变得很难。此外，我也不太喜欢人。好吧，有些人还不错，但这还不足以成为一项值得考虑的因素。

他转过身。我意识到自己手中多了个东西，是一块硬币巧克力，用金箔纸包着，让人想起很久以前的圣诞节清晨。如果等我反应过来时，发现他正等着看我的表情的话，那我会觉得他是在愚蠢地卖弄。但是店门上方的铃铛已经开始叮当作响，这代表他已经离去，等我抬起头时，窗外早已不见他的影子了。

"好吧，"艾奇说，"内森·埃夫伯里。"

"你认识他？"我问。

在约克市这个小地方，几乎没有艾奇不认识的人。他有些朋友是酒馆老板，不过这几年也都一一改行了。现在的酒馆变得更像餐厅，由美食爱好者而非酒徒经营。他特别喜欢到邻近的店铺购物，买些坐垫啊，海滨风景画啊，手工巧克力啊，一堆堆的奶酪之类的。他的医生一直要他注意胆固醇的问题，要他减肥，但艾奇说比起低头能看见脚的好处来说，搞好邻里关系更重要。

"我只是听说过他，"艾奇说，"曾经有一段时间，他差点成了明日之星。"

我知道他在等我询问细节，所以我故意没问。我回到扶手椅边，继续吃完了香蕉。重返店里后，我摘下了"失物招领"的告示牌，然后开始全神贯注地重新动手整理那一箱音乐传记。

书页之间已不再有宝藏，没有让我好奇的压实的花朵、明信片书签或扉页上的名字。我最喜欢的一本书是一九一二年版的《曼斯菲尔德庄园》，在它的第一页上，有一行看起来像是小孩子小心写下的"伊迪丝·德莱尼，1943"的连笔字。"德莱尼"三个字被横线划掉，下面写了"毕晓普"。接着"毕晓普"也被划掉，写了一个字母更多的双姓姓氏，但因为被划掉得太彻底，很难辨认清楚。我能做出的最有可能的猜测是"布朗普顿－史密斯"。接着下面又写上了"汉弗莱"。所有姓氏的字迹都一样，不过能看得出来写字的女孩在慢慢长大。我把那本书拿回了家。除了能拿到工资之外，我还能从这份工作中获得一份购书补贴，这本书是我购买的第一批书中的一本。我看着那些字迹心想，哎呀，伊迪丝·德莱尼－毕晓普－布朗普顿－史密斯－汉弗莱，我希望你嫁给这些人都是因为爱，哪怕根据布朗普顿－史密斯这个姓氏被划的线来看，这家伙应该是个混蛋。你没有向任何一个人妥协，你做得很棒。

∞

周三晚上是艾奇的桥牌之夜，所以他会早早下班，穿上那件带苔藓绿天鹅绒领子的克龙比式大衣，离开前再大叫一声"再会，洛芙迪"。那天我为了整理箱子里的书多忙了一会儿，将我认为值得艾奇关注的书放到了一边。我一般在五点时锁门，然后待在店里，因为罗布最喜欢在傍晚过来，然后喋喋不休，说我应该再和他出去一次——我们上次的约会"出师不利"。他说不会做任何让人讨厌的事——他也不敢——不过我不想被他打扰。好吧，总的来说，我不想跟男人打交道。如果不能得到任何所谓的惊险刺激，我肯定不会感兴趣。

五点五十的时候有人敲门，我看到罗布龇牙咧嘴地笑着，还连连做着"让我进去"的手势。我摇摇头，指了指"打烊"的牌子，然后继续做手头的工作。他又敲了几次门，不过我没理会。接着我听到了一种嘎吱嘎吱、窸窸窣窣的声音，我意识到他正将一枝玫瑰从信箱里塞进来，那是他的惯用伎俩之一。他还会给我带巧克力来，让艾奇转交，因为他知道我不会从他手里拿走它们。我不会吃他的巧克力，而是会把它们放在一张放了"请自取"指示牌的大桌子上，一小时内这些巧克力就会全部消失。我希望罗布把那个指示牌当作我给他的建议——就像我在说"请自便"。但每次他进来发现巧克力已经没了，便会很气恼。

罗布在外面多站了一会儿，想等我过去拿玫瑰，但我没去，于是他便离开了，在此之前又狠狠地拽了一下门把手。我从桌下捏着玫瑰茎把花捡了起来，花瓣已经被压碎了。当我正准备把花扔进垃圾桶时，邮箱又开始窸窣作响，我吓了一跳，随即转过身，看见了一个转身离开的穿皮衣的背影，同时，一张传单从信箱里飘了进来。

诗歌之夜，乔治与龙酒馆
周三 20:00 开场，入场费 3 英镑，即兴表演式聚会

传单底部还有详细的 Facebook 信息。我把传单贴在社区公告板上，就在我写的"书中所见"公告栏的旁边，接着我便锁门离开了。回家路上，我经过了乔治与龙酒馆，它就在自行车车道起点的街角处。

我没进去。

我还以为那个转身离开的穿皮衣的背影就是我最后一次见到内森·埃夫伯里，但我错了。下周他又来了。

∞

"你好，洛芙迪。"他说。

我转身点点头，接着便继续忙我的事。我拿薪水不是为了和随便哪个逛进来的老诗人消磨时间的，那是艾奇的工作。

我当时正在整理科幻小说区的书——那里永远不可能维持整洁超过半天——我正背对着门，不过我听到艾奇在和某个人打招呼。我没特意回头看，艾奇和大多数人打招呼的样子，都像是在接待某

位来访的外国政要，某个情人，或某个刚起死回生的人。

内森没有离开。当整理到怀尔德[①]、温德尔[②]和辛德尔[③]的书时，我发现他还在店里。我站起身，看到他正悠闲地打量书架，仿佛正消磨时间等待着某件事发生。比如等待一位书店店员的接待。

他两只靴子上鞋带的系法还是不同，一根是十字交叉系在前面，一根是直线交叉。我不知道他自己是否注意到，或者说在乎这一点。这时，他发现我在打量他。

"魔术师的戏法，"他说，"人们注意到我的鞋带时会分心。此外，我还会知道哪些是细心的人，从而当心一点。"

我点点头。我能明白这么做的意义。这比他是粗心大意或是装模作样要好得多。如果我在意这件事，说不定会这么想，不过其实我并不在意。

"魔术师？"我问，接着像是想起了什么似的，"大概就是硬币巧克力那种吧。"

"近景魔术，"他说，"差不多算我的正职，不过大多数是在晚上做。有时候下午我会在孩子们的派对上表演，晚上会在公司的各种活动上表演。写诗实际上是不能帮我支付房租的。"

[①]桑顿·怀尔德（Thoroton Wilder, 1897–1975），美国小说家、剧作家，代表作有《我们的小镇》《圣路易斯雷大桥》等。
[②]温德尔·埃尔德曼·贝里（Wendell Erdman Berry, 1934– ），美国小说家、诗人、散文家，代表作有《内森·库尔特》《地球上的一个地方》等。
[③]大卫·辛德尔（David Zindell, 1952– ），美国作家，代表作有《EA 循环》等。

我笑了，但我不确定是因为什么，可能我是被把魔术师当正职的想法逗乐了。大多数人的正职都是在商店或电话服务中心工作，或者是戴着头巾式女帽为游客提供奶油茶点，至少在这附近是这样。

"我想着该来看一眼这里的诗歌区。"他说。

"我带你去。"我说。店面不大，里面却别有洞天，顾客找书时，带他们去比解释方位更容易。诗集靠后墙摆放，同戏剧集和旧地图摆在一起。艾奇不是诗歌和戏剧的爱好者，因为他说那些东西不该被写下来，所以便把这类书放在最阴暗的角落里。墙壁表面搭满了书架，看起来十分杂乱，书架的高度和深度都不同。小说都靠墙摆放着，店铺的中间区域放满了站立式书柜，背对背互相依靠着，彼此之间以恰到好处的角度排开，将一张桌子环绕在中央。书架各不相同，不过都有一个共同点，那就是它们都是用某种结实的老木头做成的，毫无怨言地用坚强的身躯担负起撑举非虚构图书的重担。当然，不管什么时候，我都能在里面找到小说。

我带内森来到后墙边。他走在我身后，鞋子发出吱吱的声音。我突然间意识到我的脊椎、我的屁股、我的后颈都暴露在他眼前，头发还用一条松紧带扎着搭在后颈上，以阻止它们垂到我脸上。我站直了些，抵达相应位置之后转过身。

"诗歌区到了。"我说。

"谢谢。"内森说着露出微笑。他似乎经常这样微笑。

"都是分内之事。"我说。

这时梅洛迪来了。当我们忙不过来时,艾奇会雇她来做点整理书架的工作。她干得很好,不过总是唠叨不休,像只被网住的花鸡,把我逼得要发疯。不做自己的正职工作(带领团体游客徒步行)时,她会把书店当成自己的客厅,端杯咖啡坐在桌边,打一些让人无法忽视的电话,用店里的无线网络上网。无论给我多少钱,我也不想和一群人围在一起,一边听梅洛迪大声抱怨,一边在约克市四处转悠,不过我认为她这份工作应该做得相当好。她大眼睛大嘴巴,人却很小巧,像只玲珑的猫咪。她的妈妈好像是马来西亚人,不过我不知道自己为什么会记得这一点。在店里的时候,她会一直自言自语。我试过让自己也在脑海中唠唠叨叨,以压倒她的声音,但有些东西穿透性很强。像我爸爸以前常说的那样,她不是羞怯胆小的类型。

"洛芙迪带你去看了诗歌区吗?"梅洛迪问。

"是的。"内森说。

"这些书是按字母表顺序排列的,"梅洛迪说,"我上周刚整理过。我喜欢让我的诗人们保持队形。"这句剽窃来的行话一定是她从某部电影中听来的,因为我知道,她其实是在皮克林长大的。[①]

"懂了,"内森说,"我不会打乱队形的。"

"你好。"她说着伸出一只小手,掌心朝下,手指耷拉着,仿佛认

[①] "皮克林"在英文中与"梭子鱼的戒指"发音相似,传说此地一位国王丢失了一枚戒指,并指控一位少女偷走了它,但在那天的晚些时候,却在一条梭子鱼中发现了这枚戒指,国王很高兴,便与这位少女结了婚。

为他应该行吻手礼。

内森握住她的手微笑着。"我叫内森·埃夫伯里。"他说。

"内森·埃夫伯里,"梅洛迪说,"很高兴认识你。我叫梅洛迪,就是表示旋律的那个词。[①]"她将硬币巧克力举到灯光下,随心所欲地慢慢翻转,仿佛她手掌中那东西的模样完全和她预期中一模一样似的。

"我们忙不过来时,梅洛迪会在这里工作。"我说。

"洛芙迪一直在这里工作,"梅洛迪补充道,"每天都在这里。这里是她的世界。我却来来去去,随心所欲。"她转过身,用猫一般的眼睛瞥了我一眼。我发现自己正看着内森,想知道他对这一切的看法。他看着梅洛迪离开——她穿着牛仔短裤,里面是黑色紧身裤袜,脚上是一双橡胶底帆布鞋,上身是一件条纹夹克——接着,他看着我露出了微笑。

"每天都待在这样一个世界里真是好极了。"他说。他的眼睛是在疗愈类图书的书皮上看到的那种蓝色,那种透明度和宁静的感觉与其很相像。

"是的。"我说。他没有说梅洛迪的坏话,我喜欢这一点。我不喜欢梅洛迪,但也讨厌说闲话的人,尤其讨厌别人对那些很容易成为攻击目标的人——例如文身和戴鼻环的女人——议论纷纷。不过,

---

[①] "梅洛迪(Melodie)"在英文中有"旋律、歌曲"的意思。——译注

当我乘公共汽车时，确实大多数时候都能有座位坐。

我们面面相觑，有那么一分钟，我希望自己能像艾奇一样，和任何人都能聊得来，聊什么都行。进店的顾客中有一半都和他在美术馆开幕式或农贸市场购买香肠时聊过。他就是这般悠然自得，我却不行。好吧，是在面对新认识的人时做不到。我需要花些时间才能同他们舒服地相处，而在这个熟悉的过程中，我不会多说话，要说也都是相当日常的话题。艾奇说我把自己全部的兴趣点都藏得很深，了解我就是一项奖励丰厚的信念练习。可能他自以为这么说话是在当好人吧。

我想不出任何其他的话题了，于是便说："我还是让你自己看吧。"

"好的。"内森说。

今天又来了一箱书，都是品相平平的二十世纪九十年代出版的中档平装书。我看出是企鹅经典丛书，黑色封套，封面上画的是伦敦国家美术馆的那幅巧克力盒子的画作，很难说动人。没有特别的书，或者至少该说没有值得注意的作家，都是些艾略特、特罗洛普、狄更斯，等等。

书店后面有一个被艾奇称为"早餐吧"的空间。简单来说，就是在墙壁中部安装了一个很深的架子，旁边放着一把高脚凳，我们在那边工作的时候可以坐着。架子上有两只旧杯子，里面插满了笔，还有一些可用作便条的纸。早餐吧是我们整理送来的书的地方。虽然说着"我们"，但艾奇并不是这项活计的爱好者。我们（大多数时候是我一个人）可以一边干活，一边照看店铺：架子上方安有一个凸面镜，这样如果店里只有一个人上班，也能看见进出的顾客。艾奇让我做第一道筛检，主要检查送来的书中有没有什么有意思的东西。刚来店里工作时我十八岁，直到三年后才被允许独立完成这项工作。"去吧，洛芙迪，"有一天艾奇这样对我说，"你够格了。"那种感觉比我拿到甲级普通中等教育文凭还棒，比我小时候在学校演话剧时最后收获的掌声还棒。那天晚上我没有直接回公寓，而是去了河边，坐在那里回味这一天。洛芙迪，事情会顺利的。

当我将那些企鹅经典丛书拿出箱子时，突然产生了一些奇怪的感觉。我的思绪情不自禁地飘出体外，仿佛发生了什么重要的事，这让我想起了有一次我收到一本刚寄来的包装普通的二十世纪三十年代的精装书，它的封套灰扑扑的，可实际上是一本《查特莱夫人的情人》，它这样"乔装打扮"是为了过海关①。这种情况真的很罕见，因为这些书一旦进入英国，伪装用的灰扑扑的封套就会被扔掉。我知道这本书现在价值几百英镑，与此同时也难以相信这书竟然会出现在我手上，不过这个箱子里却没有任何值得收藏家关注的书，所以它带给我的这种站在悬崖边俯瞰海面的感觉有些莫名其妙。

接着我才意识到这种感觉从何而来，这些书我妈妈曾经都收藏过，每一本都是。她，我的妈妈，知道书的重要性，而且她知道我

---

① 《查特莱夫人的情人》一书曾被查禁。

喜欢阅读，并且会鼓励我读书。她在客厅的楼梯下面放了一组小书架——我们住在惠特比郊外一座新建的小楼中，在家具搬进来之前，屋子里看着还有相当大的空间，不过家具搬进来后，即便是对当时幼小的我来说，也觉得很拥挤了。

架子最上面一层放的是黑封皮的企鹅经典丛书，中间一层放的是我从卧室里拿出来的书——关于小矮马、精灵之类的故事书，以及我拒绝丢掉的图画书。虽然我认为自己已经长大，不应再阅读这些书了。最底层放的是益智杂志，还有妈妈的朋友阿曼达转手送她的女性杂志，不过我记得她好像没读过那些书。架子顶上放的是装着相片的相框，每张相片都是两人的合影——我和妈妈，我和爸爸，妈妈和爸爸。爸爸非常爱惜他的相机，所以我们只有他在家的时候才会拍照。爸爸在家时很喜欢与我们一起欢度时光，就我们三个人，不要其他任何人，这样我们就能充分利用独处时光。他很珍惜我们，或者是否该说我们对他来说很宝贵？天哪，我对爱了解不多，但我热爱语言。我想，那些照片中的我们看起来是很幸福的。那些相框破碎之后，架子顶上就没有再放任何东西。

就像我说的，那些书并没有什么特别之处。你在任何地方的任何一家书店都能买到，但是它们曾经全都属于我们家，这个事实让我感觉……好吧，有些特别。突然间，我的大拇指一阵刺痛。

我将那些企鹅经典丛书拿出来立好，书脊朝外，让它们靠在早餐吧架子的后墙上。我想知道它们排起来是什么样子，想看看它们是否真的就是我记忆中的那些书，还是说，我只是想制造一些并不存在的特别之处？

一开始我并不能确定。

接着我想起来，妈妈过去经常会把书按照标题的第一个字母在字母表中的顺序排列。有时我会好奇如果我们的书店也这么做会怎样。相比作者名，大多数人对书名的印象更深刻，所以这样有可能会更好。在家里的时候，我只会按照"读过"和"没读过"分类，然后将书从一个架子搬到另一个架子上。"为什么要浪费宝贵的阅读时间来做整理呢？"我当时就是这么说的。

但是妈妈会给图书排序，以《安娜·卡列尼娜》开始，到《呼啸山庄》结束。她说这样会让书看起来更有序。她还会按照颜色整理衣服，如果你想给背心和紧身裤袜做搭配，这样排序会很棒，但如果你只是想在某个分类中找一件衣服，作用就没那么大了。爸爸过去常常为此打趣她："你妈妈像个什么样子啊，洛芙迪？"他以前常这么说，我知道他是想看我听到这句话后瞪眼睛的样子。

等我把那些书按书名重新排序后，我感觉到了一阵眩晕，仿佛距离悬崖边缘太近，土地正从脚下溜走。它们看起来仿佛真的就是曾经摆在我家书架上的那些书。

我能闻到我们第一个家的味道，有海水的咸味，有妈妈数不清的盆栽（她一直都没学会如何侍弄盆栽，它们总是一盆接一盆地死去）中的泥土的湿气。那个房子是租来的。妈妈那时总会说，我们何时才能拥有一个真正属于自己的地方呢？等那一天到来，她会将一切都刷成绿色。"不过,像这样生活也有一个好处。"爸爸会这么说。有时候他会说得很好笑,有时候他的说话方式会引得妈妈回应一句"得了吧，帕特里克"，然后伸手去摸他的胳膊或脸颊。

我面前的长椅上的书居然有二十六本。我数了一遍之后又数了一遍，就像一个无法相信手中硬币数量的人拿着金属探测器对其进行检测。

二十六本书。这是妈妈曾经在某一年买书的数目，两周一本，新年伊始她便下了这个决定。这项决定的实施结束于下一个新年前夜，那年我八岁。

我们以前经常去惠特比市中心的大桥旁边的那家书店，每隔两周去一次，而且总是周五放学后去。那是一家小店，很狭窄，所有书都摆在一两个书架上，看店的女士总是微笑着说，她可以预订到我们想要的任何书。那是个温暖的地方。我可以为自己挑一本书，而妈妈会同店主长谈，话题总是关于她将增添什么新的藏书。我想她不曾告诉过店主，她压根儿没读那些书，不过话说回来，我知道她不会撒谎。她是想读的，我确定，她只是从来没读而已。一年之后她不再买书了。第二年，她的决定是学习跳舞，但也没有付诸实践。她找了个舞蹈班，但爸爸不喜欢她和别人跳舞。

凡是在书店工作超过一个下午的人，都会告诉你人们买书的目的多种多样。当然，有人单纯是因为爱书而买书，他们知道读书是暂时逃避这个世界的出口，是一个学习的机会，一种可以让你的心灵和思想嬉闹玩耍的行为。因为看到了相关推荐，因为电视节目提到了这本书，因为想提升自我，因为想给人留下深刻印象，或是希望塑造更好的自我——这些全都是有效的理由，但任何一个都无法保证人们真的会翻开那本书。我想妈妈应该是喜欢那些封面，喜欢"经典"这个词，以及喜欢发现其他世界的可能性。

当然，我没和其他人说起过这些事。没有人会记得那个书架，而且就算他们记得书架，应该也不会记得上面都有些什么书，以及这些书按照什么顺序排列。

此刻我坐在书店后面，却感觉我的世界与童年时代仅有的真正的家重叠起来。我闻到了可能是用来掩盖烟味的干花散发出的香草味，听到了妈妈在厨房慢条斯理地做事的声音。我会抽出那些书，看看封面，拼读书名。《弗洛斯河上的磨坊》[①]，听起来好怪，因为我不知道弗洛斯是一条河的名字。"你年龄还有点小呢，天使。"妈妈透过厨房门看见我在翻书，于是这样说道。我记得那些文字挤满了书页，就像罐子里的糖果一样。

"洛芙迪。"内森在我身后叫了一声。

我吓了一跳。我是真的吓得跳了起来，一瞬间屁股都脱离了凳子。

"抱歉。"他说。

[①]英国女作家乔治·艾略特的作品。

"没事，"我说，"我只是……在忙。"

"我父母有企鹅经典丛书，"内森说，"那个系列得有上百本吧？"

"是。"我本可以继续说"我妈妈也有一些"——话几乎都到嘴边了——但我从不谈论自己的私事，所以我只是坐在那里，摆出一个闷闷不乐的表情，相当符合我这一身黑的打扮。

"好吧，"内森说，"我找到了这个。"他举起一本艾德里安·亨利[①]写的《游乐场》。薄薄的书脊上有些裂痕，封面上有一个咖啡杯印下的棕色圆圈。"我没有这本书。我应该买一本的，就怕下公交车时再弄丢。"

我笑了。是的，我真的笑了。"里面有那首《在你的窗口》。"任何喜欢亨利的人都喜欢《在你的窗口》。我总是知道书里有什么内容。

"我看见了，"他说，"天才之作。"

"这个词过时了。"我说。

"再同意不过，"他说（他能一边笑一边说话），"不过用在这首诗上很恰当。"

我虽然不赞成，但并没有说出来。《在你的窗口》写的是一只猫不明白为什么会有人不喜欢一只死老鼠。这让我想起罗伯特和他的玫瑰[②]。

[①] 艾德里安·亨利（Adrian Henri, 1932－2000），英国当代诗人，曾于1967年同前文提过的利物浦诗人布莱恩·帕滕等共同出版诗集《默西之声》。
[②] 指罗伯特·彭斯和他的作品《一朵红红的玫瑰》。——译注

内森没有戴帽子，却做了个脱帽致意的姿势转身离开，不过接着他又掉头走了回来。"上周我在这里留了一张宣传页，是关于一个诗歌之夜活动的，周三在乔治与龙酒馆举行。今晚就有一场。"

"我看到了，"我说，"我把它贴在前面的公告栏上了，就在那则失物招领告示的旁边。"我好心地指了一下，以免他不知道公告栏在哪里，或者什么样子。有时我会对自己感到绝望，我想把自己感觉到的不快，归结为看到那二十六本书所产生的情绪。但是我不知道的是，其实我只是需要一个借口来解释自己为什么不具备与人理智沟通的能力。

"我知道，"他微笑着说道，"谢谢，但是我送那份传单是想邀请你的。"

"我？"差不多有一分钟，我有点担心，害怕他知道我在写诗，害怕我已经将自己的梦境或噩梦投射出来。在梦中，我站在舞台上朗诵我的诗，灯光亮起，我看到了所有人的脸——观众席上有一半的人是我爸爸，有一半的人是我妈妈，我不知道该往哪儿看才好……

"嗯，显然你的诗歌品味很好，"他说，"拯救了粗心诗人遗落的书，所以我想你也许会想去。"

"谢谢，不过我不太喜欢社交。"我说。我早就发现这是阻止人们让我做种种事情的最佳方式，因为事实上这样回答对方就无法回应了，当你说"我很忙"（"只需要两小时！"），"我很穷"（"只需要五英镑！我请你！"）或"我认为自己不会喜欢"（"你怎么知道，试一试!")时,总有应对的方法。

"好吧,"内森耸了耸肩(看到了吗?),"不过如果你改变主意,只管来。我们在Facebook上有一个宣传页。给我留言或是发信息吧,我给你留个座位。"

"我不玩Facebook。"现实生活中需要应付的人已经够多了,我不会添加虚拟好友,或是那些可能很久以后突然想起你的人。

"好吧,那就发信息。"他说。我没告诉他自己没有他的电话。我掂量着他刚刚的行为从多大程度上表明了他邀请的诚意。

当我转身看向那一排书时,我看到在《简·爱》的上方插着一张名片,上面写着"内森·埃夫伯里:近景魔术",还有一张图片,画的是一顶大礼帽,旁边是一个手机号。我发誓他的手根本没有动过。整个聊天期间,他一只手一直拿着艾德里安·亨利的那本书,另一只手则一直插在口袋里。

妈妈买书的那一年,企鹅经典丛书可能出了八百本,不过小书商可能只会销售最畅销的那一百本,所以事实上,在二十世纪九十年代,约克市任何一个购买了二十六本企鹅经典丛书的人,选择都是有限的。我妈妈的选择并未脱离主流审美——我面前的架子上的每一本书,都至少出过一部电视改编作品——所以任何买这套书的人做出的选择可能都是一样的,而这样的猜测还是建立在我完全准确记得妈妈购买的书的基础之上。

我在那儿坐了一会儿,看着那些破损的黑色书脊。一开始我对自己说那不可能是妈妈的书,接着我又觉得,这不可能不是她的。这两种答案我都不喜欢,于是我将那二十六本书放在了经典图书的书架上。

显而易见,那晚我没去参加诗歌之夜。

~

接下来那一周,我锁门下班的时间比平时都要晚,因为我们从网上接到两个大单子。在网上销售是我的主意,这就意味着我无权抱怨由此引发的腰酸背痛。将一本拥有两百年历史的书打包好寄出去,让它跨越世界,踏上下一段旅程,这让人兴奋不已。只不过你不知道它要去哪里,不知道它是会被仔细阅读、受到珍视,还是会被放进温度和湿度都被严格控制的书柜,作为藏书的一部分,抑或是被增添到保险单据上,然后被人遗忘。一本没人阅读的书价值何在?你不会在买了一只梨后只是一直欣赏它,不是吗?推测起来,人们如果在网上找到了一直在寻觅的那本书,应该会快乐地跳起来,或是向空中挥拳吧,或者至少也会龇牙咧嘴,笑得像个白痴。当他们走进书店购买时,我能看见这些表情,但从电子邮件中我看不见。

不过,我不是在抱怨。真的不是。我只是感到厌倦,因为打包和填写地址很……无聊。这工作其实跟书本身没有关系。我也可以打包蜡烛、工具箱或木勺。我会打开音乐,将音量调大(我就是喜欢民谣，怎么了？）。我会站在早餐吧旁，打包、缠胶带，最后将打包好的书堆成一摞。艾奇第二天会将它们带去邮局。他比我更热爱这项差使。他回来时会招来更多顾客，毫无疑问，都是在邮局排队时被他迷住的游客。他经常穿粗花呢衣服，我怀疑他出生时就蓄着小胡子。有时会有人问他要签名，他总会亲切地应允，并且一挥而就。我一直很好奇人们到底把他当成了谁。

罗布又往门里塞了一朵玫瑰。我没有专门把它丢进垃圾桶里，而是任它留在落进来的桌子上。我锁上店门，绕到后面去取自行车。那里有一个供这一排街道的六家商户共用的棚屋，我的车就放在里面，和咖啡馆在夏季放在人行道上的桌子放在一起。等我绕回到主街上时，发现他就等在那里，靠着墙角。

"喜欢那朵玫瑰吗？"

"你好，罗布。"我说。高中时我上过自我防卫课，学到的要点之一是避免让自己陷入需要自我防卫的境地。虽然我以为罗布就像一匹拴牢的马，没有什么危险性，但我不能让事情有任何恶化的倾向。

在那件事发生之前，我不曾想过会害怕罗布——他个子很高，但体型像是一只打湿了的泰迪熊，看上去怯生生的——不过不需要自我防卫课老师的协助，我也早已明白一件事，那就是你永远不可能真正明白谁是威胁，谁不是。我站在一条逐渐变暗的有点安静的街上，面对着一个认为再三往信箱中塞不被人需要的玫瑰是正常行为的男人，而且那还是他在比较正常的日子里做的事。情况不妙。接下来需要注意的就是不要惹毛他，所以我不打算谈玫瑰的事。

"你愿意哪天和我出来喝点东西吗，洛芙迪？"

"不了，谢谢你罗布。我不太喜欢社交。"

"我认为我们应该再试一次。"

"罗布，"我说，"我不想。抱歉，我已经……我已经在向前看了。"我看了他一眼。

"你在和别人约会？"他有一双漂亮的眼睛，但是里面写满了倦意。我希望他这段时间能睡着觉，而且在坚持吃药。我相信自己不是怪物，我也愿意相信他不是。

想到他认为我在和别人约会，我笑了起来。"没有，"我说，"我只是……喜欢一个人待着。"

我试图做一个艾奇在遇到某人推销他不想买的东西时的表情。他在对方喋喋不休时，会说"不了，谢谢"，如果那个推销员还不放弃，他会将嘴巴抿成一条线并摇头，幅度非常小。这时，推销员就会卷起货物离开。不过我做这个表情却没有效果。于是我开始推动横在我们之间的自行车，但是罗布换了一边，又走到我身旁来。

"拜托，洛芙迪。其实我还不错。"

"工作怎么样了？"我问。我想如果能引他谈谈自己，可能会避免争吵。罗布留在学校工作，因为那个环境比外面的世界更安全。我知道，而且我清楚地知道，这就跟在二手书店混日子的人一样，因为二手书店也比外面的世界更安全。

"很忙，"他说，"要考试了。我认为我的学生们能取得好成绩，他们都很聪明。"

"那太好了。"我说。我是真心的。罗布是个聪明人，当他不那么混蛋的时候，他会谈起他了解的事情，比如文艺复兴和意大利，他说的话值得一听。

"但我不想谈论工作，"他说，"我想谈谈我们的事。"

他伸出一只手放在我背上。他并不常触碰我。我感到自己在发抖。接下来的策略是跨上自行车骑走，不过不远处就是一段比较繁忙的人行道，所以我不打算那么做。我有点想告诉他我对他的真实想法了，但是又害怕对峙。我的掌心已经湿了，双脚开始无法动弹，仿佛它们忙着准备逃走，已经忘记了如何正常走路。

就在这时，我看到了乔治与龙酒馆。我看一眼手表：七点四十五，而且今天正好是周三。

我把车锁在外面的栅栏上。

"我要去见一个朋友。"我说。

"我可以和你一起。"他接着说道。

"我想不行，"我说，"晚安。"

他伸出一只胳膊，仿佛想再次触碰我，将我搂住，而我躲开了。我转身走上台阶进入酒吧，没有回头看他是否跟来。

酒吧里前卫又时髦，我都想冲出去接受罗布那令人讨厌的小动作的挑战了——那样带来的不适感可能还少一点。涂层剥落的地板，不协调的椅子，深灰色的油漆，耀眼的黑玻璃枝形吊灯，镶着做作且不必要的镜框的镜子。我甚至担心我的饮品会被盛在一个果酱罐里，这真是太可怕了。

我记得那张宣传单上说诗歌表演是在楼上。这里有两个螺旋形金属楼梯，一个通往楼上，一个通往楼下。楼上的活动室面积相当小，角落里放着一张吧台、六张桌子，还有两张已经破裂的黑色皮面沙发。这里的枝形吊灯小一些，镶框镜子少一些，仿佛是在说："尽情放松吧，客人，我们楼上的挑剔程度比下面稍稍低一点。"

我走到吧台的位置，想着罗布应该没有跟进来。当然，如果他进来，我这么做只会让事情更糟，因为他没有理由不买杯喝的然后走入观众席。我发现从窗口能看到酒吧入口，我可以去看看罗布是否已经离开。如果他离开了，我可以再逃走——

"洛芙迪，"是内森的声音，"见到你真高兴。我还以为你过来的话会给我发消息。"

"我只是……"一想到要解释，我就觉得难以承受。到了这一步，离开的可能性已经十分渺茫，所以我便说了脑海中想到的唯一一个话题："你没穿外套。"

"对，"他说，"我在室内嘛。"

我说过我喜欢自大的家伙吗？没有？好吧，这是有原因的。他当时穿着深蓝色的裤子，尖头鞋，条纹衬衫，还系着——老天，杀了我吧——一个领结。我不爱说闲话,但那个领结让我哑口无言。他可能都有三十岁了吧。我其实很困惑,但我想他并没发现。

"我去给你拿杯喝的。"他说。

"我自己去,谢谢。"我说。我不喜欢欠人情。

"好的,"内森说,"你介意我给你留个座儿吗?"

"那很好。"我说。我还没看见罗布的身影,如果他真的进来了,我可不想一个人坐在一张桌子旁。

艾奇第一次下班后带我喝东西时——我当时可能只有十七岁——我很惶恐,要了一杯干雪利酒,因为那是我的寄养看护安娜贝尔在圣诞节时喝的酒,我想不到其他的饮品了。艾奇从吧台回来时,端着一杯浅绿色的东西。"螺丝锥子。"他当时说。我没有意识到他说的是酒的名字,不过我喜欢那味道。第二天我在书店时,他给了我一本雷蒙德·钱德勒的《漫长的告别》,里面的男主角就喝螺丝锥子。那本书我只读到那个女人脸被揍烂,然后被杀死的地方,不过如果不是这么暴力的话,我应该会喜欢那本书。我知道,这纯属一派胡言。不管怎么说,菲利普·马洛[①]和我都喝螺丝锥子,尽管他喝得比我多得多。酒馆里总是不缺杜松子酒和浓缩莱姆汁[②]。

我转身寻找内森,以及罗布。我依然没发现罗布的踪影。我深呼吸了几次。内森正坐在最靠近"舞台"——壁炉前面的小平台——的

[①]《漫长的告别》的男主角。
[②] 螺丝锥子的主要成分。

那张桌子旁。他抬起一只手,做出"过来"的手势。我朝他走去。和许多酒馆里发生的事一样,趁你买杯饮料的工夫,座位已经从半空变成爆满了。内森正一个人坐着,不过他的桌子上有两个空玻璃杯,所以我猜他还有一个朋友在这里。

内森·埃夫伯里毫无畏惧。他是一路走来都毫不费力的那类人。你从他的眼睛,他悠闲的样子,他穿衣的风格就能看得出来。(内森的中间名有可能是奥利弗、斯坦顿、巴塞洛缪。)心有畏惧的人不会邀请陌生人参加诗歌表演,他们会把写诗的笔记本藏在床下。

我在他身旁落座,他点了点头。"我得把这个过一遍。"他说着敲了敲面前的一张纸,那是一份名单。我喝了些东西,杯子里有一根蠢兮兮的短过头的吸管。我看向舞台,仿佛这是个比看人更好的举动。人多让我紧张,哪怕是一群诗人。我看到舞台上有一个立式话筒。

我以前从未参加过真正的诗歌表演活动,如果眼前的活动能算作诗歌表演的话,这应该是第一次,不过我曾花过许多时间,在"空想家的朋友"YouTube 上观看诗人凯特·坦普斯特,以及作家乔尔·泰勒、莱姆·西塞等人的视频,幻想着会有一个平行宇宙,在那里,我会是那些视频的主角。我知道你在想什么,不过曾经有一段时间,凡是需要上台表演的活动,我总是第一个自愿参加,我妈妈曾经还经常开玩笑说要存钱让我上戏剧学校。

我有一点兴奋。

"我在编排演出次序，"他说，"我喜欢打乱顺序，这样每个人都能得到好机会。"他举起名单，我看到上面的名字旁边都编了号。排在名单最前面的人是三号，现在排第二，六号排第三，四号不动。一共有十二个名字。

"没有一号。"我指出。挑刺的感觉很棒，因为我最喜欢的事情莫过于，有人走进书店，告诉我"Macs"这个姓氏应该排在"Mcs"前面。你现在明白为什么我的朋友不多了吧。

"我先上，"内森说，"我差不多算个暖场人，没人会多注意我。考虑到我是组织者，似乎只有这么做才公平。"

我点点头，不知道该说什么。他让我想起了埃尔斯佩思·菲普斯，她曾短暂地当过我的养母。当时我们都在等着我妈妈回来。好吧，只是我在等。其他人都知道，真正的问题在于妈妈会离开多久。当时的情况实际是社会服务组织想找个合适的人来应付我，他们早已认定我会沦落成那时的样子。

你永远也无法惹恼埃尔斯佩思，我也没有尝试这么做，因为在那时，我太过沉湎于自己的思绪，太过思念过去的生活，其实并不想被迫与一个安排到我身边的人产生关系。但是其中一些吓坏了的又愤怒不已的孩子却经常拿她出气。有一次，一个孩子想把沙发烧掉，火没点着，却留下了一个黑窟窿。埃尔斯佩思却只是说："哎呀，真可惜，现在我们所有人都得按顺序坐在地板上了，因为只剩下一把椅子，不够坐啦。"内森似乎也有着良好的教养，这隐藏在他昂首阔步的姿态,以及从约克市仅剩的最后一家花花公子服饰店里买来的装备之下。

我试着去弥补刚才的行为。"这活动怎么进行?"我说。

内森微笑着,仿佛知道我是在表达歉意。"任何诗歌都行,每个人有三分钟时间,接着我们在纸条上投票,票数最高的两位换一首诗参加复赛,我们以掌声投票。奖品是一小笔扣除场地租赁费之后剩下的钱。今天的话,看样子大约……"他环顾房间,估算了一下到场的人,"比较高,得有三十英镑。"

"不错嘛。"我说。够买两本崭新的精装书,或者够交夏季一个月的电费。

"有总比没有好。"他表示赞同。

"那倒是。"我说。我爸爸以前也经常说那句俚语。吃亏时他还经常说"抽到该死的短签[①]",不过如果我在房间,妈妈会在他说之前使眼色,他便会把"该死的"换成"天杀的"。我有一次问他那个词是什么意思,他说意思是指其他家伙总是赢。我原本是想说我不知道"天杀的"是什么意思——学校的词典里没有这个词。巴克利小姐总会鼓励我们遇到不懂的词要查词典。几年后,我在读达夫妮·杜穆里埃[②]的书时又看到了那个词,才意识到那是康沃尔语的一个词。

[①]原文为"get the shitty end of the stick",英语俚语,意为"得到不公正的待遇"。
[②]达夫妮·杜穆里埃(Daphne du Maurier, 1907–1989),英国浪漫主义女作家,代表作有《蝴蝶梦》等。——译注

它轻轻地戳了我一下,感觉挺舒服,让我想起了一段并不那么痛苦的回忆。

看样子罗布应该不可能再出现了。我想离开,不过我已经喝了酒。我可能不爱交际,但我并不粗鲁。我妈妈很懂礼貌,我住了差不多八年的长期寄养家庭中的安娜贝尔也是。我记起还没付钱,于是就往他面前的桌上放了三英镑。

"不用,"他说,"我已经付了你的酒钱。"

我讨厌这种事。"我没要你这么做。"我说。

"我一般都会帮头几次来的人买单,"他说,"你不是特例,洛芙迪。"他笑着站起来,走上舞台,双手合掌拍了五次,间隔时间完美,指尖贴合得天衣无缝,房间里的每一个人都转过头来。

"请就座,女士们、先生们,还有诗人们。距离比赛开始还有五分钟。"说完,他在房间里四处走动,我猜他是要和表演的每一个人说会儿话。没有人来我坐的桌子旁,不过有人拖走了一把空椅子,好加入旁桌的人们。我的酒几乎已经喝完,正背对着墙壁坐着,环顾房间,想看看有没有认识的人。我看到梅洛迪在房间的后面,我猜她身边是游客团的人,因为他们有时会在书店门外驻足,聊这些建筑的历史。

五分钟后——刚好五分钟,我看了时间——内森重新上台,这一次他大声拍了三次手。"女士们、先生们,还有诗人们,请允许我在比赛开始前,告知你们相关规则……"

我意识到自己并不讨厌他。对我来说,这是个相当大的发现。我其实很少"先假定某个人很好,直到事实证明并非如此",我发现反着来更节省时间,我一般都是这么处理事情的。

我相当喜欢他的诗,虽然他朗诵的方式有些过于自信了。他冲人眨眼和指向观众席的次数太多,表现得像是自信过了头,这让我对他的好感减弱了一些,所以他基本上处于"洛芙迪喜欢"和"洛芙迪不喜欢"这两种态度之间的中间位置。不过他应该不会在乎这一点,我也一样。

整件事情都超出了我所设想的范围,我花时间进来只是为了摆脱罗布。内森是当天最"诗意"的人,至少在穿着方面。其他的人都相当普通,从某种程度上说,诗歌吸引的是那些想要表达一些难懂的玩意儿的人。

一位上了年纪的妇人背了一首关于她花园中的鸟儿的诗。她站在那里闭着双眼,仿佛在阅读眼睑背面的文字。就那首诗的质量而言,我认为观众显得过于热情,掌声过于激烈了。内森俯过身来对我小声说,这位妇人耳聋,而且总是诵读同一首诗。有个家伙表演的与其说是诗,不如说更近似于喜剧,他说话时两只脚一直来回跳动着;一个看上去还不到进酒馆年龄的女孩说了些有关云彩的奇思妙想,当她说到一些有关买咖啡的事情时,我被逗得大笑起来;有个人讲话相当粗鲁,还一边打着响指,我认为他需要学学编排的技巧。奇怪的是,我竟然完全没有不适感,这不太正常,因为我不喜欢待在一大群人中间,并且不想靠近任何一个有人在表达自身感受的地方。

我把票投给了内森。统计票数的时候,他问是否能为我买杯喝的,我拒绝并道谢后,自己买了一杯。接着他问要不要帮我介绍些人,我再次拒绝并道谢,于是他便留我一个人待着了。我在想,如果在家里,我这会儿应该在做什么?阅读、写作、思考、整理,不会有人打扰。(我希望你不要为我难过,因为我刚刚描绘的是我理想的夜间生活场景。)他没有拿到第一,不过他看上去并不介意。宣布冠军后,所有人都往后方的吧台走,我也离开了。

外面没有罗布的踪影,不过车子的前胎瘪了,我无法骑车了。我一路推着它走回了家。我被冻僵了,还因为上床时间被推后而气得不行。三月天看起来像春天,但实际上并不是,至少从太阳一下山就不再是了。

不过我越是回想内森的诗,就越发觉得他写得很精妙。

书

内森·埃夫伯里于二〇一六年三月在约克市的乔治与龙酒馆表演

有时,我想为我的生活写一本书,

这样当我遇见你,

或者认识任何一个人时,

我就可以递出这本书，

你可以阅读它，

而非试图阅读我。

你可以将它带走，

弄清是否值得将你的时间交付与我。

你可以思考，

如果下次我们迎面遇见，

你该毫不迟疑地微笑，

还是横穿街道假装没看见，

抑或是停下脚步，

伸出胳膊搂住我的肩，

领我走进最近的酒馆，

为我买一品脱黑啤。

因为读过那本书后，

你会知道黑啤是我的爱。

我认为这是个相当优雅的提议。

但是每当我坐下来写这本书时，

都难以继续。

我能讲的故事太多太多。

我可以是一个诗人，

一个魔术师，

一个失意的数学家。

我可以快乐，

可以悲伤，

可以孤独。

我可以从出生时，

从我十二岁时，

从我大学毕业时开始讲。

任何一个故事，

都会让这本书变得不一样。

任何一个故事，

都会让这本书变成真的，

或是假的。

如果你肯想一想，

就知道我们的过去是不确定的，

一如我们的未来。

而我喜欢可以讲一个不同的故事时的那份自由。

过往
H i s t o r y

-2013-
有些事，你尚不知

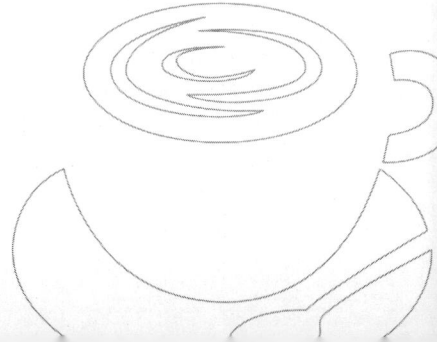

罗布看上去不像是在学校工作的人。他像是年轻版的罗切斯特先生[1],英俊程度足够让伯莎[2]将她的世界抛之脑后。我们第一次见面时,艾奇正从书店前面喊我,"洛芙——迪——!",音量大到一直传到了书店后方。其实当时我离他还不到一米远,正试着让传奇故事区的书看起来有秩序些,这工作让我感觉自己像是《米德尔马契》[3]中的多萝西娅,只是少了那份神圣的使命感。每当你以为那些磨损的大部头已经恢复秩序时,就又会来一满箱书,封面上都是渔网和手拉手的邂逅的小淘气的图案。艾奇不会拒收这类书,能与一个喜欢传奇故事的老相识调笑几句,他再欢喜不过了。

"我就在这儿,"我说,"没必要大呼小叫的。"他们俩看到我都

---

[1]《简·爱》中的男主人公。
[2] 罗切斯特先生的第一任妻子。
[3] 作者是英国女作家乔治·艾略特,描写了理想主义少女多萝西娅的灾难性婚姻和理想的破灭。

大笑起来——我正跪在地上，四下查看书架格子的底部。罗布笑起来像个咯咯叫的小精灵，那模样让我也笑了起来，因为那绝对不像一个成年男人发出的声音，尤其是对他那副模样的人来说。那样的咯咯声与带有胡茬的下巴完全不搭调。我不是取笑他，他身上确实有好笑之处，也许是因为他那双亮棕色的眼睛。

当时我二十二岁，在无言书店全职工作已满四年。那是九月初，城里依然炎热又忙碌，书店里却像个阴暗凉爽的避难所。我想那是很长一段时间以来，我第一次有了安全感。或许那正是我卸下防卫的原因所在。

那段时间我一直在装修我的公寓，房东支付装修的钱。我收了买材料的钱，但是坚持自己动手装修，因为我不希望陌生人出入我的住所。除我之外，唯一一个进过我公寓的人是艾奇，这正是我希望的结果。倒不是说那套公寓有什么特别之处，它只是一个正方形的房间，角落里有一个小浴室，其余空间是开放的，有一个轮船上会用的那种厨房，一张我一般不会拉开睡的长沙发床。公寓里摆满了书（现在书更多了），有些放在艾奇送我的一个旧书柜中，然而大部分都堆在一起靠墙摆放着。它们看上去杂乱无章，但是我知道每样物品的方位。我有一台很好用的阅读灯，以及一张配有两把椅子的小桌子。我很少会用这张桌子，上面摆了一盆植物，是一株垂叶榕。刚搬进来那会儿，我心中突然涌起了一股怀旧之情。妈妈喜欢那种植物，于是我就买了，而且我满心以为它撑不了几个星期就会死，但是我错了,它活了下来。

罗布出现的两周前,我一直在忙着抛光和刷漆。那会儿,墙壁成了海玻璃的蓝绿色,木制品是亮白色。

自从做全职工作以来,我一直住在那套公寓里。完成普通中等教育文凭考试之后,我努力走出了家庭寄养系统,尽管如果可以,他们想一直追踪到我二十五岁。我受够了,我已经成年。艾奇说,之前的三年我在书店做兼职工时,他付我的工资一直很低,于是一次性补了我一笔钱。我不确定自己是否能相信他的说辞,不过从十岁开始,我就是个乞讨者,没有选择的可能性,所以当我找到一间公寓后,便用那些钱付了押金和第一个月的房租。我把大部分工资和之前安娜贝尔慎重地交给我的所有津贴都存起来了。当地政府也给了我两千五百英镑,所以我买了一张沙发床,买了毛巾和平底锅,还有一台电视,一台二手吸尘器,还从慈善商店买了辆自行车。银行账户里还有结余。

我在那间公寓里住得很开心,于我而言,在书店工作正是我的梦想。其他梦想没有实现的可能性,它们会去烦其他人的。罗布选了一个好时机走进我的生命。当时的我已经准备好接纳一些新事物了。

我站起身。"你好。"我说。

"我叫罗布。"他说。

"我叫洛芙迪。"我做好了解释名字的准备。

"啊,是个康沃尔语的名字。①"

"对。"这有些出乎我的预料。一般而言,人们听到我的名字之后会一脸疑惑,或是嘲笑我的父母是嬉皮士。就算这事并不好笑,但因为这种论断距离事实太远,也会让人觉得好笑。不过,有个不同一般的名字也有方便之处,它能阻止人们向你提其他问题。"我能帮你什么吗?"

罗布的微笑带着一种"抱歉,可能会占用你一些时间"的意味。"我刚开始攻读博士学位,"他说,"已经开始检索一些学术论文,而且大学的图书馆也很棒,不过我想试着找些别的资料。而且我也确实需要一些书,更加……"

我猜他是想试着表现得老练些。"主流的?"我问。

他笑了,再次发出那种好笑的咯咯声。"我想,"他说,"我要说的是……特别。"

一般情况下,当人们用"特别"这个词时,都是想找色情作品,我会想到一连几个月追寻某本维多利亚时代的黄色小说的读者。我想他应该听到了我的叹息声。

"我研究的是文艺复兴时期的工程学。"他说。

"哦,好的。"我说。我差点脱口而出的是"居然还有这种研究方向",不过我想到罗布听到这种话的次数,应该就和我听到别人说

---

① 洛芙迪(Loveday)的含义是"亲爱的一天",是一个中世纪古英文名。

我的父母是嬉皮士一样频繁,所以没这么说,取而代之的是"那很有意思"。

"是的。"说着他的眼睛亮了起来。"那个时期的数学很迷人,政治也是,就是……"他停了会儿,"抱歉。"

"不,不,"我说,"不用道歉。你知道你要找的是什么书吗?"

"我带了一个清单来。"他说着递过来一张纸,用一个干净的塑料文件夹装着。"我在网上找到了你们书店,觉得值得过来一趟,因为我住得并不远。"

"是吗?"我说,"你能把这个单子留给我几天吗?我得到楼上的储藏室里翻一翻。"两年前,我们收到了一位达·芬奇爱好者送来的几箱书。那些仿佛在称颂"天才达·芬奇"的金光闪闪的大部头很快就卖光了。那些适合摆放在咖啡桌上的书,我们每本卖五英镑,因为都是二手书,顶多只会被冲动消费的人买走;对于任何真正感兴趣的人来说,那种书的内容都不够深,再说大部分人都不会想要用二手书做礼物,不过它们毕竟是金光闪闪的大部头,应该还是能卖几个钱的。真是愚蠢。有这些钱都可以买鲁伯特·布鲁克[①]的全集了。不管什么时候,比起有光面纸和大照片的书,我都会选择诗集。

不过,当时放在文艺复兴类图书的箱子里的其他书,很可能还放在某个地方。

[①] 鲁伯特·布鲁克(Rupert Brooke, 1887–1915),英国空想主义诗人,代表作有《士兵》等。——译注

"谢谢,"罗布说着碰了碰我的手肘,"我很感激。"

我不喜欢别人未经同意就触碰我。我点点头。当他走出门时,我突然想到了一个重要的问题,于是在咖啡馆外面的街上追上了他。

"抱歉,"我说,"有关你的研究主题,你介意再多告诉我一点吗?我知道你说过是文艺复兴时期的工程学,不过我猜跟那相关的内容有很多,所以……"

他朝我转过身,脸上带着笑容,在初秋的阳光下眯缝起眼睛。"是关于佛罗伦萨大教堂的穹顶建造者布鲁内莱斯基和莱奥纳多·达·芬奇之间的联系。布鲁内莱斯基没有著作存世,通俗历史似乎也没有详细研究过他。我正在研究他的影响。人们似乎认为达·芬奇是一位孤绝的天才,或是某种类似神的人物,而我认为他应该有点儿收集癖,会从其他人身上汲取闪光点。"他说话时,双手会做出各种形状——模仿尖塔、图书,或是作祈祷状——他解释的时候,偶尔会看看我,偶尔会抬起头,接着又收回目光。他的头发是棕色的,和他眼眸中最深的颜色一致。

"这么说就有点类似于如果没有'垮掉派'诗人,就不会有鲍勃·迪伦。"我说。我这么说倒不是因为我们要找鲍勃·迪伦的书。

"正是,"罗布又微笑起来,"我想我喜欢你。"

愚蠢如我,当时是希望他喜欢我的。我本该更加理智的。回想起来,我想他之所以喜欢我,或许很大程度上是因为我当时和他谈论了他本人,以及他感兴趣的东西。不过我是后来才明白,对一段关系来说，那样是很正常的。而我的父母其实并不是正常人。上高中时，我曾经约会过几次。我觉得自己需要摆脱处子之身，这样我就能思考更重要的事情。这有点像是，如果你喜欢书，那么在某个时间点，你必须阅读《远大前程》，等你读完这本书之后才能继续读其他的书。自从失去童贞之后，我便不曾真正同男人相处过。我读过足够多的书，觉得恋爱：

——总是被巧妙伪装成最好的东西；

——是复杂的；

——大多数时候注定会失败；

———般都得有一个胜者和一个败者。

我几乎已经认定自己没有爱情也能生活，甚至在患上总是判断"你爱我是因为我，还是因为我新颖的价值取向"这类并发症之前就认定了。所以当我在传奇书区域前面跪下来时，满脑子想的全是布鲁内莱斯基，基本上完全不记得"罗切斯特先生"了。

我有点过于集中于清单上的书目了。毕竟我喜欢不同类型的挑战。图书查询一般会有四种情况。第一种是读者记错信息，或者记得不准确（"拜托，我想找威廉·莎士比亚写的一本名叫《永不低头》的书。""你是说《无事生非》吗？""不，我想不是，是一部戏剧。你能到戏剧区帮我找找吗？"）。第二种是"你一定是在逗我"（"我在一九七四年或一九七五年读过一本书，是一个爱情故事，发生在美国，或者是澳大利亚。你有吗？"）。第三种是找本周新书（"我在广播第四频道听到了一个节目,里面提到了一本有关毕达哥拉斯的书,也有可能是普罗米修斯……")。第四种查询实在会让你热血沸腾,因为它意味着要找某些真的很难找的东西。这类要求我们遇到的不多,因为真正需要某些特别的书的人一般会使用互联网,而且我们的许多专业书籍都挂在网上,所以他们不会打电话来询问。他们只需要检索我们的书目,然后在线付款即可,我基本上只需用泡沫纸打包,所以罗布的书单对我来说就像一份礼物。

那时候的我可能有些空虚。我刚把公寓装修成我满意的样子。我有一个签了长期租约的家,一份完全适合我的工作。我的生活井井有条。我二十二岁。我喜欢自己找,或者说创造每一样事物,我很满足。但是我不想接下来的五十年都一模一样。

还是想一想佛罗伦萨吧。我在网上搜索了大教堂的信息,渴望拿着一本护照乘飞机前往某个地方,但这种感觉在我的生活中仅出现过几次。

罪行
Crime

-1999-
刺耳的哐当一声

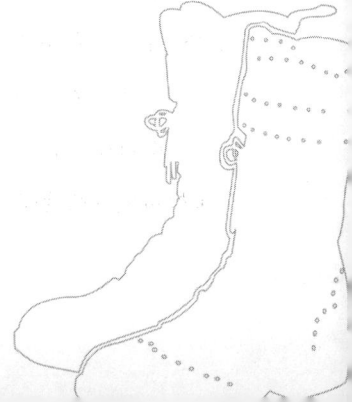

一切发生变化时，我刚九岁。那个周四，我放学回家的时间比平时晚了一个半小时，因为学校要排话剧《龙蛇小霸王》。我那位大多数时间都喜欢鼓励人的好脾气老师却连连摇头，说着"不行，不行啊，四年级的同学们"，并安排了一场她所谓的"最重要的人物"当观众的额外彩排。她说，如果能把我们教得有模有样，那么其他班级都会学习。我喜欢表演，把所有的台词都记得滚瓜烂熟，所以躲过了大部分的责备，但还是有几个小学老师批评我说本该表现出愤怒，结果看上去像在生闷气。

妈妈让我和也参演了那部话剧的朋友艾玛一起走路上下学，因为一路上不需要过马路。那时我们感觉就像在冒险，尽管那条路走起来可能还要不了两分钟。

周四晚上是"意大利面之夜"。我喜欢意大利肉酱面，妈妈喜欢金枪鱼豌豆螺旋面，所以当爸爸不在家时，我们会轮换着吃。我喜欢周四是因为意大利面做起来很快，收拾起来也很快，所以能留出时间看书。有时妈妈会让我穿着睡衣下楼，盖上一条毯子，待在沙发上看书，她则看肥皂剧《东区人》或烹饪节目。"意大利面之夜"还意味着周末即将到来。我喜欢上学，但我更喜欢待在家里。无论我们做什么，周末都会很有意思。这个周末将是最好玩的周末，因为爸爸会在家。

我从学校回到家时，惊喜地闻到了煮东西的味道。香气浓郁厚重，从厨房渗出来，盘旋在门口的空气中。啤酒炖牛肉，爸爸的最爱，爸爸的靴子已经在台阶上了。靴子的鞋头周围裂了口，磨损了，而且翘了起来，这证实了我的猜测（那段时间我可能一直在读悬疑小说）。他肯定回家了。他的靴子是橡胶和皮革做的，有盐和油的味道，总是被放在外面，因为妈妈说，它们会把整个屋子熏臭。如果快要下雨了，她会把靴子放在一块防水布下，并用石头压好。爸爸笑她说自己还能被允许进屋真是个奇迹，因为他闻起来一定比鞋子还臭。

我走进门，看见灶上放着只铸铁罐，下面点着文火。我知道操作炊具需要十分小心，还知道那个罐子的盖很沉，所以并没有揭开看。我也不需要看，那个味道我不会认错。

爸爸一般是不会在周四回家的——石油钻塔的工作上三周，休一周，周五换班。他上班时会先乘火车，接着换飞机，然后换直升机，这让我觉得很自豪。爸爸上班不乘公共汽车，也不开车，但是没有人的鞋子会和他的一样。我看着上面的鞋带，发现末端都磨损了。

我喜欢爸爸回家。虽然妈妈和我一起时,我们俩也很开心,但是爸爸回来时就像是有人关上了一扇门,而那扇门之前一直半开着,好让风吹进来。爸爸回家后,我们就完整了,从容了。我在想着明天要不要请假不上学。

我听见上面的楼梯传来脚步声,妈妈走了下来。她的头发和我一样,是深棕色的,此刻正披着,没有扎成平常的马尾样式。她穿的是爸爸和我圣诞节时为她挑的那件翠绿色的缎子睡衣。她的眼睛亮晶晶的,她在微笑。

"LJ。"她说着伸出双臂抱住我。我的妈妈,她很喜欢触碰我,她喜欢握着我的手,或是抚摸我的头发。她体形丰满,身上很柔软,抱上去很舒服。爸爸管她叫"黄油球"。由于我渐渐长大,变得瘦削高挑,他便说我们俩看起来就像双双出逃的盘子和勺子。妈妈听到会发笑,然后他就一把抓住她的大腿和屁股说:"我要把你吃掉。"

妈妈说:"我听着就像是你回来了。你猜到什么了吗,亲爱的?"她闻起来有爸爸的味道——雪松和香烟,再加上似乎永远不会消散的强烈的石油的气息。

许多故事都是这样开始的吧,一些出乎意料的事发生在一个普普通通的日子里。我把脸埋在那缎子睡衣中,激动不已。

"爸爸回家了!"我说,"我看到靴子了。"我挣脱出妈妈的怀抱抬头看她,朝她皱皱鼻子,那是我们谈起爸爸的靴子时总会做的动作。妈妈也皱皱鼻子,我们都笑了起来。

"聪明宝贝,"她说,"爸爸在睡觉,所以我们让他睡一会儿。我去洗个澡。"

"现在又不是早上,"我说,"而且今天是周四。爸爸一般不会在周四回来。今天真是'米人'的一天。"我喜欢说一些新的词语。

妈妈不解地看了我一会儿,接着说:"哦!对,是这样的!不过你应该说'迷人',LJ,不是'米人'。"

我重复了一遍:"迷人。"(好吧,这是一个与书有关的问题。不过我仅说这一次。)

"很好!"妈妈笑了,不过接下来她的脸色却变得严肃起来。我知道她是在做什么决定。"爸爸不会再去石油钻塔上工作了,"她说,"他会换个别的工作,因此他才会提前回家。我想我们应该炖个牛肉,帮他打打气。"她又笑着碰了碰我的头发,"等一会儿,我们来做麦片姜饼。"

爸爸回家前的下午,妈妈和我总是在做姜饼,等他回到家,我们就一起趁热吃,他们俩喝茶,我喝牛奶。爸爸说就算他蒙着眼睛回来,也能凭借姜饼的味道找到我们。之后妈妈就走上了楼梯,我听到浴室传出了流水声。

我坐在台阶上等她下来。一开始我还很兴奋,因为爸爸提前回家了,而且做饼干总是让人很开心,但是我也有点伤心。我知道失业是什么意思,因为我的朋友拉腊的爸爸就失业了,现在她只能吃学校的免费餐,生日派对也得在家举办,而不是她之前说的陶艺咖啡馆。

我其实并不能理解即将面临的事情。我认为自己难过是因为这个突然的转变让我有些困惑。以前我并不知道生活中的这条规则是可能改变的。如果有人问我爸爸的事,我会说"他在石油钻塔上工作",因为那是他的事情中最容易解释的一件。我的生活以他的来来去去为节点,周五是我生活中的括号。爸爸在或不在家定义了每一件事:我们观看的电视节目,我们吃的东西(他在家时,我们吃的肉更多),吃饭的时间(他不在时,我们吃饭的时间更早),我们如何打发时间。爸爸的存在让屋子都变小了,味道也不一样了,我喜欢他待在家里,走进来或关上房门的样子。但是当他离开,乘火车前往利兹机场,接着乘飞机前往阿伯丁,再换乘直升机返回工作地点时,我和妈妈两个人留在家里也很好。

这些事情让我的眼睛涌出了泪水。

我哭了,但没有发出声音。后来妈妈又走下了楼梯,她闻起来有洗发水和柠檬沐浴露的味道,穿的是爸爸喜欢的深粉色长裙,光着脚。那时候她总喜欢往脚上涂指甲油。那天她涂的是树莓色,那是我最喜欢的颜色。有时候她也会在周末的时候给我涂一样的颜色,并且打趣说我们是"脚趾双胞胎"。

"别担心,甜心,"她说,"他会找到别的工作,一切都会没事的。"

事实证明,这两句话都说错了。

只有我和妈妈两个人在家过周末时,如果是晴天(或者只要不下雨就行),我们一般会去海滩。我会紧紧地拉着妈妈的手穿过惠特比汹涌的周末人潮。我们会大笑,因为我们知道,整片海滩独属于我们。其他人都会去内陆,远离大海。我们会一直在潮水的撞击声和海浪的汩汩声中尽情玩乐。妈妈会眺望海面,仿佛她一不注意,大海就会消失似的。当时我不明白她为什么那么做。现在想起来,她应该是在用这海景为即将到来的日子积蓄力量,那画面几乎算得上吸引人了,几乎。

妈妈会说:"看大海,LJ!"而我会说:"好!"我从未在其他地方生活过,当时也尚不知晓在任何你无法轻易前往的地方,看到天空触碰平坦的蓝灰色地平线是什么感觉。

妈妈在诺丁汉长大,也在那里上学。毕业以后她在一家超市工作,然后遇见了我爸爸。她那时是来惠特比参加一个大学里认识的朋友的婚礼。爸爸是新郎的朋友,当时他刚退伍没多久,那天正在新郎的一间客房里睡觉。后来妈妈就经常来惠特比找爸爸,在她休息的日子里,他们会在海边散步。也就是在那里,他们相爱了,海是他们故事的一部分。妈妈是在内陆地区长大的,所以我们到海边时,她总是会充满喜悦,为天空的广阔、海水的触碰而激动雀跃。

我们从海滩上回来时,会往我们的收藏物里增添藏品。我会收集贝壳,不过我很挑剔,只挑完好无损的带回家,拒绝任何边缘破损的。最让我高兴的就是找到一对还连在一起的鸟蛤壳。涨潮过后,它们时不时会像小小的蝴蝶一样安静地躺在海岸上,有时候一下子能看到数百个。白色翅膀形状的贝壳上,有一条条弯弯曲曲的蓝灰色线条。我会在它们中间行走,寻找最美的一个,有时候会踮着脚,确保不会不小心将最完美的一个踩碎。

妈妈会收集石头。她的标准与我不同,完美不是她的目标。她喜欢与众不同的东西,不过她的兴趣点不可预知。有时是色彩,比如一块黑色鹅卵石上的一抹粉红。有时是光滑度。有时是形状——在细节与缺口之中,她能看到我看不出的脸的图案。妈妈总是说只能带两个回家。她说我们得留下足够多的石头供其他人收藏,而我从来都不能通过那句话意识到,她说的是我们家的房子太小了。爸爸总是抱怨屋子里乱七八糟,让他无法动弹。我的藏品放在一个曾经属于外婆沃克的木头首饰盒子里,里面满是托盘和抽屉,存放我在海岸上找到的东西堪称完美。妈妈的石头放在浴室窗台上,总是排成一条直线,每次带回新的,她都会重新排序。我到现在都还保存着那个首饰盒,只是再也没打开看过。

选好两件宝物后,我们会到石阶旁的咖啡馆买薯条,坐在码头或海滩上吃,具体在哪里取决于人潮拥挤的程度,以及风力大小。我会用薯条叉,妈妈则会直接用手拿。她说她很强悍,不过有时薯条太烫,她只能将它们重新扔进塑料托盘,然后朝指尖吹气。热醋的气味引得海鸥绕着我们打转,可是我们从不理会。在我们度过的最后一年的快乐时光中,我会一边吃东西一边练习台词,一边背词一边给妈妈解释剧情,尽管我敢肯定她一定看过《龙蛇小霸王》,但她从没表现出来过,总是专心倾听,还问问题,对我复述台词,仿佛她刚刚听到的是有史以来最精妙的东西。

爸爸在家的那些周末,我们会钻进福特牌老式旅行车,去更远一些的地方。在罗宾汉湾,爸爸会追着我跑上沙丘,妈妈则站在下面看得哈哈大笑。在那样的日子里,我们会去酒馆吃午餐,玩一些游戏,爸爸总是会耍赖。我认为他是在开玩笑,不过有时候在开车回家的途中,我能在后座上半睡半醒地听到他们的谈话,妈妈说:"帕特,隔段时间输个一次不会要你命的,你知道,她还是个孩子。"有时候爸爸不发一语,有时候他会坚定地说:"莎拉-简,我没有作弊。"然后妈妈就会"嗤"的一声说:"得了吧,就连你女儿都看出你作弊了,她才九岁。如果你再壮实点,我看你准会把她摔在沙堆上。"

我不介意爸爸耍赖,那是游戏的乐趣所在。爸爸在奶油茶点和漫画书上很慷慨,所以我不介意他在就寝时间上比妈妈要求更严。上床后听着从楼上传来的他们嗡嗡的说话声,我立刻就能睡着。

所以在那个周四,当他意外地回到家后,我之所以会哭,可能是因为我知道事情即将发生转变了。

爸爸醒来时,妈妈和我都在楼下。我们已经做了麦片姜饼,还抽时间做了布朗尼蛋糕。我喜欢和妈妈一起烘焙食物，因为她每一步都让我做，从不会为处理烂摊子而烦恼，如果我们做出来的东西和迪莉娅·史密斯①烘焙出来的不一样，她会笑着说，迪莉娅好像能从我们这儿学到一两个技巧呢。我已经吃了我那份炖牛肉，正等着见爸爸，不过妈妈在客厅角落里摆的小餐桌是只为两个人准备的。她在中间的烛台上插了一支蜡烛，将红色餐巾纸折成天鹅的形状，不过在我看来，它们更像鸭子：它们的脖子不够长，不像天鹅。我躺在妈妈身上看书，听见她的肚子在咕咕作响。听到爸爸像熊一样伸展身体，双脚踩在我们头顶的地板上的声音，她坐直身体说："你爸爸出了点小事故，亲爱的，实际上没有看起来那么糟。这种事总是这样。"

爸爸的微笑一如往常，但是少了颗牙。他的拥抱一如往常，但是他稍稍别着脸躲着我，因为他的脸肿了。他大声喊我名字的方式和以前一样，叫我全名，带着重音——"洛芙迪！珍娜！卡迪尤！"——也正是这个让我有勇气坐在他身边，仔细打量他一番。如果长大后不能当演员或侦探，我会考虑做一名兽医。这个动作看起来是个练习的好方法。

"笑一下。"我说。在他消失的门牙处有一块血痂。我伸出一根手指放在那里，尽量不碰到边缘。"发生什么事了？"我感觉到我的

---

① 迪莉娅·史密斯（Delia Smith, 1941- ），英国烹饪畅销书的作者。——译注

声音在颤抖。他的呼吸闻起来很可怕,有血腥味,还有某种更糟的气息。

爸爸大笑起来。"你应该看看另外那个家伙。"他说。

妈妈叫了一句"帕特",然后带着笑意告诉我应该考虑上床了。之后她走进了厨房。我等着爸爸送我上楼,但他只是坐在那里。在我审视他的同时,他也看着我,先是看,接着开始试探性地触碰。他的微笑看起来很不对劲——是因为那颗缺失的牙——他的眼睛也不对劲,其中一只因为肿胀而闭着。那只发黑的眼睛应该是刚受伤不久,可能不太糟,尽管在接下来的两周中,它将变成一道壮观的风景:先是靛青色,颜色透亮到几乎要爆裂开一般,接着褪成紫色、蓝色,然后是最可怕的一种令人作呕的青绿色。我试着把它画下来,但是一个九岁学生的铅笔盒中不可能有那样的调色盘。当我把画展示给爸爸看时,他笑了,但是第二天早上我发现这幅画消失了。

那是之后的事了。头一晚,当我把手放在爸爸身上时,他因疼痛而皱起了脸。我掀起他的 T 恤衫,被我们家洗衣粉一成不变的那令人舒服的味道击中。妈妈对每件事物都很执着。我又看到了一道瘀伤,横亘在他胸腔侧面和前面,边缘的蓝色和黑色同他胸口中央的文身混在一起。我知道那个文身被称为"团徽",不过我当时可能以为这个词是那个图案的名字。图案的形状是一顶王冠放在一个比我的手还宽的军号上。

第一次走进无言书店时,我发现了一本关于徽章的书,里面有的徽章将"2"和"2"放在一起,把萨默赛特郡和康沃尔郡的轻步兵联系了起来。我想如果我问起那图案的意思,爸爸应该会告诉我答案,但孩子并不是总能知晓正确的提问方式,不知道并不是永远都有提问的机会。

我几乎快流泪了。有一次我在舞台上绊倒,不小心摔了一跤,只是一只胳膊碰到了桌子边缘。之后睡觉时如果向左侧躺着,瘀伤都足以让我疼醒,所以我知道爸爸的瘀伤和黑眼眶一定很疼,而且觉得爸爸们是不应该(在我的世界里是这样的)受伤的。爸爸应该承担起保护家人的责任,是不会被打败的。他应该把你扛在肩上,哪怕你妈妈说你已经长大了,说你太重不能扛,说你应该帮助邻居搬家具,或是在陌生人的车子打不着火时帮忙推车。

"没事,"爸爸轻声说,"你的爸爸愚蠢地和别人打了一架,仅此而已。我已经吸取了教训,而且很快就会康复了。"

"你告诉警察了吗?"我问。

爸爸笑了起来。"没有。我不能回去工作了,打我的那个家伙也不能。我们受到了公正的裁决。"

我听不懂,不知道这是好事还是坏事,只听见妈妈在厨房里喊道:"我想你该上床了,甜心,已经很晚了。"

我准备上楼梯了,我很累,感觉就像在爬山。我又问了爸爸一个问题:"你能来看我的话剧演出吗?两周后演。"艾玛的爸爸会把演出录下来,妈妈已经计划借他们的录像带了,那是爸爸不在家时她一贯的做事程序，但如果爸爸能去当观众的话就不用借了。

"我会记在我的日记里的，"爸爸说，"现在听你妈妈的话，不然我的麻烦就更大了。"

第二天我没有请假。爸爸这次回家从一开始就与其他时候不同。第二天早上上学前，妈妈嘱咐我不要告诉任何人爸爸之前经常打架的事。她说，人们会对他产生误解。根据我的记忆——好吧，我知道一个九岁女孩算不上值得信赖的证人——她说那话的时候，完全没有讽刺意味。

爸爸和妈妈一起来看了我的演出。他坐在前排，尽管他的大个头和宽肩膀一定挡住了许多人的视线和摄像机镜头。我依然记得透过幕布看到他们两个人都坐在那里时心中的激动，那感觉就像是早餐吃了巧克力。爸爸的每一次笑声都出现在恰当的时候（有些父母会在不合适的时候笑），他的掌声结实、响亮、厚重。最后，当女校长说我们所有人都排练得非常努力，应该再获得一轮掌声时，他站起身大喊"好样的"，并将双手举过头顶鼓掌，观众席中其余的人都笑着照做。

他颧骨附近的皮肤依然泛黄，胸口还带着深紫色的痕迹，有时他笑起来会用一只手捂住那里。他脸色有点发灰，但是不仔细看的话，你会觉得他看上去又恢复了从前的样子。我想，从很大程度上来说，他确实恢复了，只是丢了工作而已。事实证明，这一点产生的影响比一个九岁大的孩子所知道的要大得多。

一天下午我放学回家，沿着小巷人行道走到我家后院门旁边，从那里我可以走进后门，这时我听到楼上传来了争吵的声音。当时天气暖和了些，我穿的是方格连衣裙。我想当时应该是五月。

"没那么简单。"爸爸的声音低沉，但很愤怒，像是角落里那只杰克罗素梗犬吓唬我时的吠叫声。每当我路过街角，看到它在花园里时，都会换到马路对面走。

妈妈的回应声更小。我听不清她在说什么，但能感觉到她很难过。适应了这种争吵声后，我听到了自己的名字，以及"假期""鞋子"这些词。

我不知道该做什么。如果走进屋，我能听到的内容应该会远远超乎我的想象，而且那种行为应该会被当作"窥探"——又一个新词。我知道那样做不对，所以我重重地关上了院子门（金属插闩嘎嘎作响），坐在了台阶上。我可以假装在欣赏夕阳，那似乎是大人们认为值得花时间做的事。我从蓝书包中拿出正在读的《世界第一少年侦探团》[①]，这本书是爸爸给我的，因为他说《世界第一少年侦探团》是他童年时代拥有的最好的东西。他的名字被小心翼翼地以大写字母的形式写在扉页上。我打开书，但是并没有读。我在听楼上的声音，虽然我并不想那么做。

楼上已经安静下来。我现在还记得那种感受，痛苦、不自然，我

[①]英国畅销少年冒险小说，作者是伊妮德·布莱顿。

的胃仿佛正在被自己消化。我所生活的世界正变得同我熟悉的那个不一样,而我一点都不喜欢这样。

在爸爸失业之前,当他要离开家去上班时,我经常会为他的离去感到难过。有时他会把我抱起来说:"你看,LJ,如果我不工作,我们就没有钱,所以我必须走。"在那时,"没有钱"似乎是一个抽象概念。这时我才开始明白钱为什么重要。周末我们去了海滩,一切和以往一样,只不过午餐是自己带的三明治,而且我们很早回家,拿烤薯条当下午茶。酒馆午餐和鱼肉晚餐似乎再也不会有了。我不介意这些,但是妈妈张罗午间野餐的方式让我感觉那顿饭吃得有些奇怪。"这样难道不也很好吗?"妈妈问。爸爸回答:"别总说这些,亲爱的,这种状态不会永远持续下去。"就像是你第一次去一个朋友家,发现自己必须换一套礼仪,但又不确定该换什么礼仪,于是在整个用餐过程中,你一直在观察,希望不会做出任何错误的行为。这一切都让你很不自在。

楼上依然静悄悄的。我饿了,刚想着进屋,就听见了爸爸的脚步声。他走下楼梯,穿过厨房。妈妈的脚步声总有点跳跃,仿佛每走一步都要轻轻地跳一下,而爸爸的脚步声却很踏实,一步压着另一步。妈妈总说爸爸有一双象脚,爸爸却说妈妈脚下安了弹簧,我不明白那是什么意思。

我身后的门开了,一瞬间,我失去了平衡。爸爸伸手扶住我,然后说:"挪开点,惠特比女孩。"

他在我身旁的台阶上坐下来。地方不太够，所以我的一条腿和一侧的肩膀被挤在了门口的砖块上。

"你坐着挤不挤？"

"不挤。"我说。那时候确实是这样的，我身体一侧所感受到的他的温暖和结实，似乎弥补了另一侧裸露的胳膊擦在砖石上的疼痛感。

他在衬衫口袋里摸索着，掏出一包烟和一盒火柴。他抽的是万宝路。我喜欢烟盒上方的红色。他用牙齿咬住一根烟，然后将火柴盒递给我。他知道我喜欢擦火柴。妈妈看到我给他点烟时总会阻止他，所以我们只在她看不见的时候这么做。

"今天过得好吗？"他问。

"好。"我说。我知道那是他想听到的答案。如果是妈妈，当我进门后，她会让我坐下，然后说："好了，我准备好了。每日报告！"但是爸爸只需要一个答案就行。

他吸气，吐气，烟雾和烟味与温暖的空气融成一团。"你妈妈说我应该戒烟。"他说。

"她总是那么说，"我说，"她不喜欢烟味。"爸爸大多数时候都是在后门的台阶上吸烟，但烟味还是会钻进屋里。

"她也不喜欢我光花钱不干事，"他说，"而且她说得对。"

"我们在学校学过吸烟的坏处，"我说，"你知道你可能会死吗？"当时每个认识吸烟的人的学生都必须举手。我感觉就像是在供认一项罪状。

爸爸叹了口气。"我知道。"他说。我不喜欢他难过的样子——他们俩谁难过都不行——所以我试着转移话题。

"我班上的萨姆新添了个妹妹,"我说,"他说他妈妈告诉他那是个意外,可我不懂那是什么意思。"对于生孩子这件事我知道个大概,那完全不可能是意外。

我让他心情好了起来。他笑了。"有时你会计划生个孩子,有时孩子自己就出生了。"

"那我是个意外吗?"我问。

"不,"他说,"我们迟早都要把你生下来。宜早不宜迟,就是这样。"不等我想明白那话的意思,他又吸了一口烟问道:"你刚刚听见我吼了吗?"

"听见了。"我说。

他叹了口气,用闲着的那只胳膊搂住我,将我拉到他结实强壮的怀里。我能听到他的皮肤擦在砖块上的声音,有可能擦疼了,但他没有表现出来。

"你什么都不用担心,"他说,"你的老爸脾气不好,因为他没找到新工作。就是这样。"

"石油钻塔的工作结束了吗?"我问。我是从艾玛的爸爸那里知道工作会结束的,他是个建筑工人。如果可能的话,我喜欢尽可能用成人的词汇。

爸爸笑了。"等石油钻塔工作结束的那一天,我们所有人都完了，"他说，"但那是很久之后的事了。不是这样，是我在那里的名声坏了，就这样。你不应该打架。如果你打了，他们就送你回家，找别人顶替。总有人在等着取代你的位置。"

"巴克利小姐说任何时候打架都是错的。"我说。班上有些孩子不喜欢巴克利小姐，但是我喜欢。只要你按照她说的做，遵守她定下的规矩，她就会真诚地夸奖你。

"好吧，这么看来，或许巴克利小姐应该来管理石油钻塔。她会管理得很好的。"

我正准备问名声是什么意思，但在寂静之中，当我试着回想他的话时，却传来了妈妈的哭声。我看着爸爸。我看得出他也在听。哭声是那种你越是试图停止，就越会变得更响的东西。爸爸回头看着我，眼睛里写满了悲伤，仿佛他才是应该哭的那个人。

"我得去说声对不起，"他说，"我没想惹她哭的。"

"那你为什么还是这样做了？"我问。我的老师在这种问题上的态度非常坚决。"你有意无意并不重要，"当你把水洒到画上，或是用胳膊肘把书撞到地上时，她就会这么说，"还是得有人清理这个烂摊子。"

爸爸站起身，有那么一瞬间我以为他不会回答。"我被脾气控制了，"他说，"我不该这样的。"

"就像你打那个让你留了个黑眼圈的人时一样吗？"我说。

他的脸色暗了一会儿，接着他笑起来。"不是，"他说，"是他先打我的。他那是活该。"他弯下腰来碰碰我的头发,"不过我说话有时候不经过脑子,所以气着你妈妈了。我现在去道歉,你待在这里没事吧?等会儿我们可以拿乐高积木出来玩。"

我点点头。我已经长大了,不适合再玩乐高,不过爸爸却是真的很喜欢玩。"我可以吃免费的学校餐。"我说。我知道如果爸爸没有工作,那就意味着家里没有收入。我一直在观察,看钱多久会花光。

我想到圣诞节时上市的玻璃罐,想到长袜里的糖果和放进我精选的盒子里的东西。我会每天挑一个出来吃,直到罐子空掉,一般在二月中旬的时候会吃完。快吃完时我会拼命伸手去够罐子底,用手指追逐最后几根棍棒糖和鼓槌糖。

爸爸发出一声奇怪的声音,一声湿咳。"不会走到那一步,"他说,"我会找到工作的。"

诗
Poetry

-2016-
此处不该沉默

去乔治与龙酒馆参加诗歌之夜后,我生病了。不,不是诗歌病,别自作聪明,那病我早就染上了。

到周五下午时,我感觉热得快死了。我知道情况很糟,因为梅洛迪,关注范围往往只集中在她自己身上的梅洛迪都指出:"洛芙迪今天看起来脸色不太好。"我并不经常生病,但是一旦病起来就很严重。我想把它归因于步行推车回家,但现在是三月,所以其实就算下雨也算不上寒冷。此外,书店里有几百本科学畅销书,其中有一本我读到了一半,里面提到受冻和患感冒之间并无关联,所以我不会怪罪罗布,不过下次看到他时,我可能会告诉他,把我自行车轮胎的气放掉是一种十分恶劣的行为。

周六,艾奇早早打发我回了家。周日和周一的大部分时间我都在睡觉,我想休息两天后,周二应该就会康复,结果却感觉更糟了。

我爬着够到我的包,从里面掏出电话,拨通了艾奇的号码。他曾提出接我去他家，然后好好照顾我。然而他类似的行为总会把我惹火。他不住客卧两用出租屋，并不意味着我在这里就住得不开心。我睡觉，阅读，写东西，看电视，加热从楼下特易购城市商店买的食物。你不用可怜我，我真的过得挺好的。

我想周三上午去看医生。如果说我的情况有什么变化的话，那就是：刺痒的喉咙，疼痛的耳朵，高体温，咳出的发亮的痰液。我知道会发生什么，并等着它成为现实。周三晚上，艾奇来了。我差点没听到敲门声，因为当时我正在做一个房屋被摧毁的梦。屋顶上的瓦片坠落到海里，他的敲门声就混杂其中。也有可能是他的敲门声引出了那个梦。不管怎么说，我被完全惊醒了，然后才开门让他进来。他带了一个罐子过来。我之前并没有意识到自己有多糟糕，直到看到他那张大圆脸，以及仿佛在说着"在髭须流行之前我就在留胡子"的表情，我差点哭了出来。他笑得嘴巴都快咧到耳朵上了，不过他的眼神中充满着关切。

"你看上去糟透了，亲爱的。"他说着将罐子放在炉盘上，打开了从我认识他起就一直随身背着的那个格莱斯顿皮革轻型旅行包。他掏出一个面包和一条深蓝色和白色相间的条纹围裙，在身后系了个松松的结。他打开了窗户，很冷，但我没有抱怨。从周六开始我就一直在呼吸同一方空气，就算是我也能闻得到有点臭了。

"我想我感觉好些了。"我说。是真的——那天早上我在床上坐了一会儿，想着要洗个澡，不过没有做任何动作，之后就又躺下了。

"我带了些鸡汤来,"他说,"趁我加热它的时候,你去洗个澡,把水温调到你所能承受的最高温度,这对你的肺有好处。"

"我正有此意。"我说。我正打算责备他不请自来,逾越老板和下属的界限,违背了大概十五条雇用条款。不过说实在的,他是我唯一一个真正的朋友,也是我的老板,而我又没给手机充电。不管怎样,光是想到他的鸡汤就让我感觉好一些了,或者至少让我平和一些了。

别以为我会就着罐头盒吃冷掉的烤豆子,我不会这样做的。我算得上是个基本食品组装厨师:酱汁拌意大利面,吐司上抹奶酪。艾奇说他是七十年代在商船队里从一个瑞典厨子那儿学的这道鸡汤。我愿意余生每一天都喝这道汤。他先在罐子里放了一整只鸡,之后又放了许多别的食材:大米、胡萝卜、豌豆、雪利酒、百里香和欧洲防风草。结果熬出来的却是另一番滋味。

我走出浴室时,他正在水槽边洗东西。他已在我的小餐桌旁腾出了两个位置,还整理了沙发,这让那里看起来不那么像流浪汉的窝了。

"谢谢你,艾奇。"我说。

"吃吧,"他说,"为我的小鸡仔做的鸡汤。"

吃完后他一边洗碗一边说话,我则坐在沙发上听着,或者说让他的话语冲刷我。我听到了梅洛迪的名字,还有罗布的,于是竖起了耳朵。显然他们俩出现在"同一件事"中。我希望罗布待梅洛迪会比之前待我要好。梅洛迪比我要狂妄些,至少表面看起来是这样。我也希望罗布已经从与我发生的事中吸取了教训,能更好地控制自己。事实上,无法否认的是,他把我车胎的气放掉不是个好兆头。不过我太累了,脑子无法思考。

艾奇转移了话题。他说起了他是怎么把从我进店起就一直放在那里落灰的不知有多少卷的《莎士比亚全集》卖出去的,但是《罗密欧与朱丽叶》找不到了。我想就这个问题说些俏皮话,不过我病得还很厉害,脑子转不过来,只能象征性地挥舞白手绢表示投降。不等我问他是否告诉顾客其中有缺失,他就把话题转向了下一件事:"本送来了两箱书,大部分都是垃圾,不过或许有些隐藏的宝贝。"艾奇那样说的意思是"我不想烦心,不过你也许会喜欢筛检筛检那堆书"。我喜欢本,他话不多,送书过来时,他会小心翼翼地放下箱子,箱子里堆满了书,所以不会在运送过程中有所损坏。

"内森·埃夫伯里今天来了。"艾奇说着开始擦干餐具。听到这个名字,我的胃紧张起来,这让我觉得很烦。"他让我转告你,下次去记得自己买票。"我什么也没说,不过确实觉得很有意思。自大的傻瓜。

∞

周六我回去上班了,进店时已经十点多,店里挤得满满当当。读书会的苏、凯特和伊西正和艾奇一起坐在桌边。他们有时会给艾奇带个蛋糕来,感谢他把书店借给他们使用。严格说来,那个蛋糕应该给我才对,不过如果你致力于当一个隐形人,当人们丝毫没有注意到你时,你是不能懊恼的。

"啊,我的小流浪儿回来了。"艾奇说着给了我一个拥抱。

"嘿。"我说。我试图悄悄溜掉。

我的动作不够快,没能躲掉不可避免的寒暄。"流浪儿?"凯特半带笑意地看着我。

我移步走开,身后传来艾奇的笑声。我不用听就知道他会说什么。

"我认识她时,她才十五岁,是从里彭过来参加学校组织的旅行的。她觉得能在不被我发现的情况下,拿着《占有》①走出去。我当时正站在外面吸烟斗,所以一把揪住了她的衣领。我告诉她,要么跟我去警察局,要么下午就在这里给我工作,我对她格外留心,"他停下来大笑,"我告诉她,如果这么喜欢书,那么可以回来给我工作,既可以挣钱又可以看书,现在呢,"他的语气中带着一丝炫耀的意味,"瞧!她就在这里,老实得不得了。我的朋友,这就是文学所拥有的改造你的力量。"

我听到了更多的笑声,以及赞许的议论声。我知道那不会阻止读书会的成员下次看到我时多留神自己的手提包。我在地图和诗集间忙活着,感到局促不安。

---

① 英国著名女作家 A.S. 拜厄特的作品。

有些时候，听到这个故事会让我想要走出去讲述我的版本：当时我是在参加学校组织的旅行。因为是学期末，没有日程安排，所以我非常开心。我之所以决定参加，是因为除此之外只能同那些被禁止参加的学生一起待在学校里，那样我会很惨。

启程前往约克市前，我正计划着买更多的书，不过在车上时，我发现包被割开了，钱包也没了。之前，一个平时从来没理过我的女孩为了问作业在我身边坐了一会儿。她的朋友溜到了后面的座位上，他们应该就是在那时偷走了我的钱。我发现时既感到愤怒又觉得松了口气，幸好他们没偷走其他东西。要挨饿是一回事，但是如果日记中表现了我的孤独的部分被公布出来，那我就会经常性地遭到羞辱了。

那时我很迷《占有》这本书。学校图书室里没有，而公立图书馆禁止我再次把书借走，因为排队清单上还有其他读者。无法拥有其他想买的东西，我无所谓——拥有一件新的针织套衫并不会让我在高中更有人气——但是我需要那本书。没了钱包，我就只剩下口袋里的一英镑了，而那本书定价两英镑。出门时，我把那一英镑放在了桌上。我并不是说我的行为是正确的，只不过还算是情有可原。艾奇省略了那一部分。为了让故事偏向于他，他还省略了事后严厉责备我并让我工作的那一部分。他给我倒了茶，拿了一个金枪鱼三明治给我，而我表现得活像个雾都孤儿，吃完自己的，又问他打不打算吃他的那份。我并不是经常挨饿，那时只不过是因为没钱，所以没吃午饭而已。

他让我整理的一箱箱书堆起来比我还高。有些是本送来的，其他的是之前就留在台阶上的。

箱子里的大多数书都是垃圾，应该被直接回收。我们不会告诉大家会用这种方式处理多余的书——人们哪怕要扔书，也不会扔进垃圾桶，他们也不肯相信我们会这么做。不过想一想就能明白，二〇〇三年《达·芬奇密码》的平装本印了五百万册。十五年后，这个世界需要多少本呢？远远没有五百万册。几乎每一本大规模印刷的书都一样，例如《谁动了我的奶酪？》《美食，祈祷，恋爱》，以及任何与吸血鬼有关的书，等等。除非在某个时刻有人将它们撤出流通环节，否则这些书的供应量永远过剩。这样的人中，有一个便是我。你应该感谢我。是的，这么做确实会让我有些难过，哪怕是詹姆斯·帕特森①的书。

不过在那些曾经的畅销书中，有一本吸引了我的目光，可能是因为它与箱子里的其他书有一点不同，也可能是因为我们家曾经有过这么一本书。这本书我爸爸小时候就有，在二十世纪七十年代，一个小孩会拥有这么一本书着实奇怪。这是一本编给孩子们的歌谣选集，名叫《凯特·格林纳威的鹅妈妈》，里面采用的都是十九世纪八十年代风格的插画，还提到了裙撑和纺纱。但是爸爸很喜欢这本书，

---

①詹姆斯·帕特森（James Patterson, 1947– ），美国惊悚推理小说家，代表作有《救生员》《苏珊日记》等。

甚至在祖父母过世后，特意把这本书和其他物品一起放进箱子，从祖父母位于康沃尔郡的家中带了出来。

我将那本书翻过来。我曾看过爸爸小时候的照片，照片里的他是个爱爬树的脏兮兮的淘气鬼。想到他翻开这本书，给自己读"小玛菲特小姐"的画面，我被逗乐了。下一秒，我却有点想哭。

我想我的境况依然没有变得更好，就算逃到这里，以前的事情还是会自动找上门来。我在想，我以前为什么没找人问一问他为什么会拥有这本书？是谁买的？他为什么一直留着？我查过，这本书是一九七八年美国出版社根据一八八一年的初版重印的。我想过，这本书应该是凯特·格林纳威的某个成人书迷买的，或者是某个年长的人因为想起了童年记忆里的这本书，买了一本给自己的孙子。我知道爸爸并没有美国亲戚可以送书给他，这样看来，爸爸为什么会有这本书并没有明确的原因。

当你的家庭毁灭（崩溃）后，那些大事会持续伤害你一段时间，就像突然被扇了一个耳光，但这种伤害很快就会消失，因为你会学着习惯它，而你习惯它的方式，就是尽量别去想它。但据我所知，诸如此类的小事才是你永远过不去的坎儿。

我小心地翻开书页——它们柔软易碎，几乎一碰就会破，感觉像是会从指尖脱落，就像从雏菊上扯掉花瓣。我想，那些提醒你想起这些琐碎记忆的，是一些你无法预知的事物，它们很微小，所以你无法防备，而且它们会击中你，犹如纸划过心脏。

我不知道当我在早餐吧台边坐下来时,艾奇是否注意到我正因为这本书而难受。我经常会惊讶于他从人们后脑勺上辨识出来的东西:根据人们浏览一本书的样子,他就能预知他们是会买,还是会砍价,精准程度约百分之九十。他宣称自己是七十年代在伦敦"与一些骗子相处时"学会了读身体语言。

不管怎么说,他从我胳膊肘旁冒了出来。"热巧克力。"他说。每次我在隔壁买饮品时,他们都会给我用外卖杯盛。而艾奇去时,他们会给他用最好的瓷器。"去歇一会儿,洛芙迪。半小时内别让我看见你。"

虽然大体说来,我烦他是出于:一、猜到我想喝热巧克力。二、强迫我休息,仿佛他比我更了解我需要什么似的。我还是走开了,到消防出口边的椅子上坐下,看着那杯奶棕色的巧克力里的奶油融化,棉花糖浮上表面。我捞起棉花糖,吸吮它们表面已经被热气熏软的部分,然后又把它们丢进杯子,让它们继续融化。显然,有旁人在时我是不会这么做的。我喝完热巧克力,洗过手,开始仔细翻阅那本"鹅妈妈"。

我翻到"蹦蹦跳跳的小琼"那一页,一只手拂过纸面。"我来啦,我是蹦蹦跳跳的小琼,没有人和我玩的时候,我总是一个人。"画面中,小琼悬在半空中,身上的丝带翻飞,眼睛紧闭。那一页的角落里有个记号,一个脏脏的拇指印。妈妈总是让爸爸小心别把脏手印留得到处都是。"哎呀,那你去查看汽车里的油量好了。"爸爸以前总是这么说,仿佛他们对彼此说的每一句话,都是在比谁能最快、最大限度地激怒对方。

那个拇指印一定是个巧合。我没想过在过去的二十年里爸爸的这本书可能会在哪儿。企图让每个元素都符合你想讲的故事是危险的(内森的诗再次跳进了我的脑海)。你只需要读读简·奥斯汀的《爱玛》就能明白这一点:爱玛自己决定了她周围的一切,并且整理了脑海中的事实以让两者达到一致,看看结果怎样?好吧,最终她过上了幸福的生活,是这样没错,但那只不过是发生在十九世纪的将脑子冲进马桶里的故事而已。我们的书——我和爸爸的——虽然品相十分糟糕,但至少还有个灰扑扑的封套,而且爸爸的名字就写在那上面,我的名字则写在里面的前勒口上。

我记得小的时候,我很喜欢爸爸的这本书。我在非常小的时候就能轻松读懂。一页上有大约十六个词,我喜欢拼读不认识的词——tuffet, latch, swine①——然后去问爸爸妈妈它们是什么意思。还有,哦,里面的插图,没有一个人是很美、很高兴的。里面的女孩看上去病恹恹的,狗看上去像是要咬你。这本书和我之前看过的所有书都不一样。妈妈不喜欢它,她会说:"我想不通你看那本书为什么不会做噩梦。"无论我多少频繁地把它拿进卧室,最后它总是会回到楼下的书架上。爸爸说妈妈是心太软了。他会问:"我们心不软,对不对,我

---

①意思分别为小土墩、门闩、猪。——译注

的孩子?"于是我就一本正经地摇头,因为根据他说的其他话,我知道心软是不好的。爸爸会和我一起读那本书,浮夸地叫着"我们都是快乐的小子,我们嗓音如雷"。每当这时,我便会大笑起来。

我想把这本书拿走,用我的一部分津贴来付款,不过最后还是决定放弃。拿着它的时候,我感觉像是重新回到了爸爸的膝头,回到了我们的那间小屋里,妈妈会一边呷嘴一边笑,我也会咯咯咯地傻笑,爸爸的声音透过他宽阔的前胸不住地从耳朵里传进来,震荡着我的肋骨。那种感觉虽然很美好,却也让人难以承受。我不能总是想起这些。

我感觉比平时更孤单了,不知是因为冷,还是看这本书给了我这样的感觉,不过我确实开始期待起今晚的诗歌之夜。我沉浸在自己的思绪中生活了太久,而且我最近一直在读的书——《黑暗之心》[①]和《紫色》[②]——将我困在了别人的脑海中,所以我没有和自己辩论要不要去,就直接去了。如果我是个扫烟囱的人,那我锁店门的时候应该已经吹起口哨了。这是许多年来第一个让我感觉像是恢复了自我的夜晚,虽然鹅妈妈和她那些长着可笑的苦瓜脸的孩子们让我如此清醒。

当我推着自行车从商店后面绕出来时,罗布像变戏法似的,又一次从咖啡馆门口钻了出来,不请自来地陪我走到诗歌之夜的举办

---

①英国作家约瑟夫·康拉德的小说。
②美国作家艾丽丝·沃克的小说。

地。病好之后,我没怎么见过他,也没有认真想过他的事,所以他的出现把我吓了一大跳。他笑了起来,这个举动惹恼了我,所以我没有假装无视,而是说:"你不该放我车胎的气,罗布。那么做真的很卑鄙。"

"我不知道你在说什么,洛芙迪。"他语速很快。

"我们都知道你做了什么,罗布。"我一边说一边看着他的脸,我很少对别人做这个动作。他眨了眨那双棕色的眼睛。"你最近有好好照顾自己吗?"我问道。

他"嗤"了一声。"我没打算切断与外界的联系,如果你想问的是这个的话。"

虽然这是个温暖的夜晚,但我感觉自己有点冷了,于是开始迈步。"我没那么说,"我说,"我只是说……"我放弃了,看来我确实不擅长扮好人。

他安静了片刻,接着又说:"我没事。圣诞节时……我……发作了一次,不过现在好些了。我有人帮助,也知道何时该请求帮助。"

"很好,"我说,"你和梅洛迪怎么样?"

"算不上认真。"他说。我意识到他可能会理解成我在乎这些——这一切都复杂得要命——于是我说:"我真的不喜欢你往门里面塞花。"

"好的。"他说。我想知道他的意思是"好的,我不会再塞了",还是"好的,但是我不在乎,我还会继续塞",或者甚至是"我不会塞花了,但会做些别的你不喜欢的事,不管你喜不喜欢,这不是重点"。

我们沉默着往前走。

抵达乔治与龙酒馆时快七点半了,我锁车时内森出现在了门口。

"感觉好些了吗,洛芙迪?"他问道。

"不过是感冒而已。"我说。内森笑着点点头。他的笑容很棒——看上去很真诚,虽然他笑的次数有些过多了。我忍不住也回以微笑。罗布停在我身边,看着我们俩说话。

"你要去参加的是什么聚会,洛芙迪?"罗布问道。

我思忖着,看看我这尴尬的处境,两个男人因我的晚间计划陷入僵局。其中一个是文艺复兴早期研究的讲师,有着相当严重的精神健康问题,另一个则系着领结。我想没人能编出这样的场景。

"诗歌之夜,"我说,"梅洛迪有时也会来。"

"我给你留了个位子。"内森一边说一边看看我,接着又看了看罗布,眼中有一种令人玩味的神色。我猜内森已经意识到,我所有的身体语言都在告诉罗布他不受欢迎,而这显然超出了罗布的领会范围。

可能是我的神情不对,也可能是看出有机会炫耀,内森向罗布伸出手。"内森·埃夫伯里,"他说,"你要同洛芙迪和我一起参加吗?"接着他伸出另一只手,非常轻地搭在我的腰背部——那让我好奇男人们是否都上过淑女学堂。真是高明的一招。

罗布后退一步,摇了摇头。

"别碰我的自行车。"我说。

内森和我走上台阶进入了酒馆。罗布没有离开。他的目光从内森身上移到了自己手中的硬币巧克力上。

"谢谢,"我们在酒吧里站定后,我对内森说,"你不必如此的。"

"我知道。"他说。然后他又说:"我妹妹也很漂亮,经常有人烦她。这样的情况都持续了好多年了,所以我只是想着能帮忙尽量帮忙。"

我想我本该好好琢磨琢磨这个"也"字的。内森点了一品脱健力士黑啤和一杯螺丝锥子。酒保送酒过来时,我递给内森五英镑说:"今天我请客,谢谢。"

他说:"为什么不等第一轮休息时你请呢,那样我们就两不相欠了。"

内森又得了第四名,这让我有些惭愧。我想了想自己写过的诗,好奇如果我把它们拿到这里来大声朗诵,会拿什么名次。巴克利小姐以前总是介绍口述传统的事——我不会介绍太多(哈哈!),不过她会说:"记住,古时候,在有能力阅读和写字之前,人们经常给彼此讲故事,然后就记在脑子里。如果你写了一个故事,那么你应该把它读出来,看看它听起来怎么样。"我一直没忘记那段话。我经常小声朗读我的英文家庭作业,如果图书馆很安静的话,我会不出声地读。

文字在空气中听来确实不一样。有一次,一位老师将我写的某篇文章念给班上的同学听,是一段描述海的文字。海看上去总是一成不变,但又从来不尽相同。听到自己写的文字被大声诵读出来,我既感到自豪又觉得无处躲藏。我喜欢在学校里演话剧,至少在我被人观看这一行为拥有其他含义,开始带来小声议论和流言蜚语之前,我是喜欢的。所以,也就是直到扮演让我收获重要赞美的(父母的)《龙蛇小霸王》中的布劳西·布朗之前,事情都是这样。其他人的言辞让人觉得安全又放松,朗诵自己写的东西则是另一种感觉:当你自己的文字被说出来时,会重创你的元气。

那天晚上,除了内森的诗以外,我最喜欢的一首诗讲的是在一家超市中挑选葡萄酒的复杂性。

休息时,梅洛迪走进来和我们坐在了一起。"艾奇告诉我说你还病着呢,洛芙迪,可是你却来了这里,同英俊的内森一起。"我很想问她罗布为什么没和她在一起,但我不喜欢说闲话。

离开时,内森同我一起下了楼,我觉得他是想摆脱梅洛迪,也可能是因为我之前告诉过他罗布和车胎的事。不管怎样,我的自行车安然无恙,于是在其他诗歌爱好者继续喝酒,情侣们忙着谈论他们的夜晚时光如何流逝的时候,我们站在人行道上说起话来。

"我一直想问你从哪儿来,"他说,"你的口音听着像约克郡人,但又好像不是约克市里的。"

我回答了问题的字面含义而非原意:"我住的地方离书店只有大约二十分钟的路程,"我说,"是个新住宅区,挺好的。"

内森轻轻地笑了笑,仿佛知道我是在逃避问题,以及调情。"那你老家是哪儿?"

"里彭。"我说。这应该算不上撒谎。

"我在布里德灵顿长大。"内森说。

我试图想出一些关于布里德灵顿的聊天内容。我从来没去过那儿。"是在海岸边,对吗?"

那个微笑又出现了。"是的。我想念在海边的感觉,十分想念。我甚至想念北海。"他的声音充满笑意,"小时候,我们经常去康沃尔。我父母有个朋友在那边住。那是我第一次意识到真的可以在海里玩耍。"

我不想谈论康沃尔。"你今晚的名次应该更好一些才对。"我说。

"我也这么觉得。"说话间他变了笑容,从一脸温柔变得得意起来。如果我是那种经常与别人推推搡搡的人,那我可能会开玩笑地捶他的胳膊,就当是说:"别得意。"

"你总是对自己这般自信吗?"

他看着我,变回了原来的表情,从面对人群时的普通表情,变得就像我们是那一刻仅有的两个人一样。"不是每一个人都像你这么用心,"他说,"因为我参加这活动已经有一阵子了,就像是酒馆里的一部分家具一样。大家知道我的水平。"他说那话的方式和罗布的自怨自艾不同。他只是在陈述一个事实。

我们看着彼此,谁都没有转移视线。我们的目光慢慢变成了凝视。我很少凝视别人。

"好了,那我该回家了。"我说。从他脸上移开目光后我松了口气。我感觉有些冷了。

"见到你真好,洛芙迪。"他说着将一只手搭在了我肩上,接着亲吻了我的脸颊,动作非常轻柔。虽然并不激烈,但我却觉得这一刻相当性感。如果我想找男朋友,那么这个吻可能是个加分项。我打开了自行车锁。

"你的硬币巧克力都放在哪儿?"我说。

他大笑。"我只在第一次遇见别人时才玩那套把戏,"他说,"会丧失新鲜感的,我只对十岁以下的儿童破例。"

接下来星期二晚上的读书会,大家的情绪都相当激动。他们那天读的是玛吉·奥法雷尔的《你走以后》,不过并没有就此展开正式讨论,只是在说自己是否喜欢这本书(喜欢与不喜欢的比例是五比二,如果算上我,那就是六比二)。离婚的女主角找了个情人。大家都急切地想要知道真相,并且十分嫉妒女主角,而我却只看到了麻烦,尤其是在离婚案未尘埃落定之前。

伊西把一杯红酒洒在了地毯上,对此,他们都真心地表达了歉意。我告诉他们不碍事。等他们离开后,我跑到两条街外的街角小店买了两桶盐，一桶撒在葡萄酒上，一桶放在后面备用。

"早上好，洛芙迪。"第二天，我进店时已经是十一点，艾奇一和我打完招呼就冲出了店门。他的烟斗已经装填好，只等出门。很快我便明白了他如此匆忙的原因。我留过一张字条，让他进店后把盐吸起来。他当然没有照做。等他抽完烟，在街区散完步，又买了一瓶波尔图葡萄酒和一包中国梨回来后，他便宣称自己没看见字条。事实上，我把字条贴在收银的抽屉上，还把吸尘器放在了外面，所以他要挂衣服就一定要越过吸尘器。不过艾奇毕竟是艾奇。

所以，桌子下的盐堆已经被踩踏过，并被踢得到处都是。等我把盐打扫干净后，早已气得够呛。午餐时间到了，我开始吃麦片和香蕉。在那之前，除了带一个人找到烹饪书区域之外，我没做任何一件和书有关的事。在听着那段连气都顾不上喘的有关小麦的害处的独白时，我试着不要目光呆滞（哈哈！艾奇的笑话！）。也有可能这段独白是关于糖的，好吧，我确实没听。

午饭后我告诉艾奇，如果他打扰了我，请他自负后果，之后就走到早餐吧台去给图书估价。他笑着低下头，一小时后给我送来了茶和一个果酱甜甜圈。甜甜圈是图书的天然死敌——即便你没把果酱喷到书页上，最后也可能会把糖撒得到处都是，不过我接受这其中暗含的道歉。

吃完甜甜圈，我浏览了两箱子活页乐谱——没有珍稀的作品，不过全部都保存得很好。许多人会咨询活页乐谱，而且我喜欢出售这些东西。我想我是喜欢想象房屋里有钢琴的画面。在那样的房子里，我会觉得一切事物都不会变坏。不管怎么说，整理乐谱让我振作了一些。我曾想文一个乐谱文身，不过想不出任何一首我可以永远忍受的开场曲。书的头几行字就不一样。我不后悔文过的任何一本书中的文字，哪怕是文在肩胛骨上的《简·爱》和《铁路边的孩子们》中的相关段落，即使文的时候痛不欲生。现在看来，我的第一个文身（《安娜·卡列尼娜》中的文字）似乎是早已注定的。我在十七岁的时候才发现俄罗斯文学给我的感觉就像是托尔斯泰在同我的灵魂对话："幸福的家庭都是相似的，不幸的家庭则各有各的不幸。"我把这句话文在了臀部上。字形纤细微小，是的，有一天它会随着我的皮肤一起松弛下去，但是我并不在乎。

整理期间，我在脑海中诵读了一些自己写的诗。诗歌之夜让我能从一个不同的角度思考它们。文字或许应该属于外面的空气，而不应被人在一张纸上写了又写，直到小心翼翼的笔迹和对每一个音节的思考将它们变得如木板一样僵硬。一个周日的晚上，因为之前一直在想着内森的事，我把十八九岁到现在写过的所有诗都回忆了一遍，并且大声朗读了出来，其中一些糟透了，不过最近写的诗没那么糟。我开始写一首新诗。不知不觉间，时间已近午夜，我却还没吃在商店降价清仓时买回来的已经用微波炉热好的金枪鱼意大利面。我差点发短信向内森问好，不过又觉得时间太晚了。话说回来，我又不是他的女朋友。他的女朋友应该叫特丽克西或是麦克纳什么的，不擦香水，而是用纯精油，也有着一份魔术师般的不像工作的工作，比如做帽子，或是负责在小朋友的派对上扮公主什么的。

我决定在午夜到来之前上床。如果不这样，我怕自己会犯蠢。

下一次的诗歌之夜我没去参加。这又不是法律规定的我必须履行的义务。不管什么时候，只要想起内森在第一次诗歌之夜上朗诵的那首诗，我都会坐立难安。无论我是否能讲一个不同版本的自己的故事——这是一个有争议的问题，因为我实际上不会谈论自己的事——我都不喜欢这种感觉。

下一次见到内森是隔周的星期三，他来了书店。我意识到自己还不知道他住哪里，不过我估计是在城外的某个地方，或许在约克和布里德灵顿之间。他经常在诗歌朗诵比赛上付小费，这说明他并不常出现在这一带。我总是想着见到他时问一问，但最后总在谈论别的：诗歌和约克，艾奇和魔术。而如果我询问他的住址，那我们谈论私人话题的尺度可能会超出我想要告诉他的。

内森的夏装外套是卡其色的帆布面料，闻着很有户外的感觉，但像是被存放在一堆干草捆里过了冬。这件外套不坏，不过我还是更喜欢那件皮的。他站在那里和艾奇聊了大约二十分钟。他们从约克开始，一直聊到政治、全球变暖、戏剧和足球。我喜欢听他们说话。艾奇侃侃而谈的时候不多：他更喜欢当着一两位观众的面表演。他们是这样结束谈话的：

艾奇：好了，老伙计，你来这儿不是为了和老艾奇瞎扯的。

内森：见到你总是很开心。

艾奇：你太会说话了，真的。不过，你在早餐吧台那边能找到洛芙迪，她正在给一些书估价。

内森：谢谢。

艾奇认为内森来这里是为了见我，这让我受宠若惊，但也感到有些困扰，再说我也不是在估价，而是在重新整理书架，将娱乐传记区同自传区合并为一类，因为人们其实不知道两者的区别，他们只是想要与"大卫·贝克汉姆/迈克尔·凯恩[①]/《加冕街》[②]"有关的书。我估计将两个区合并起来能为我节省出我正好需要的一个书架的空间，因为本刚送来两箱漂亮的七十年代出版的演员传记首版书。我听到内森走到他以为我在的地方，停下脚步站了片刻。我决定，如果他返回艾奇身边，告诉他我不在，并询问我还可能在其他什么地方，那么我将永远不会再去参加诗歌之夜。我不是一只不肯待在原地的任性小鸡，但也不能和不用心找我的人纠缠。我屏住了呼吸。

他在那里一定站了有一分钟，接着我又听到了他的脚步声——书店也是一座收藏嘎吱作响的地板的博物馆——他径直来到我在的

[①] 迈克尔·凯恩（Michael Caine, 1933– ），英国男演员，代表作有《蝙蝠侠》《致命魔术》等。
[②] 英国播放时间最长的肥皂剧。

地方。

"你好，里彭女孩，"他说，"我看到了长椅上的书，猜到你是在为它们腾地方。我希望你能来参加今晚的诗歌之夜。"

当然，我去参加了。

公交车上

由内森·埃夫伯里于二〇一六年四月在约克的乔治与龙酒馆表演

我只在公交车上丢过一次东西。

好吧，是在下车时。

我丢的是一本书。

我知道，

我是个糊涂人。

从那以后，

我就一直小心观察

落在公交车上的东西。

我想这事与口袋有很大关系。

东西滑出来，

落在坐垫接缝的隐藏处，

落在地上，

发出不足以让人听见的声音。

英镑硬币——

我敢打赌,

如果你把约克所有的公交车倒过来摇晃,

出现的零钱将足够支付一位护士的薪水。

公交车票——

显而易见。

我想如果有人肯费心寻找失主,

那它们就可以找到回家的路。

但我怀疑失主是否能回去。

电影票——

一场精心计划的首次约会泡了汤。

房屋钥匙——

希望你和邻居关系和睦,

且他们有一个空置的房间。

还有些大点的东西,

在惊慌或疲累,

或说出"我到站了"的时刻,

被遗忘。

今天,我看见了一个德本汉姆百货公司的购物袋,

里面装着一套缎子睡衣,银灰色,14码。

丢了这东西可能已经毁了某人的夜晚。

或者可能改变了他的夜晚。

改变和摧毁并不一样。

没有睡衣,

那人可能会躺在,

一条棉床单和他爱人的皮肤之间。

赤裸相对兴许更好。

下次如果你忘了某样东西,

可能正好开启了一次全新的探险。

过往
H i s t o r y

-2013-
一点曲折

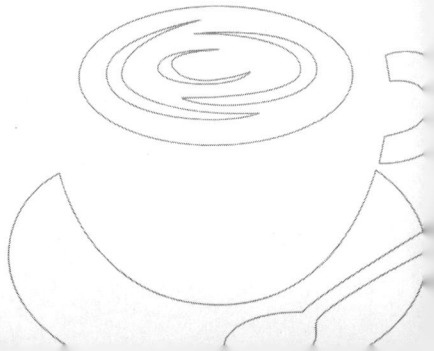

第二次见到罗布，是在他第一次过来留下书单的三周后，那时他的头发已经长到需要用手拨开才不会挡住眼睛。我找到并留下了一份展览目录，里面有对他书单中的图书的一些补充。在他浏览目录时，我看着他的脸。他低头看着那些书名，然后抬头看向我，眼睛又大又亮。

"速度很快，"他说，"谢谢。"说完，他露出了微笑。

他的目光已经被吸引回那些书中。我想我没能让他满意。或许稍微有一点吧。我不是太热情的人，性格更倾向于"爱要不要"的那种类型，不过他喜欢那些书确实让我很开心。我想我是相当开心。我还是太年轻，愿意相信或者希望爱书意味着本性正派。例如图书管理员就总是对我很好。

"还有些别的，"我说，"不过你的书单上没有。"

我找到的那本书，是十九世纪九十年代出版的印刷浮夸的旅行日记。我记得那本书只因为作者名叫弗洛伦斯。我被这事逗乐了，她曾去过佛罗伦萨①，而且写了本日记《佛罗伦萨的意大利之旅》。我在想，在那些以地方命名的人身上，是否存在一种特别的人名决定论，迫使他们对自己得名的地方产生兴趣呢？

弗洛伦斯·比克内尔的文章至多只能算花哨，她仿佛觉得没必要被章节甚至主题这类有益的元素限制。在阅读了她从美术馆到古罗马遗迹，到乡村散步，然后又回到另一座美术馆的内容后，我意识到她可能只是在按照游览顺序写。如果说她有写作箴言，那一定是"越多越好"。她会记录下所有的事，从自己的穿着到女侍再到向导可能是什么性格，不一而足。她显然对自己喜欢将字母"I"都大写感到很自豪。我又多花了一周时间梳理这本书，这才找出我要找的那部分。这本书不是大部头，但印刷质量很差，而且这种写作风格意味着一点点内容也会写得很长，就像乔伊斯一样。

我用一张纸在那一页上做了标记，还标记了其他两处可能有相关内容的地方。

"别的？"罗布说着，咧嘴笑了起来，双手放在一起摩擦，像卡通片里饥饿的男人。接着我想起来他正在攻读博士学位，而我自从高中毕业后就离开了校园。三周之前，我甚至都不知道有文艺复兴时期的工程学这个东西。我的智商足够上大学——事实上，老师们

---

①英文原文为"Florence"，译作人名为"弗洛伦斯"，译作地名为"佛罗伦萨"。

与安娜贝尔和社工讨论过这一点。上大学意味着要在寄养系统中多待三年,也就意味着新生活的到来将延迟三年,而新生活是我可以拥有的唯一真正的生活——在那种生活中,我可以完全依靠自己。此外,就算取得了学位,我可能还是想到书店工作。

我看着罗布的脸,意识到自己思考的时间越长,他就越会以为我找到了真正不得了的东西,比如布鲁内莱斯基失落的笔记,里面有莱昂纳多·达·芬奇写给他的一封信,这会显得我们仿佛是《占有》中的主角[①]。所以我拿出那本书,快速地说:"这本书可能完全没用,它不在你的书单中。我其实对此一无所知。我只是想着——这只是这本浮夸出版物中的一小部分——里面有相当详尽的描绘,而且作者参加过一些关于佛罗伦萨建筑的讲座,仅此而已……"

罗布已经在浏览我标记的页面。他抬起头看着我,给了我一个露齿的微笑。"你有没有想过搞研究?"他问,"你可以教给我同事不少东西。"

"洛芙迪已经有工作了,而且她不打算去任何地方。"艾奇的声音从书架后方传来。他之前说要去做些整理工作,但是没有动静,所以我估计他在打盹。

罗布有些紧张,发出了咯咯的笑声。"我不是要挖她走,艾奇。"他说。接着,他又转向我说:"谢谢,真的。这些……谢谢。"

[①] 《占有》讲述了两位现代学者对著名诗人伦道夫·亨利·阿什和克里斯塔贝尔·拉莫特之间爱情生活的研究。

"我们还有半小时打烊,"我说,"你可以先看看这些书是否真的对你有帮助。"

"好。"他在桌边坐下,我则回到了早餐吧台旁,给那天下午送来的书分类。我把一本首版的《尤利西斯》和一本签名版的《午夜之子》放到了网站上,此外,还有一箱剩余的书和另外三箱上午就引起了我注意的书。我更新网站,将多余的书放到了楼梯下面。走回书店前面时,我发现罗布正站在桌旁和艾奇说话。我走过去,两人都回头看着我。

"……真的帮了大忙。"罗布拿着那本旅游日记说道。艾奇则十分镇静,在收银机上为那本书敲出了四十五英镑的价格,这样一来罗布要的书的价格合计将达到六十英镑。艾奇是市场规律的坚定信奉者。他说如果有本书看起来像是没人要的样子,那么你不妨把它的价格定得越高越好,因为一旦想要的人找到它,就会不惜一切代价买下它。尽管如此,我还是在心里责备他这个近乎开玩笑的定价,与此同时我告诉他,当我本人就在三英尺开外时,别用第三人称谈论我,而且他正在干扰我的谈话。

"罗布刚刚说你干得非常漂亮,洛芙迪。"

"谢谢。"我说。罗布递过来六十英镑。我冲艾奇摇摇头。我知道他会说"供求关系决定价格",从某种程度上说是这样,如果你开的是一家餐厅,你当然可以为珍稀食材开高价,可你不能因为人们很饿,就给鱼糕涨价。

"你愿意同我喝一杯吗?"罗布问。

我以为他是在和艾奇说话。艾奇有一套诀窍,能让你觉得你是他最好的朋友,对他有特别的意义,所以人们总是愿意花时间和他待在一起。一开始我以为他只是逢场作戏,不过很快我就意识到他真的是那样的人。他对人们感兴趣,人们也愿意接茬,而人们从我身上发现的是,我根本不在乎他们。

大约在书店工作满一年后,我才意识到艾奇很关心我。应该是从我有一次快赶不上公共汽车开始的,那天他告诉我要检查桌子后面锁在橱柜中的首版书,而我因为太过沉浸其中以至于忘了时间,于是他坚持要开车送我回家,尽管这严重偏离了他回家的路线。等我快下车时,他说:"你对我来说真是一笔财富,洛芙迪。我希望你知道。"他的声音严肃而安静,让我感觉自己像印在一本百科全书的书页上的文字那般安全。

但罗布是在和我说话,而非艾奇。我正想着如何"拒绝"才不会显得粗鲁,他又说:"我想多了解一下这些书,以及你是怎么想到它们的。"这正是我想要解释的,所以我便答应了下来。

"那你们去吧,"艾奇说,"我不会去做的事,希望你们一件也别做。"我笑了,因为我想不出有哪一件事是艾奇不会做的,所有的事他至少都做过一次。我取出外套,艾奇则跟着我走到后面,将罗布刚刚给他的三张二十英镑的钞票递给我。"这些是你应得的。"他说。

"你说得对,我应得的。"我说着也微笑起来,因为我很感激他这样做，也为口袋里有钱感到开心。我有钱为今晚的活动买单，剩余的钱我还可以自己留着。

我返回书店找到了罗布，他说："如果你之后还有安排，那我不想占用你整晚的时间，不过说不定我们能去吃些东西？"他看上去真的很紧张——一直在拨弄盖住眼睛的头发——于是我笑着说"那样很好"。两顿早餐不足以支撑到下午六点以后，而且我不想空腹喝酒。

我们去了一家意大利餐厅，两人都点了肉丸，这肉丸又辣又烫，上桌时上面还撒了帕马森干酪碎。女侍者的样子看上去很希望今晚能做些更有意思的事。

罗布开启了一个话题："给我讲讲你吧，洛芙迪。"

我只能采取回避的态度。"正如你或许已经注意到的，我在一家书店上班。"说完我笑了，他也是，还露出了牙齿缝里的意大利细面条。"我从十五岁开始在书店做兼职。大多数时候我都非常喜欢这份工作。给我讲讲你吧。"

"我在十五岁时，"罗布说，"非常渴望找份工作，但我和哥哥、祖母同住，她对家庭作业要求很严。要不然我应该也能在书店打工。"

"你们和祖母住？"我说。我应该为我的提问感到后悔，因为我和所有人一样知道不该窥探别人的隐私，但是他似乎很乐意讲。谨慎地说，我的生活可能有个糟糕的开始，但他的也好不到哪儿去。他七岁时父母在曼彻斯特爆炸案中遇难，之后他和哥哥就由祖母抚养长大。他十九岁时，祖母去世，现在他与哥哥也不再联系了。他说自己"病"得相当厉害。我没有就这一点提问，如果他愿意，他是会告诉我具体情况的，但我似乎有点希望他别说。他用晚上的时间学习和兼职打工，就这样读完了高中和大学，其中一份工作是在大学图书馆将图书重新上架，他称那是"暗中研究的时间"。我笑着告诉他，有一次在我本该整理书架的时候，艾奇发现我在偷读安妮·普鲁①的书，但他没有惩罚我。

罗布努力拿到奖学金，平衡生活，这样才能一直坚持学习。即便如此，得到第一个学位还是花了他六年。我为艾奇刚刚向他开的价感到难受，想将两人的晚餐钱一起付，但是被他拒绝了。最后我们各自付了账，因为我不肯让他替我付，这倒和我因为那些书挣了钱无关。

我们离开时已经十点多了。虽然我没让他走着送我回家，不过我答应周六晚上去他家吃饭。他在我的手机中输入了他的地址，并且问我喜不喜欢吃鱼（是的，只要去头就行），还试图亲吻我。我觉得我们的关系还远未到那一步，便避开了，但并没有显出是在逃避他的样子。我喜欢思考这些事情。

我知道如果周六赴约，那将是一次约会。我不知道会不会留下过夜，以防万一，我带了牙刷，还带了一瓶白葡萄酒，是我问艾奇吃鱼喝什么好时他买了送我的。罗布的公寓很小，你可能会将其描述为过于整洁——桌上的笔全是同一个品牌的，排列得这么精确显

---

① 安妮·普鲁（Annie Proulx, 1935– ），美国小说家，代表作有《船讯》《断背山》等。——译注

然不是出于偶然,而且他的书架比书店里的还要整齐。他问了许多关于我的问题——我痛恨以这种正式的方式来作为发生关系的批准——不过我多数时间都在谈论书店,询问他的大学生活。关于大学,以前我想到的总是不切实际的方面:日常花费,债务,强迫性社交。我不曾想过,上大学意味着你可以选择世界上任何一个小小的领域——在所有的可能性,所有的地点、时间和历史中选择——你可以将余生的时光都用来继续挖掘。我喜欢听罗布谈论这些。

我留了下来,这感觉足够好。第二天回家的路上,我没有驻足将我们名字的首字母刻在树干上,不过当他周一走进书店时,我并没有感到惊讶。我们又出去了,这一次是去电影院。之后他再次邀请我去他那里过周六,我去了,不过问题开始变得有些麻烦。早上离开时,我准备穿上我偏爱的那双黑色皮革玛丽珍鞋,却发现它们不仅排列得整整齐齐,脚尖与墙壁完全成直角,还被擦得锃亮。我脑海中开始闪烁一个大大的"紧急出口"标识,还有一个荧光箭头在指引我前往那个方向。

"这是怎么回事?"我看着那双被擦亮的鞋子问。我想,就连我购买它们时都没有这么干净。

他耸耸肩。"我很早就醒了。"

我大笑起来。"而且你已经完成了你的博士学业,只剩下帮我擦鞋这件事可做了?我并不是不喜欢这样——"

突然之间,他非常严肃地看着我。"你有时间谈谈吗?"他问。

我想拒绝,但是他刚刚擦了我的鞋,而且他知道我想要尽快离开,所以我估计,如果必须谈谈的话,那我应该趁还能自由走出他的公寓时照他说的做。

"当然。"我说。

我们坐了下来。他看着我,而我在想,哇,当一个女人告诉一个男人,他们的避孕措施并不如他们认为的那么有效时,一定就是我们现在这副模样。

"你记得我在第一次约会时说过,我生过病吧?"

"记得。"我说。我想如果我指出那其实不算是约会,应该会不礼貌。

"是这样,"他说,"这是一种——是一种精神疾病。我从未真正好转过,只是变得更擅长控制它。"

"好。"我说。

"对于我来说,重点之一,"他说,"就在于控制。我不喜欢——失控的感觉。"

我注意到他的双手撑在膝盖上时,左右两只手完全就是彼此的镜像:手指张开的程度一样大,手掌撑在膝盖骨同样的位置上。我则侧向一边坐,一只手肘撑在沙发背上,一条腿垫在身下,另一条腿悬在外面。我思忖着,是否该挪挪位置,让自己也变成对称的坐姿。我回想起他吃意大利细面的样子,他会在吃完后将叉子和勺子摆在盘子正中央。

"所以我会控制我能控制的事物。"

他看着我，我点了点头。我明白这种感觉，毕竟，确保可能想找你的人找不到你，也是一项控制力的训练。"就像你的公寓。"我说。

"是的。"他说着露出了微笑，笑容中充满感激，以至于我对自己看到那双被整齐排列、擦得锃亮的鞋子时的感受而惭愧。"我知道过于整洁了，不过，这是我锻炼控制能力的最佳方式。抱歉，我也知道，帮你清洁鞋子看起来会很奇怪。"

"没关系。"我说。我知道，我永远都无法像他那样谈论自己，所以我选择倾听。

罗布给我讲了药物治疗、心理治疗、互助网站。他说，你人生中创作力最旺盛、最激动人心、最无与伦比的时刻，却是你病得最严重的时刻，要承认这一点真的很难。他非常认真地解释说，就算服用过抗精神疾病的药物，也并不意味着一旦停药就会犯病。

我听着，也感受着。他讲话的过程中有许多停顿和接续，暂停和深呼吸。我感到痛苦和不适。我想到如果我也向别人倾诉我的故事，那么我看起来一定会和此时此刻的罗布一模一样：惊恐、决绝、苍白。我思考着他是如何在自己的生活中迷失的，像我一样，那些书也拯救了他。如果我身处一个部落中，那么罗布就是我的族人。与我不同的是，他正在告诉我他的一切，而我除非万不得已，否则永远不会告诉任何人任何事。我的故事是沉默，是秘密。

当他结结巴巴地讲到最后，我说："谢谢你告诉我这些，罗布。"

我是认真的。

他点了点头。"你周四还想出去吗?"他问。我们本来计划那天去博物馆听一场建筑讲座。

"当然。"我说。我的意思并不是"当然,我想再和你出去",而想要表达更深一层的意思,我想说"你刚刚所说的当然不会影响我对你的感觉,因为我永远不会根据精神健康程度来评判某个人"。我看得出来,他把我的回答当成了一个承诺,而且程度比我所预想的要深。

罪行
Crime

-1999-
时间已无意义

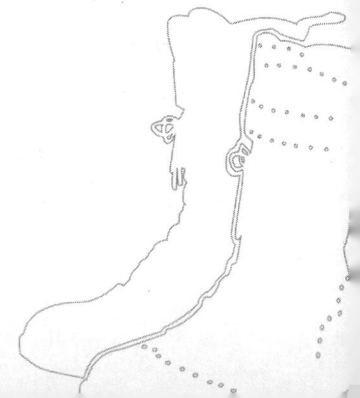

爸爸没有找到工作。夏季学期开始时，我已经吃上了免费的学校餐。我不在乎，吃免费餐的人不止我一个。不过我在乎七月一号，我的九岁半生日。

任何一个出生在圣诞和新年之间的人都会告诉你，还是不为生日烦心为妙。生日礼物都是事后补送的，来参加派对的人——如果有人有空的话——看起来宁愿待在家里的沙发上一边看电视，一边直接就着盒子吃丽赛克斯麦片。从我七岁起，我们就开始庆祝半岁生日。这是妈妈的主意。这个时间在学期中间，所以人们不会出远门，而且有运动日和学校旅行活动的几周刚刚开始，暑假也即将来临，每个人都既激动又开心。不管怎么说，我记忆中是那样的。新年的第一天我依然会收到礼物，但七月一日才是真正的乐趣所在。

在一切开始变糟前的那年，我们在海滩上办了个派对，以此来庆祝我的八岁半生日。那天很热，没什么风，这在惠特比并不常见。

空气静止得让整个世界似乎都变得不一样了。我记得海和防晒霜的味道，以及妈妈在一个个孩子之间穿梭，给我们的鼻子、额头、耳朵尖上抹防晒霜的情形。我们玩了堆沙堡比赛、骑驴比赛，还表演了《潘趣和朱迪》木偶剧。我们一共十二个人，用大块的带红点的餐巾将野餐绑在手杖末端。我们路过时，人们会笑着为我们拍照。我感觉自己就是全世界的女王。那一周爸爸在家，他负责拍照，过后他却翻着照片直摇头，说："告诉你，小鬼头，你妈妈品味真好。要是她哪天意识到她太好而我配不上她，那我可就麻烦了。"

这一年情况不同。我当然也收到了礼物，一个菲比娃娃（艾玛有一个，我们都喜欢极了，尽管学校里有些涂唇彩的孩子说菲比娃娃是婴儿玩的）；《哈利·波特》的前三本——我在图书馆里已经读过，但是我自己没有，我曾说过想重新读。除了书之外，我还收到了一张《哈利·波特与阿兹卡班的囚徒》预订单的收据，这本书在我九岁半生日的一周后就会出版。我喜欢我的礼物，但是没有生日派对，艾玛和玛蒂尔达被邀请来喝茶。我们做了烤肉，爸爸负责烤，他戴着一顶纸帽子，逗得我们都哈哈大笑。不管怎么说，那不是派对，更像是一个夏日假期的下午茶歇。接着下雨了，我们不得不把所有东西收进屋里。爸爸那时一直待在家，所以我感觉屋子好像变小了。

我们原计划把蛋糕做成一座童话小屋的模样，盖上糖霜，但是妈妈之前从楼梯上摔下来时弄伤了手腕，所以爸爸不得不帮她做。

我是个顽劣的孩子，眼中全是做坏的地方：摇摇欲坠的屋顶，没有被糖霜盖住的角落。爸爸提前找了几根烟花棒，于是全部插进烟囱点燃了，这挺好玩的，直到有一根落了下来，把地毯烧了个窟窿。

那天晚上我再次听到了父母的争吵。

我知道是为什么。之前他们准备烤肉时，妈妈对爸爸说，她这段时间一直在报刊亭窗口打探，她看到有家酒店在招夏季帮工。爸爸停下给木炭扇风的动作，看着她。

"帮工？"他问。

"我想是保洁、服务员之类的。"妈妈说。

"我们晚点再谈。"爸爸说。

妈妈叹了口气，转身背对着爸爸，眼神黯淡了下来。

爸爸失业之前，我晚上上床后从来不会留意父母的讲话。但是在爸爸失业之后的世界里，有两件事情发生了变化。一是他们这些日子里讲话的声音变了。以前他们总是很安静，语气像是在聊天，轻柔的隆隆声像是海潮的声音，我只能听见零星几个词。现在他们的音量提高了，有时在吼叫结束后会传来"嘘"的一声。妈妈会提到我的名字，意思是小声点，但接着声音又会提高，那声音很难被忽略。爸爸之前戒了烟，妈妈说他是因为这样所以很烦躁，爸爸却说让他烦躁的是该死的生活。

第二个变化是我开始意识到父母谈话的方式、内容会奠定第二天的基调。如果他们和解了，那么第二天早上会很平静。喝完茶后我们会玩游戏，可能还会吃冰激凌。我会感觉生活回到了过去的样子，就像爸爸失业之前那样，或者与那时非常接近。如果他们吵架后没有和解，第二天就将是另一番情景：妈妈会对我表现出过度的疼爱，爸爸则像海雾一般宁静，那宁静会笼罩我们的小屋，让人难以忽视。

有一次我告诉妈妈她看起来很"憔悴"。这个词她曾在我身上用过几次，一般是当我的喉咙或耳朵开始疼，但又还没真正感冒的时候。她笑着告诉我她有点累，接着便走进了客厅。爸爸正弯着腰在那里看当地免费报纸上的招工页。她尖锐地说："你女儿说我看起来很憔悴。"片刻之后，爸爸"砰"的一拳砸在桌子上。他站起身，猛地朝门口冲去，并将书架顶上所有的相框都扫到了地上。之后，妈妈在清扫时割伤了手指。

不必说，这次吵架之后他们没有和好。那天晚上情况再度恶化。我想或许我该早早上床，因为吵架很早就开始了。我从此再也没敢说妈妈看起来"憔悴"。

有时候我看着客厅墙上挂的结婚照，会想他们现在的变化多大啊。那张照片不是正式的结婚照，妈妈没有穿婚纱，而是穿着一套浅蓝色套装，戴着一顶草帽。她手捧白玫瑰捧花看着爸爸，爸爸则站在她的身边，身穿一套深蓝色西装。两人笑着看向对方，五彩纸屑落在他们身上。小时候，有一次我问妈妈他们在笑什么。她说他们笑是因为感受到自己有多么幸福，是因为幸福感再也无法隐藏在内心。我又问她那我在哪儿,她就指着照片中她的肚子说:"你在我肚子里,LJ。蜷成一团,在睡觉,像只小老鼠。"一开始他们住在惠特比,因为爸爸的朋友吉姆——我父母就是在他的婚礼上遇见的——让他们住他的房子,吉姆和妻子则搬去了威尔特郡的军营。我父母在那里住了一年,最后那个房子——我的第一个家——被卖掉了。

妈妈总说我漂亮得像只桃子,但如果你问爸爸,他会说我像一只好玩的流鼻涕的明虾。等到不得不搬家时,妈妈已经爱上了惠特比。爸爸在那之前就开始在石油钻塔上工作,在惠特比,往返利兹、搭乘通勤航班都很轻松,所以他们就自己找了个地方租了下来。一次婚礼上的邂逅,两次约会,一次意外怀孕。对我的父母来说,感情已经足够浓烈,他们觉得值得一试,于是就有了LJ,一个惠特比女孩。

在我那场所谓的半岁生日派对后的晚上,我躺在黑暗中,忍不住去听父母的谈话。尽管偷听让我不安,仿佛登上了露天游乐场的飞车,并意识到自己不该上来,但是要下去已经太迟。我确实坐过一次飞车,是在玛蒂尔达的生日那天,当时我们去了一个露天游乐场。直到几个月前,那都是我短暂人生中最恐怖的体验。当时我既恶心又害怕,玛蒂尔达和艾玛分别在我两侧尖叫和大笑,那让我感觉更糟。可是飞车刚停下来,她们就又想再坐一次。第二次我和玛蒂尔达的妈妈一起在下面等,看着她们欢乐地尖叫,一圈一圈地旋转。

我当然不会再上去。"有我陪着你呢,"玛蒂尔达的妈妈说,"给我再多的钱,我也不会爬上那玩意儿。"但是在下面看着她们并没有让我感觉好一点。

是爸爸先提高了嗓门。一向如此。"你不能去给陌生人做饭和打扫卫生。"

"但是我为你们做饭和打扫卫生,"妈妈说,"眼下站在校门口等女儿放学真的不是我使用时间的最佳方式。"

"你是想说我挣不到钱?"

"是的,"妈妈叹了口气,"我就是那个意思,但我并不想暗示什么。我只是在陈述一个事实,帕特。"

爸爸仿佛沉默了有一分钟,接着又说:"LJ出生时,我们有过协议。你说想有十年的时间来当妈妈,那是最重要的事——"

"我是说过,"她的声音比他的要平静,也比她刚才说做饭和打扫卫生时平静,就像浮在水面上的油,"但是看看我们。我工作有什么不好?如果我们省着点用的话,在夏天工作三个月就够我们撑到圣诞节了。而且到新年时,她就十岁了,你还可以陪她。我们又不是要把她交给陌生人照顾。"

"噢!瞧你这微弱的信心,"爸爸越来越生气了,"就连我妻子都不相信我到圣诞节时能找到工作。"

"我没那么说。我想说的是,我工作有什么不好?如果你不喜欢这种工作,那我可以找份真正的工作,全职的。电话服务中心在招人,而且薪水不少。你可以待在家里，我希望能有一个人照顾她，而不是把她送去早餐俱乐部，或是交给保育员。之前我觉得这一点很重要，现在也依然这么认为。之前你挣得多，所以我想照顾她。别这样说话——别这样——"

"别说什么？说你比我更容易找到工作？"

"我没那么说。"

接着是一阵停顿，然后传来了爸爸的声音，用的是那种如果我用了会挨批评的语气："如果去电话服务中心上班，你就必须开车，而且你会很累，我也没有车用。"

"我没说我知道所有问题的解决方法。"

"如果你认为我不用车也没关系，那就等于是觉得我不可能找到工作。"

"你知道不是这样。看在老天的分上，帕特。"她听起来没有生气，声音中却透露出疲惫。

接着，房间里安静了下来，我试着在这时睡着，但是睡意来得不够快。菲比娃娃在我床头的桌子上打鼾。

"我们约好的，"爸爸的声音温柔下来，所以我必须将脑袋抬离枕头，用两只耳朵倾听，"你有十年时间。我向你妈妈承诺过，我会照顾你。"

妈妈走上楼梯，叹了口气说道："当时情况不一样。你知道的。"

"怎么不一样？"他的声音再次提高。他现在就是这样，有时会突然发脾气,就连对我都是这样。所以现在我开口之前会想一会儿。上周我拿到了一封通知信,说的是学校组织去约克旅行。我把信叠得小小的放在口袋里,然后丢进了垃圾箱,因为我害怕那封信又会引发一场关于金钱的争吵。我不在乎旅行,如果去不了,那就继续去学校,当成普通的上学日,只是不会正常上课而已。我也许能去图书馆帮忙。我喜欢那样。

"你和我妈妈保证说你会照顾我,那意思是护我周全,而不是让我们有钱。在最后的时刻,她需要听到这个。"

我记得妈妈的妈妈去世时的场景。那是我领到第一套校服的那个夏天。自从我记事起,她就一直在生病。葬礼结束后,我妈妈哭了很多次,也说了很多次"上天眷顾她得到解脱"。这时妈妈开始哭了,但是声音与她这段时间大多数时候的哭声不同,这次更温柔。我听见爸爸的说话声很低,并且急忙开始安慰她。我想象着他抱着她的场景。

就在我几乎要睡着时,妈妈又开始说话了。我以为她说的是"我们是欧洲防风草",但等我事后回想起来,我意识到她说的应该是"伴侣"[①],一个我在新闻中听过的词。

"你必须让我履行职责。"爸爸说。

"你也必须让我帮助你。"妈妈说。

---

① "欧洲防风草"(Parsnip)和"伴侣"(Partnership)在英文中发音相似。

爸爸的声音又提高了，但我没听见他说了什么。

"现在你是执意要误解我，"她说，这一次是她提高声音，听起来很愤怒，"你才是你自己最大的敌人。"

"说得对，批判我吧。好像那样会有用似的。"

我从他的语气中知道，事情可能会有两种发展方向。

但事情开始朝坏的方向发展。

你会觉得我应该能推断出爸爸第一次打妈妈的时间，因为那是件重要的事。但是我没有。当我回想那段时间，我首先想起来的是一种小心翼翼的感觉，是一种让我将自己缩得很小的感觉。其次，我记得我们家的气氛后来缓和了些，在那段时间里，爸爸的情绪状态几乎和有工作时差不多了。

那年八月，他在一家建筑工地找到了一份工作，气氛得到了短暂的缓和。"我不会骄傲的。"他说着将炸鱼和薯条拿进屋。火热浓烈的气味充满客厅，被我们深深地吸进体内，就像坐了很长时间的车之后终于下车时呼吸到新鲜空气那般。然而那份工作没能维持下去——我想那不是他的错，那种工作可能一般都是短期的——很快，在下午茶时间我们又重新开始吃涂着马麦酱和费城奶酪的吐司，不过妈妈已经没有心思再假装茶点很丰盛了。

我读《铁路边的孩子们》时，发现里面的孩子们只被允许吃果酱或黄油，而不能两种一起吃，对此我感到很震撼。博比虽然贫穷但仍有仆人，还有捐赠者送来食篮，这与我的生活一点也不像。不过我依然喜欢那本书，尤其是最后她爸爸回来的部分。

但是我从未在某个时刻突然意识到他会打她。我只是以我那种畏畏缩缩的方式熬过了那段日子。虽然在事后接受询问时，我确实说过，我认为爸爸可能打过妈妈，但我真的不记得是从什么时候开始的，也说不出事情发生的时间和地点了。妈妈从楼梯上摔下来扭伤手腕时我不在场。是的，事后回想起来确实有些可疑，但是你只有九岁时当然会认为父母说的都是真话。

妈妈的黑眼圈确实在学校引起了许多议论，巴克利小姐在一次课间休息时让我留了下来。她给了我一块饼干，问我是不是发生了什么不开心的事。我知道谈论钱的事不对，所以就说没有。当我受邀去玛蒂尔达或艾玛家喝茶时，她们的妈妈总会频繁地拥抱我，小声道别时还会说一些"你随时可以过来过夜，告诉你妈妈，这里随时欢迎你"之类的话，我总是笑着说谢谢。但是家里依然有某些令我感到安慰的地方。我完全不记得有过想逃离的想法。我想——我知道我听起来就和每一个家庭暴力的受害者一样——当事情变好时，你很难相信它们会再度恶化。

即便后来发生了那些事，我还是相信我的父母是好人，他们爱过彼此，也真心爱着我。他们想保护我，不想让我被他们最糟糕的一面伤害。尽管看上去他们无法控制自己，无法停止互相伤害，但他们尽了最大的努力不去伤害我。虽然结局还是很可怕，但我很感激他们努力过。

顺便说一句,我说的这些都是出自我的视角。我笃信它们是真实的。这样我晚上才不会失眠。我想内森会说我拥有写这一个版本的故事的自由。

诗
Poetry

-2016-
翻开新一页

我吞下了一颗众所周知的苦果。接下来那周的周二,我从读书会回到家,看到手机上有一条内森发来的短信:

需要我明晚给你留个座位吗?

厚脸皮的傻瓜!我很想置之不理,但不想因一时冲动跟自己过不去。我曾想过,有一天我得问问他,是什么让他在诗中写下那句"我喜欢可以讲一个不同的故事的那份自由"。那想法很奇怪,我甚至不知道自己是否喜欢那个想法。

不管怎样,我做了一次深呼吸,回复道:

你想留就留吧。你能把我安排到表演名单上吗?

我等待着,接着他回复道:"搞定!"我没有花心思去分析他用感叹号是什么意思,因为我有更好的事情要做。

周三的大部分时间我都在犹豫是否真的要朗诵我的诗。那并不是一项我必须履行的义务——内森是唯一一个拥有名单的人。如果我把自己的名字撤掉,那么除了内森之外没人会知道——而且我真的不擅长站在聚光灯下。自从表演完《龙蛇小霸王》后,我就没上过舞台。后来发生的那些事让我真正远离了舞台灯光。但是周三晚上的时光让我想起诗歌是一种活生生的事物,我很好奇在聚光灯下将自己的诗朗诵出来会是怎样的场面,也很想看看众人的反应。别误解我的意思,我知道世界上不需要再多出一个想当诗人的人了,只是觉得这样会很有趣。

内森安排我第三个上场。我全神贯注地倾听着他的诗,对自己的并不太关心。他每一次站上那个舞台,都会说出一些让我深思的话。例如,他提出人们在一段关系中可能会想要休息,那并不全是为了作秀,或者表述一些尚未被发现的东西——我努力思考这种说法的真实程度,想得脑子里有些部分都快死掉了。

我挑了首蠢兮兮的诗去表演,我认为它应该能取悦观众。我注意到人们听到押韵的地方会笑,我想投其所好,或者预测他们的行为,让他们觉得我聪明。

走上舞台时,我害怕极了,心脏几乎跳到了嗓子眼。

一共九名表演者,我得了第六。正如艾奇所说,荣誉让人满足,但是我并不在乎这个。我朗诵时,每个人都用评判的目光看着我,而我的声音听起来虚弱无力,像是远处海鸥的悲鸣。我的表现相当糟,站在那里摇摇晃晃。我敢肯定我得到的都是同情票。我之前参加过其他的诗歌之夜活动,当时觉得那些表演者并不是很好:他们是在补偿某些事情；他们孤独寂寞；他们想自视为诗人，因为那样比接受他们人生的本来面貌更容易。但当我自己站上舞台后，我对他们多了几分敬意。有五个人比我好，这很公平。面对现实吧，洛芙迪，这是你应得的名次。

我看完了最后一轮比赛，不知道是该更加努力，还是该放弃。我确实喜欢书架和可以藏身的地方。但我不想当懦夫。

内森步行送我回家。在路上，他说："我喜欢你诗中描写的绕了一圈，最后回到起点的这个想法。"

我说："你发现了这一点真的让我很开心，当然，能听到你的诗也让我很开心。"确实，这两方面都让人很开心。你知道我不是在调情。

我邀请他进了屋。

是的，他留了下来。你知道，虽然我不喜欢和大多数人打交道，但这并没有让我成为修女。对人们多一点警惕并不是坏事，我倾向于认为，认识罗布之后，我长了教训，眼光变得非常敏锐。

追逐
由内森·埃夫伯里于二〇一六年四月在约克的乔治与龙酒馆表演

我知道我应该热爱刺激的追逐，
　　但是——对我来说——
　　追逐结束之后才更让我开心。

我喜欢，

不必为早餐买牛角面包，

或者假装冰箱里总备着牛角面包，

我喜欢只有吐司或维他麦①。

我喜欢不配套的内衣裤和毛茸茸的腋窝。

我喜欢穿我的旧连帽衫和那件河豚T恤，

并做出十分自信的样子，

尽管我知道不会有人为我打电话叫出租车。

我喜欢那些让你"放松"的事物。

我们彼此的相处已足够放松。

别误解我的意思：

我喜欢一点点紧张，

一点点兴奋。

我可能不喜欢躺椅，

但并没有准备好接受摇椅。

不过当你见识过我形状古怪的脚趾后，

我会松一口气，

那将是最煞风景的情况了。

所以或许我们可以跳过追逐，

---

① 谷物类早餐食品。

休息一下？

书的行为

由洛芙迪·卡迪尤于二〇一六年四月在约克的乔治与龙酒馆表演

我喜欢书，

因为它们不在乎你的内裤和胸罩是否搭配，

或者是否洗过头发。

我喜欢书，

因为它们不会侵入你的空间。

它们坐在你的书架上，

不会不留情面地批评你。

我喜欢书，

因为它们不关心你心里装着什么，

以及你留在身后的人是谁。

我喜欢书，

因为它们一点都不在乎，

当你看到结尾时会有什么想法。

书不在乎你是否有学位，

看什么电视节目，

书不评判你是否有文身，

朋友多不多。

我喜欢书，

因为它们不在乎。

我不介意承认（好吧，其实有一点），接下来的几天，我都有些兴奋地待在室内污浊的空气中。与内森度过的那一晚——我不会透露太多——相当好，性爱和谐，但更重要的是，他表现得像个正常人。早上醒来时呼吸正常，裤子穿到一半时看起来像个傻子，好吧，连这都让我觉得刚刚好，或者应该说非常好。简单地说，他就和他的诗一样好。我们俩谁都不用压抑自己，让自己收紧肚子，而且他的两个最小的脚趾真的很怪——有点像是叠在一起。我知道这种状态不会持续很久——我甚至不确定是否能超过一晚——但我确实发现自己有点像吃到乳酪的猫。

艾奇问我"精神这么好是不是因为埃夫伯里先生"，这让我困扰，因为两点：一、我不明白为什么都二十一世纪了，女人依然必须因为一个男人才能开心，仿佛我们没有男人就无法掌控自己的喜悦一样；二、他说得对。我伸出舌头冲他做鬼脸，并从隔壁给他买了一个奶油面包，尽管他的医生说他不该吃这种东西。（好吧，其实算不上奶油面包，只是常见的会堵塞血管的垃圾食品。当然，他一点都不在乎。他说自己已经胖了一辈子，死后要躺在一口宽大的棺材里。）

内森之后开始在晚上过来找我。不是每晚都来，我也不会每次都让他过夜。他曾提出要我去他家——他住在马尔顿、约克市和大海之间的一座集市城镇中——不过我只说了一句"还不行"。我不想让自己陷入无法脱身的境地。每半小时就有一班公交车从约克市开往马尔顿，路上需要一小时。如果你白天的工作是做一名近景魔术师，那么这个通勤时间是可以接受的，毕竟从上午九点就开始的演出不多。而如果像我这样按时上班的，就必须七点出门，老实说，这有点儿超出了我为爱情所做的准备。我并不是说我们这样就算是爱情。我还没打算单纯为了性爱而牺牲这么多。这和自我保护、"确保随时都能看到出口"一类的说法也没有关系。此外，如果他家和他领结的风格一样，墙上一定会装饰着野猪头，还有大得超乎想象的扶手椅，所以我想在因为他的公寓而对他失去兴趣前，多享受下现在的时光。没有人会需要一个生活在《道林·格雷的画像》首版扉页中的男朋友。当然，我不是说他是我的男朋友。

每次他过来看我时，都会为我表演魔术。我试过观察其中的窍门，有时我真的能看出来。他变的都是有关硬币和三牌赌皇后的变体魔术。一旦我看出了什么，他便会为我展示具体的操作细节。他从没开如果告诉我窍门，将会杀我灭口的玩笑，这一点我得表扬他。我想我喜欢他，因为在自大的表象背后，他还算是个有品位的人。

几周后，内森邀请我同他去参加一个小孩的派对，他要在派对上表演魔术。我之前没想过那是一份正式工作，但事实上每个派对收费二百五十英镑，如果有超过二十个小孩参加，那么收费将是四百英镑。这是我上一周班才能挣到的钱,而且还没人为我鼓掌,也没人给我蛋糕让我带回家。我想我会答应去是因为——好吧,为什么不呢?他都看过我工作的样子了。

因为下午要请假,这天我很早就来上班了。艾奇说我可以请一整天假,但是因为早餐吧台下面又堆满了一箱箱未整理的书,所以我想赶在夏天到来之前把它们都整理一遍。学生们清理房间后总会把许多书送进书店。那天早上门口堆了好几箱书,我差点开不了门。艾奇不接收课本,不过有时他会成箱地购买某类书,甚至连看都不看一眼。我知道,有一天我会试着找个空间,摆放更多的诗集、翻译过来的俄国经典作品,以及大众市场上温和的无政府主义喜剧小说。我不是有什么成见,当然还应该摆一些其他类别的书,不过这是我在这家书店工作的第十个夏天,所以我知道有些书是不容易碰到的。

愚蠢的是,我之所以会想这些,是因为周三上午我一般"不在店里",我会当个"隐形人",以便"继续工作"——正如我妈妈以前常说的那样。第一个小时,店里很安静,至少顾客们都很安静,但是当店里没有任何顾客可说话时,艾奇就开始和我说话。

"你有没有想过放个假,洛芙迪?"他问。

"为什么?"我问。艾奇上一回问我是否打算度假时,是想确保我能连续看店一个月,因为他在一部故事背景位于维也纳的间谍电影中拿到了一个小角色。他回来时,我已疲惫不堪。

"嗯,提前计划又没有坏处。"艾奇说。过了一会儿,他又说:"你放假都去哪儿?你会去什么地方?"

"康沃尔,"我说,"我其实不喜欢放假。"

"那只是因为你还没找到对的人陪你去,"艾奇说,"就像喝鸡尾酒,或玩牌一样。"

"好吧,你该闭嘴了,"我说,"现在我得整理三个字母前的书了。"

他安静了大概五秒钟,然后接着说:"如果有机会去任何地方,你会选哪儿?"

"不知道,"我说,"我没有护照。"

"我有好几本,"艾奇说着,眼神开始闪烁,"你永远都不知道,什么时候需要马上出发,休个短假。"

我往后一靠,笑着说:"怎么,是不是二手书店黑手党终于发现你偷了《莎士比亚全集》的第一卷,中途还不小心谋杀了蒙巴顿勋爵[①],于是开始追杀你?"

艾奇也笑了,不过他却露出了快哭的表情。他想要放松情绪,于是站了起来。"我很抱歉,洛芙迪。"他说。

"为什么?"

"所有的事情。没事,这不重要。"我猜他可能是宿醉未醒:醉酒会让他感情脆弱。一般情况下,他是不会在意打扰我工作的。难道

[①]路易斯·蒙巴顿(Louis Mountbatten, 1900 – 1979),英国海军元帅,1979年在爱尔兰乘坐游艇时被炸身亡。

是我说了什么无礼的话？但我是无心的。

他已经转身离开了。我不知道发生了什么，但不想就这样放手不管。我吸了一口气。"艾奇，"我说，"如果我打算休假的话，我会去惠特比。"话说出口后，我才意识到我说的是实话。

当我还在思考艾奇为什么感到抱歉，以及如果我真的回到惠特比会发生什么时，梅洛迪进来了。

"洛芙迪。"她说。听她叫我的名字，我总会觉得好笑，因为她无法叫出花样来。她基本上在叫每个人的名字时都会拖音，那是她的一种挑逗方式。"艾奇——""内——森"。她甚至会设法将罗布的"罗"发成弹舌音。但"洛芙迪"这个名字让她无计可施。今天她试着拖长"洛"的音，但那只是让她听起来很（更加）愚蠢，而且她也知道这一点。

"梅洛迪，"我说，"你好。"我想把最后的"迪"字拖长一点，不过我没有。我有很多讨人厌的地方，但我并不斤斤计较。我知道世界上有许多斤斤计较的人，如果说我的人生有目标——除了保持低调之外——那就是不要成为其中的一员。

"你和你的英俊男孩内森今晚会去参加诗歌之夜吗？"

"我还不确定，"我说，"还没决定。"

事实上我已经决定了，我不打算告诉她。我准备了一首诗，这几天一直在脑子里回想，思考着该怎样表演。内森帮我练习过。我已经背得滚瓜烂熟了。我不想把事情搞砸，毕竟第一次表演我就搞砸了。

我仍然不确定自己否会喜欢上表演，但是我认为如果准备得到位，至少能为自己争取到机会，得到一个公正的评判。

"我会去的，"她说，"和我的男孩罗布一起。"

"哦，好的。"我说。我想她看上去有些生气，但是她戴着圆顶礼帽，我看不清她的眼睛。

之后我想到她或许希望我关注她的爱情生活，毕竟以前我并不关注，只是（稍微）感激过她帮我将玫瑰拿出信箱。或许她听说了罗布跟踪我的事，认为都是我的错，因为我有着众所周知的不爱理人的妖妇气质，虽然我不想那样，但一般也不会在乎别人怎么想。

接着我想到了罗布可能会表现出的样子。我问自己，如果我更喜欢梅洛迪一些的话，是否会试着提醒她。我想我可能会的。

"你和罗布处得好吗？"

"他很聪明，"她笑着说，"眼光也好。"

"我知道，"我说完停顿了一下，仔细思考着该怎么跟她说，"不过，梅洛迪，他——他对你好吗？因为——"

她举起一只手。"我不会和你讨论我的恋爱进展，"她说，"我们晚点见。"她说完便走了。她刚绕过街角，我便想着是否应该追上去。可是我该说什么？"我下班走出书店时，你男朋友有时会从隔壁的咖啡馆里跟出来？""罗布会在我回家的时候跟在后面？"说这些事很容易。只不过我告诉她的每一件事，听起来都会像是吃不到葡萄说葡萄酸。

不等艾奇开始谈论"银鱼流行之前"和"在海滩上煮龙虾"的事,我就溜回了早餐吧台。自从在德文郡某处过了一个周末后,那就成了他眼下最喜欢的话题。

有一箱子的烹饪书在等着我。好吧,等着我的箱子很多,不过装烹饪书的箱子最大,里面的书数量也最少。我早上在把它们同其他捐赠书拖下台阶时点过数。艾奇不允许我在门上贴"我们不是慈善商店,不要往这里乱丢书"的告示,他说就算这么做也不会有任何用处。我想他可能是对的。

我腾空箱子,开始将书按作者分类。我发现了一些好书。虽然没有珍本书,但是有现在依然很受欢迎的作者在二十世纪九十年代出的书,这意味着依然有人会把它买下来。

无论这箱书之前的主人是谁,都可以推断出烹饪曾经是他们的目标,但并未付诸练习。书里很少有使用过的标记——没有黏在一起的书页,没有标记常用食谱的纸条,没有在书页旁标注油酥面团数量的笔迹。它们很可能是被买去放在厨房的时髦架子上做展示的。我想我可以将它们摆在主展台上,当作"刚刚到货——趁它们还很畅销时赶紧买"的那类书来销售。艾奇喜欢快速制胜,不过他其实并不需要考虑钱的问题。他不靠书店过活,甚至不领薪水。他只负责付房租、账单和我的工资,在大多数情况下,他都能应付得过来。

但是我知道,以八英镑一本,十五英镑两本的价格卖出一打烹饪书，会让艾奇的脸上露出笑容。我将它们往主展台上搬，并将它们错落有致地摆成一列，好让它们从每一个角度看都能吸引人。摆放的同时，我又检查了一遍可能漏掉的磨损痕迹。艾奇会接受还价，但是我不会，如果价格一开始就很公道，我会将这个价格坚持到底。

我注意到《迪莉娅烹饪课程全集》的品相不是特别好。我本以为它和箱子里的其他书差不多，因为它的保护套还在，但是还没等翻开我就意识到，这本书与其他的不一样。这是一本用过的书，它留下了主人的印记。不仅如此——其中有个印记还唤起了我的回忆。是的，我对那个印记有印象。

首先，保护套前面裂了一道横印。裂缝划出一条参差不齐的线，从左上方延伸到右边的中间，像一家亏损企业的卡通图标。裂缝用透明胶带修补过，技巧很不娴熟，裂口处用短胶带条打成十字形补丁，一长条胶带延伸到保护套顶部。拿起那本书时，我心中又浮现出了那种感觉，和看到企鹅经典丛书与凯特·格林纳威的书时一样。我之前以为它们的出现只是巧合或偶然，说实在的，那些书最后出现在我手中的概率能有多大？

但是现在，过去突然跳回到我面前，仿佛要发起袭击。我能做的就是别像书突然燃起来时那样把书扔掉然后跑开。

我闭上眼睛，深呼吸几次，告诉自己这是在犯糊涂。

它不可能是我们家的那一本。不可能。

再次睁开眼睛后，我告诉自己我看见的只是一本一直都很畅销的烹饪书。妈妈当然也有一本，因为几乎全国每个家庭都有一本。我翻动书页，回忆起来。我们很喜欢书中那道松软嫩滑的树干状巧克力蛋糕，有时妈妈在尝试将蛋糕卷起，使之不留下裂痕时，会笑着骂她自己发明的粗话（"哦，该死的诺拉"）。她从来没做成功过。等我逐渐长大，能够阅读食谱时，我立刻发现，迪莉娅说过这种蛋糕一般都是会有裂痕的，但是对于妈妈来说，那样不够好。她总说："这一次我希望做到完美，LJ。"

书中还有一道锅煎比萨的食谱，我们有时会在周末做来吃，不过不会放橄榄和凤尾鱼。可能这样有点奇怪，但对我来说，那仍然是比萨应有的味道，况且这样还能记录自己烤比萨的数量，用的都是你亲自制作的酵母和木柴。不管这本书曾经的主人是谁，他们一定也很喜欢那道菜，书的页边看上去像是被番茄酱之类的东西糊在了一起。

翻阅这本书时，我几乎又闻到了惠特比的大海的味道。为了散热，我们总是将厨房门开着，海滩的味道随着凉爽的空气一起吹进来。这本书曾经的主人肯定也喜欢过我们喜欢的东西。有关司康饼、鼠尾草苹果猪排、布朗尼蛋糕和麦片姜饼的几页都有使用过的痕迹。

我开始寻找柠檬蛋白派那页，因为我曾经十分喜欢制作这道点心——步骤很多，先是做油酥面团，接着是加馅料，然后是加蛋白霜。我们一般是在特殊场合才会吃这道点心，每次吃的时候我都觉得它的味道好得让人难以置信。艾奇的生日快到了。给他买一件满意的礼物是一件不可能实现的任务,因为他几乎已经拥有了他想要的一切,剩下的那些我都买不起,像是贵到离谱的雪茄和名字难念的葡萄酒等等。但是如果我为他亲手做点什么,那么就算不说话,他也会知道我的谢意有多深。我讨厌说话。我想就是因为这个我才喜欢诗歌,因为诗歌只用最少的词句来表达情绪。你无法用一首诗来吵架,而且在朗诵一首诗的时候打断别人是很粗鲁的。

我很快就找到了柠檬蛋白派那页,因为那里做了标记。里面夹了一张惠特比的明信片:是一张悬崖的照片,地点是我们以前常常坐在海滩上的地方。这张照片拍摄于一个温暖的夏日,尽管我总是认为悬崖在雨天和阴天看起来最壮观。画面中的悬崖似乎在发光,看起来又有点凶险。我感觉它们仿佛和我有什么联系。我看着那张明信片,切实感到心跳漏了一拍,以前我一直认为这是一个愚蠢的说法,不过我确实感觉到心脏在胸腔中移动,一前一后跳了一秒,然后才重新恢复到一贯的速率。

我将那张明信片翻过来。

上面写着六个字:但愿你在这里。是用黑色墨水写的,现在已经褪成了深蓝色,笔画则少了些力度。文字周围歪歪扭扭地画着一颗心。

如果说我的心跳之前漏过拍,那么这时候它开始狂跳起来。

或者说是坠入了深渊。

心脏已经不在原位,肺里也没了空气。我的眼睛依然在工作,它们看见我的双手在颤抖。

是我妈妈的笔迹。

字形丰满，线条柔和，就像她本人的身型一样，大多数字母的宽度和高度几乎相等。我曾在某处见过这个笔迹。在我的生日贺卡上，她总会在我的名字，以及"妈妈"和"爸爸"两个词外面画一个心形框。我不是说她拥有那种华丽装饰图案的版权，我是想说，当我把这些发现累积起来——明信片、笔迹、这本书……

是她的书。是我们的书。

为了确定，我的肺重新开始工作，只不过呼吸的声音变大了，空气有节奏地进出我的身体，发出沉闷的声音，我几乎听不见店里的动静了。我走到那本书前，开始迅速翻阅。

我们的厨房很小，妈妈和我在烘焙食物时，会将那本书摊平放在桌上，将原材料放在书的周围，或者直接放在书上。爸爸以前常常笑话我们说，如果他对我们做的东西再多点喜爱，或多点幻想的话，只用去舔食谱就能尝到原材料了。我们在烘焙过的每一种食物的书页上都留下了证据。而现在，那些证据就在这里，就在我眼前。

"我妈妈也有那本书。"内森在我身后说道。我吓了一跳，在凳子上摇晃起来。"嘿，坐稳了。"他将双手环在我的腰际，然后停在那里。他站在我身后，鼻子贴着我的头发，嘴唇贴着我的后颈。内森非常敏感，但并不烦人。他会将双手放在你身上，并留在那里。他不会抚摸、拧掐或揉弄你。我喜欢这样。我又不是吉娃娃。

"我妈妈也有。"我说。我的声音很怪,仿佛在说话的时候,被一声咳嗽包裹住了。

我试图将所有线索整合起来,甚至没意识到线索已经很多了。企鹅经典丛书,凯特·格林纳威的书,现在又是这本书。不可能是巧合——但如果不是巧合,那又是什么?

我呼吸得很快。我感觉内森觉察到了。他将我稍稍搂紧了些。

"嘿,里彭女孩,"他说,"你需要一个小门铃什么的,这样有人进门时你就会注意到。我总是让你吓一跳。"

我不知道该说些什么。我担心如果再次开口,会忍不住将整件事和盘托出,那么我曾如此努力想要摆脱的每一件事都将追踪到我。

"你准备好了吗?"他问。他扮上了全套魔术师的行头:长礼服,尖头鞋,时髦的黑裤子,下面是粉绿相间的袜子——它们不会露出来,除非他想要展示,但是当他蹲下或伸腿时,袜子会留下一抹色彩,和他那双鞋带系法不一的马丁靴一样,能起到分散人们注意力的效果。他背着一只小皮包,前一天晚上他让我看了里面的每一样东西,并向我展示了他即将表演的所有戏法。尽管我知道它们是戏法,但其中的大多数还是让我百思不得其解。这让人感到挫败,同时也让我觉得他有一点性感。那是一个美妙的夜晚。

爸爸即将出发去石油钻塔上工作时,妈妈会往他的大旅行袋里放明信片,而我会画画或写便条。我们会将信塞进他的包里,藏在他那些闻着有努力工作气息的冰冷的衣服之中。想到爸爸发现它们时惊喜的表情，我们会不由自主地发笑。当然，他不会惊讶的——如果我们不费心塞那些，他可能会更惊讶——有件事一直很奇怪，但我从没细想过：回家后，爸爸会将明信片贴在冰箱上，但是我没看见过我写给他的便条——至少当时没见到过，不过后来清理房子时，它们又回到了我手中。

我回过头去看那本书，以及明信片上妈妈的笔迹。我感觉自己的整个身体仿佛都被沥青填满了，光是想着要移动一下都让我想哭，尽管我已经失去了哭泣的动力。想到要去那个派对，看着内森从小孩子耳朵后面掏出硬币巧克力，我身体里的沥青好像凝结了。

突然之间，我很害怕。

谁认识我？谁正在监视我？妈妈的书就这样来到了我手中——我和她有着同样形状的指甲——如果不是有人故意送来，那这未免也太巧了，不是吗？我之前以为当一切偏离正轨时，所有的纪念品就都已遗失了。我害怕移动，甚至害怕环顾四周，就像埃德加·爱伦·坡的小说中的某个人物一样。我不知道会发生什么，但我敢确定，这一定是件坏事。这些年来，我一直试图让自己相信事情都过去了，但实际上它们找到我只是时间早晚的问题。

我转过头看着内森。

"我去不了了，抱歉。"

"出什么事了？"

"我只是——不能去了。这里要做的事太多。"我看着地上摆着的,以及长椅上待整理的那些箱子。

"洛芙迪,"他说,"我们握一下手吧。"

∞

之间的一个周末,我们握过一次手。

我们一直在谈话,当然,是在床上。我们喝葡萄酒到很晚才睡,内森给我讲起了他的成长岁月。在康沃尔度假的那个夏天,他在他妈妈朋友的房子里借宿。我一边听一边想到了我对于康沃尔的大海的少有的记忆,以及爸爸曾经告诉我的一些事。当内森问我对假日有什么记忆时,我亲吻了他,说我们应该上床了。正如我说过的,我遇到内森时并不是处女,但与他相处的时间是有史以来最长的,我正在体会——好吧,体会真正了解一个人是什么感觉。我看过的书里讲的大部分都是坠入爱河、满怀期待、初吻和在一起度过头几个夜晚的事,所以我从不曾想过还会有更甜蜜的时刻。我们还可以了解、熟悉他人,这意味着一切都确实比一开始棒多了。

不,我没有坠入爱河。我只是——享受这份亲密。

第二天早上,内森先醒了。我是趴在床上睡的。那晚很热:羽绒被都掉在了地上。我醒了,感觉到后颈的亲吻。这样的时刻本该将我吓得够呛,但我当时只是伸展了一下身体,并继续趴着不动。内森坐了回去,用手指摩挲我背上的文字,先是一边的肩胛骨,接着是另一边。

"我喜欢你的文身。"他说。他的声音一如清晨般温暖。他自己的皮肤上什么也没有,是暗暗的白色,像揭开蜡封后的伊丹乳酪。

"你没有文身。"我说。

"对,"他说,"我太怕疼,怕自己文到一半不得不放弃,而且我不知道该选什么图案。"

"唔。"我说。我不想开始那套"但是你接下来的人生都会被这种想法困住"的论调。这样的话也可以用来形容生孩子,但没人这么说。

"为什么选这些文字?"他问。

皮肤上的刺痛感消失,一种麻木感出现了。这样的对话可能引向任何方向,但我一定不能说实话。不过又有一小部分的我——在我脑袋后面,一个隐藏的地方,声音很小——在问自己为什么不干脆告诉他实情,把一切都告诉他好了。显然,我没理会这个念头,因为做这样一番自白不会有任何好处。与内森相处就像是脱离自我的一趟假期。趁假期还没结束,我打算好好享受。

"我可以告诉你,"我说,"但你得先告诉我它们都出自哪本书,然后我再告诉你为什么选择它们。"

"成交。"他说着吻了一下我的左肩胛骨,随之而来的是一阵酸麻。接着他读出了上面的文字:"'起初,他们并不是铁路边的孩子们。'我要疯了,我的答案是:这段文字出自《铁路边的孩子们》。我需要知道作者吗?"

我用手肘撑着起身,这样说话更方便。他的手指继续沿着我的肩胛骨和脊椎上上下下地抚摸。我感觉到自己的皮肤正在尽力迎合他。我稍稍向后拱起脊背。他的双手张得更开了,开始爱抚我胸腔的两侧。这个星期日的清晨,我恐怕一时半会儿是去不了任何地方了。

"不用,"我说,"只说书名就行。选这段是因为,我很开心她爸爸最后回来了。"他可能听出我一开口就带着哭腔,但他并没有表露出来。他的手掌在我背上放平,一边摩挲一边按摩。我告诉过他我爸爸已经去世了。这样一来,带着哭腔应该是可以理解的。"作者是内斯比特①,"我说,"我很好奇你到底上没上过学。"

他的注意力转移到了我另一边的肩胛骨上,他先是亲吻了它,接着开始阅读那些文字。"'那天,去散步是不可能了。'我觉得我好像知道这句话,能给我一个提示吗?"

我想到了简·爱,她在困境中陷得多深啊。妈妈也跟她一样,不可能再去散步了。我想起了惠特比家中书架上的企鹅经典丛书。说到底,我想我并不喜欢这个游戏,真希望我一开始没有提出这个建议。我提醒自己,开端和结局是不同的,在现实生活中,无论之前失去了什么,你还是能决定自己的结局。是的,在听到内森的诗之前,

---

① 伊迪丝·内斯比特(Edith Nesbit, 1858 – 1924),英国儿童小说家。

我确实这么想过。我想，我之所以会感到不快，这是部分原因所在。

"没有提示。"我说。

内森笑了。"我想也是。为什么所有的字体都不一样？"

"哦，"我说，"因为我让文身师自己选择字体。我真正在乎的只是文字。"

我翻身仰面躺下，将双手枕在脑后。内森在我醒之前已经洗过澡，身上还没干。他用了我的沐浴露，所以闻起来有葡萄柚的味道，浓烈中还带着一丝甜腻。他围在腰上的浴巾已经散开。他算不上强壮，不过也不瘦，胸膛的宽度刚刚好，中央有零星的毛发。我将一只脚的脚掌抵在他的胸骨上，他两只手绕过我的脚踝，一路沿着我的腿向上爱抚。我看得出他不知道我锁骨上文身的出处。左边锁骨的"这本书沉重、黑暗，满是灰尘"出自《占有》。我喜欢那本书，因为它展示了爱的复杂性，让我明白了即使没按计划发展，爱也依然可能是真实的。此外，还因为书中有诗。书中有些情节发生在惠特比，这让我既感到安慰又痛苦。一本好书就应该是这样。右边锁骨的"报春花开过了"出自《兔子共和国》[①]。当时我住在埃尔斯佩思·菲普斯家里。我本不该读这本书的，因为那时年纪还太小。这本书把我吓坏了，但也让我明白，事情是会发生变化的。重读这本书是在十八岁，我选这句话作为文身，是对当时那个吓坏了的小孩的一种致敬，她

[①]英国作家理查德·亚当斯的作品。

虽然很害怕，但一直读了下去。

内森正在看我右边的大腿。"'有些事情的发生先于其他。'"他读道，"尼采？"

我笑了。"别嬉皮笑脸的，"我说，"这是一句深刻的话。"

接着他开始探究我臀部的文字。"'幸福的家庭都是相似的，不幸的家庭则各有各的不幸。'每个人都知道这句话。"他说。

"也包括你吗？"

"现在是谁在嬉皮笑脸？"他笑着说，"《安娜·卡列尼娜》，作者是列夫·托尔斯泰。"

我从脑后抽出手来鼓掌。"那这句话就无须说明了。"现在我的双手都自由了，于是就举起来去够他的脸，将他拉向我，然后亲吻他。亲吻内森是这段日子以来我一直做不厌的事。此外，我也真的不想解释文在臀部另一边的《英国病人》①的第一句话："她一直在花园里干活，这会儿则站直了身子，眺望远方。"我不知道内森是否会认为，这本书之所以给了我安慰，是因为它讲的是有所隐藏的人。我不想让他知道，眺望远方是我永远都不敢去做的事。

幸运的是，我们的动作由亲吻开始逐渐升级。半小时后，我们躺在那里，阳光从窗口倾泻进来，洒在我们的皮肤上。

"我认为我们正在熟悉彼此，洛芙迪。"内森说着露出了一个微

---

① 加拿大小说家迈克尔·翁达杰的作品。

笑。我点了点头。

接着他的脸色变得严肃起来,而我也做好了准备。"但是你不怎么谈论自己,"他说,"你在一家书店工作。你来自里彭。你的爸爸去世了。你不想见你的妈妈。这就是我所知道的全部。当然,还有你已经读过七本书,或者至少读过了第一句。"

我笑了。内森能逗我笑是因为他总爱打趣我。艾奇有时也会打趣我,但他都是有目的的,比如取笑我公寓的状态,或是我染了的头发,所以我一般置之不理。

"那就是你需要了解的全部,"我说,"真的就是这样。"而且汇总起来,实际情况确实如他所说。好吧,只需将"里彭"换成"惠特比"就行。

他看着我,做了一次深呼吸。我想,我是对的,问题出现了,只不过这只是其中一个我还比较喜欢的问题。

他说:"如果你不想告诉我某些事情,我可以接受。不过我在意我们告诉彼此的是否是实情。"

"好吧。"我说。我产生了一种感觉,这是我小时候经常在海滩上体会到的。当海滩上几乎没有别人时,我可以在无人注意的情况下,撅起屁股做一个蹩脚的侧空翻。"还有其他不能通融的条件吗?"

"我想应该没了。"他说着伸出一只手,我握住摇了几下。这感觉很怪,两个人在赤身裸体的时候握手仿佛是种不恰当的行为。就像脱帽致敬一样,他这个动作是在庆祝自己侥幸成功了。

"我们握手达成过协议了,"这时他又说了一遍,"告诉我真相。"

我看了看那本迪莉娅的书,然后看着他和他那像在海边度假一般的眼神说:"以前发生的一些事情让我有些触动。没发生什么坏事。我只是现在不想去任何地方。我无法微笑着认识陌生人。我需要些时间思考——这件事。"

他点点头。"是我让你难过了吗?"他问。

"不是,你不是世界的中心。"

他笑了,声音很轻。"你会告诉我是什么事吗?"

"我还不知道。"我说。严格说来,这或许是善意的谎言。

"是我能帮你的事吗?"

"我想不是。"

店里一片安静。艾奇就站在门口,热情地招呼过路行人,他那样子就好像是得了"奥斯卡最佳男主角(书店老板)"。

"你在这儿没问题吧?下午还请假吗?"

"我没事,"我说,"我想我还是工作吧。要做的事确实还有很多。"工作永远做不完,而那正是我喜欢的地方:图书的生命始终在循环。有人进来找书,有人送来对他们的生活已经没有用处的书,但那些书还可以在其他人的生活中发挥作用。我让整个循环系统运转起来,就像图书的使徒圣彼得①,或者……哦,我不知道,绵羊、山羊、小麦、谷壳,从《圣经》中随便挑选你觉得合适的隐喻吧。

"好吧。"他说。他吻了我,就像他原本就打算那么做一样,接着他离开了。他走到门口,然后又折了回来。"你会给我打电话吗?"他问。

"会,"我说,"烦人,别再问东问西了。"

他笑着做了个脱帽致意的动作。我开始觉得那动作有点讨人喜欢了。说实话,我自己也积极地盼望着能与内森待在一起。我喜欢和他整晚都待在一起,只读书就行。当一天结束,他来书店找我时,我感觉他就像是在发光。我知道我说的这些很荒谬。内森离开时,罗布的影子从窗口一晃而过,朝隔壁咖啡馆走去。他扬起了一只手,而我假装没看见。当你对谈话对象感到厌烦时,看看周围的物件是个好办法,就像有时和梅洛迪说话时我会看着她的圆顶礼帽。我怀疑那本烹饪书是罗布塞进箱子里的——是不是他通过某种方式了解了情况?他说过我睡觉时会说梦话。书店里一直有人进进出出,而待整理的书就放在地上或长椅上。不过我不知道他是怎么拿到妈妈的烹饪书的。而且如果罗布想让我崩溃,那他更有可能的做法是往信箱里塞死老鼠。

我正背对着安静的店面而坐,镜子里看不见一个人,但我感觉

---

①耶稣的十二位使徒之一。

像是有人在监视我。我真的不喜欢这种感觉。

我早早吃过了午餐,拿出迪莉娅·史密斯的那本书,坐在壁炉前的椅子上躲了很长一段时间。我看着那张明信片,当我打量正面时,尚且还能说服自己背面的字迹出自另一个人,但是当我将明信片翻过来时,我就知道自己错了,会在上面写下那条信息的只可能是那个人。我知道,那些文字,那些字母,那种墨水,那些心形图案都是无法反驳的"法庭证据"。好吧,也许要算作间接证据,但是依然具有压倒性的力量。

我将明信片放在椅子旁边的架子上,开始翻阅这本书,这一次我的动作很慢,不再自欺欺人地告诉自己这本书不是我们的。

艾奇穿过书店来到后面,这把我吓了一跳。"你还好吗,洛芙迪?"看到我的脸色,他问道。我猜我可能一直在流泪。想到还要整理书架,同顾客说话,我更想哭了。而且今天下午梅洛迪还要过来,我不想听她谈论她自己和罗布。现在我只想回家。

"说实话,我感觉不太好。"我说。我想过用痛经做借口,但又觉得不管怎么说都不该这样欺骗艾奇,他可能会开始回忆自己给麦当娜当妇科医生时的经历,或者诸如此类的情景。我吸了一口气。"我猜这本书……"我说,"是我的。我是说,是我妈妈的。它让我很思念她。"

"哦,洛芙迪。"他静静地站在那里,看着我说道。

"我不知道她在哪里。"我说。接着,前门的门铃响了,有人在叫艾奇的名字,我站起身说:"你介意我现在回家吗?"

"当然不介意,"艾奇说,"我们改天再谈,洛芙迪。"

我没去参加诗歌之夜。内森稍后给我发了信息,让我和他周末去看电影。他没有追问我,没有小题大做。你可能会说,这一切都好得令人难以置信。

过往
History

-2013-
关于食物

那时,我以为我喜欢罗布的不完美,即使他像罗切斯特先生一样絮絮叨叨地谈了那么多事。我想那正是我不顾擦鞋的事,又和他出去见面的原因。我知道这样不对,我知道。但是当不完美的你又遇到了一个明显比你更不完美的人时,你会感到既振奋又安慰。振奋是因为它让你产生了"好吧,我来承担责任"这样的感觉。我认为自己可以做一切想做的事。首先,我可以攻读一个学位;我可以将未来打造成不同于过去的样子。感到安慰是因为我觉得他就像是我的族人,如果我身处一个部落之中的话。实话实说,内森永远不会让我产生这样的感觉。我可能不用像罗布一样每天一把接一把地吃药,但我知道,我也永远不会获得任何健康大奖。正因为这些,再加上他经常谈论书,当他开始阅读弗洛伦斯的日记时,他多次谈到这本书的"丰富性",以及对他的博士学位的"实质意义",我猜,这让我产生了自负的感觉。我以为自己不再是一个书店女店员，而是在进行着重要的研究。这让我现在想起来还会觉得不安。

首先，在所有人中，我最应该明白没有什么事情比一本书更好、更重要。为艾奇工作差不多是拯救了我，所以我有没有商业思维并不重要。其次，在书店工作并没有错。而且，从统计学的角度来说，考虑到我之前的人生，这份工作可谓是一项巨大的成就，要不然我最好的结局可能是失业，最坏的结局则可能是啜饮烈性葡萄酒，或者在一座火车站迅速成长，人们经过我时都会小步快跑，以防被我抢劫。显而易见，我还可能进监狱。我不蠢，我知道是艾奇和他的书改变了我。而在那段时间，我竟然以为是罗布通过他那喋喋不休的"森林中最高的那棵树是达·芬奇，而非其他某些怪诞的过时天才"等说辞让我变成了一个更好的人，所以一想到这些我就觉得尴尬。

我想我是希望感觉到自己很重要。我刚刚脱离勉强度日的境况，期待着向上看、向前看，等待着普通中等教育文凭考试的阅读书目出炉，这样我好将所有文件统统打包装进一个小资料袋，准备好交给涌进书店来寻找它们的家长手中，这样的日子我希望再过至少四十年。（估计上天不会想让那些十六岁的孩子们做这种单调的苦差事。）至少罗布帮助我看清了我所拥有的东西。

我很想说事情变坏是因为新刺的文身，但事实上，事情从未好过，只不过坏事总是慢慢显露真容，而文身事件导致坏事第一次浮出水面。

三个月前我读了《碟形世界2：实习女巫和小小自由人》[1]，之后便经常重温这本书，所以我将书中的第一句话文在了我的右大腿上。

不妨告诉你，刺一行文字需要大约一小时，是的，还很疼，因为会有一根针像钻头一样在皮肤上进进出出。当然，那是你自己选择接受的疼痛，所以感觉稍有不同，不过不管E.L.詹姆斯[2]怎么说，这一过程都完全称不上刺激。如果是刺在一个丰满的部位，则痛感较轻。只刺一行文字的好处在于，你能感觉到进行到哪里了。如果是彩色文身，你就没办法知道还需要多久了。文身前我服了扑热息痛，等到结束时，我已在脑海中慢慢从零数到一千，又从一千倒数到零。直到几天后，文身引起的红肿才消失。

罗布是第一个看见这处文身全貌的人，他并没做什么评价。在我早上穿衣服时，他读了我身上文的几个词语，仿佛在阅读报纸上的标题，仅此而已。

下一周周六晚上的约会，我迟到了。

我想我是按时离开家的，不过我没赶上公交车，而且等了二十分钟才等来下一班。紧接着，车子还在城市环路上耽搁了。罗布之前就告诉我，他要做他那道独家配方的红烩牛膝，原料得先在卤汁中浸泡两天，第三天慢烹，所以我以为迟到也不会有影响。我比约定的时间晚到了半小时。我没有发短信，因为——好吧，因为我没

---

[1] 英国著名儿童文学作家特里·普拉切特的作品。
[2] 英国畅销小说《五十度灰》的作者。

觉得这有什么问题。我的约会经验算不上丰富,罗布知道我会乘公交车来,所以我以为他也明白公交车可能会误点——我们曾经讲过当时流行的关于公共交通工具的笑话。在那时,我们已经约会过大约六次,这期间足够讲一个流行的笑话,做一次关于精神健康问题的自白式谈话,以及产生一种错误的安全感。

"抱歉,我迟到了。"他打开门时,我说道。我开始解释公交车的事,不过他用一个点头的动作打断了我,非常明显,那个动作的意思并不是"我接受你的道歉"。

"呃,虽然不是所有东西都被毁了,但米兰式烩饭的口感肯定是不好了。"他说着转过身,而我则跟在他身后走进公寓。我在门口脱掉了鞋子——是泛着金属光泽的马丁靴,因为穿了数年,它们几乎支离破碎了,我出门前才将它们擦干净。我将它们并排放好,与墙壁形成直角,鞋尖并未完全接触到壁脚板。

罗布已经铺好桌子,点好蜡烛,显然费了很大的劲,所以我再次道歉。接着我意识到,我忘了带葡萄酒,那酒现在还放在我公寓厨房料理台上的一个包里。我说过要带来的。罗布耸耸肩,说没关系,但我看得出来并不是这样。他气鼓鼓地在厨房里到处找酒,而我觉得自己不应该承受这些。

我说:"罗布,很抱歉我迟到了,也很抱歉我忘了带酒。我是不是应该离开?如果这个夜晚已经被毁了,那我们不妨及时止损。"我这么说并非出于恶意,我这么问,说实话,是因为我觉得回去就着比萨饼读书会好一点。我没办法同呕气的人打交道,罗布知道那一点。

我想他明白了我那番并无恶毒用意的话的含义,因为他走过来吻了我一下,并且说:"我很抱歉,洛芙迪,只是我已经计划好了每一件事。"

他看上去焦躁不安。回想起来,我能看出他绝对和平常不同——我这么说的意思是,即使当我乘坐的公交车在车流中奋力前进时,他把炉架上的米兰式烩饭做毁了,他的反应也不应该是这样,这和他应有的情绪不大一样。

我当时没想到他的精神状态不对。我猜我是以为,做毁的烩饭不可避免地成了压死骆驼的最后一根稻草。

"我看得出来。"我说。我差点想说,我又没要你那么做,但是那句话听起来太卑鄙了。无论如何,我不确定除了生日蛋糕以外,还有没有人曾经为我点过蜡烛。

看起来,那个晚上的氛围在最后得到了弥补。红烩牛膝好吃得惊人,罗布显然看出我喜欢那道菜。他花了很长时间解释它的历史,不过对你们来说,那听起来会像是学术知识。我没怎么用心听。看着罗布的时候,我意识到一件事,那就是,如果你不怎么谈论自己的过去,而你又在一家书店工作,那么你的谈话主题基本上就分为下面几类:

1. 我读过并喜欢的书,以及喜欢的原因。

2. 我读过但并不喜欢的书，以及不喜欢的原因。

3. 我想读但还没读的书，以及原因。

4. 我决定不读的书，以及原因。

5. 顾客。

6. 艾奇。

7. 梅洛迪。

公平地说，所有储量丰富的矿层都值得开采，但是范围有限，所以我没有阻止罗布谈论意大利烹饪的传统，以及他曾吃过的红烩牛膝，尽管一段时间之后，所有话题似乎开始混淆成一顿大餐。接着他开始谈论他的研究和写作。

"我最近一直在通宵工作，"他激动得一个词没说完就抢着说下一个，"差不多要写到核心内容了。我知道我说的没错，这将是一篇突破之作。"

我们上了床。这我早就预料到了，所以我提前刮了腿毛，擦掉了新文身上敷的药。文身上依然还有一点硬痂，不过红肿已经消退，能看清字词了。

罗布的一只手拂过我的大腿，突然，他停下来说："这是什么？你在伤害自己吗？"

我说："没什么大不了的，新刺的文身。"

"我认为这就是你在伤害自己。"他说。

他打开灯。我们之前一直是在黑暗中做爱。我失去童贞的探索过程也是在黑暗中完成的,而且之前的恋爱关系都没能持续太久,还不足以让我适应白天做爱、清晨做爱、周日整天在床上做爱这类电影和电视中被大众认为很常见的情况。他将我翻了个身,暴露在台灯下——真的是一把猛推过去——仔细观察。

"我看不清。"他说。

"'有些事情的发生先于其他',"我说,"是《碟形世界2:实习女巫和小小自由人》的第一句。"

"嗯哼。"他说。

"我喜欢这句话,"我说,"首先,我喜欢这本书是因为里面都是坚强的女人,普拉切特的重点在于——"

"哦,你已经拿到研究普拉切特的博士学位了,是不是?"罗布的语气百分之百是嘲讽。

就这样。我下了床——他想伸手抓我,但动作太慢——开始穿衣服。

"你以为你在做什么?"

"你才是即将拿到博士学位的人,应该由你来说我现在在做什么吧。"我说。他站起身——他还穿着平角裤——走出房间。我用最快的速度穿好衣服,回到了客厅。

我以为他是去将水壶放到炉架上烧水,或者做类似的事了——我认为成年人是可以对话的,哪怕是谈论由文身引发的幼稚的过激反应，而且如果他为我倒杯茶，或者向我道歉，我可能会接受。但他只是站在那里，靠在门框上，露出一副后来我再熟悉不过的幸灾乐祸的表情。他不说话的时候嘴巴很美，但是那时他将嘴唇扯成了丑陋的形状。后来，每当他想要做一些不好的事之前，这个表情会从书柜两端突然飘出来，就像柴郡猫的咧嘴笑。我想这应该是我第一次见到这个表情，因为我不至于傻到跟一个总是幸灾乐祸的人浪费时间。

"你要走？"他问。

"我本来想问你刚才发生的一切到底是怎么回事，"我说，"不过我不在乎了。"

"我刚想到，"罗布说，"文身这种事，你应该告诉我。"

"为什么？"我说着笑了起来，因为即便到那时，我还是没完全弄明白他是怎样的一个人。"难道我应该征求你的许可？"

我从他脸上的表情看出，我确实应该那么做。当然，他没那么说。他说的是："我只是觉得你本该告诉我这件事。如果我们——喜欢彼此，那我认为，我们应该那么做。"

"我们谈过文身的事。"我说。有一次在吃晚餐时，讨论过建筑的话题之后，罗布聊到了这个话题，他说他从来没觉得文身有什么意义，并询问了我选择文身内容的标准。我说："我会挑选对我有意义的话语。"我没说这是为了提醒自己，现实生活并不像书的第一句话那样能定义最后一页的内容。我感觉这句话透露了太多的信息，似乎和他没关系。如果能早点想清楚这一点,我就不会把胸罩塞在口袋里,站在约克市郊区的一座公寓中,思考在回程的公交车上即将与醉酒者一起度过的时光。

"你记得?"

"嗯,记得。"我说。突然之间,我感觉身体开始颤抖,就像在接受警察或律师的讯问。所有细节似乎都足够微小,像其他事物一样稀松平常,但是有一部分的你知道,如果疏忽大意,可能会给某人带来真正的麻烦。在现在这个情况下,同罗布在一起,有麻烦的人是我。他的眼睛有点过于明亮了。我抓起了我的包。

"我说了,"罗布假装耐心地说,"我真的不喜欢文身。"

我咽下了已经到嘴边的那句"哦,去你的,我没时间说这个",取而代之的是,我说:"你一个文身都没有,这是你的决定。我怎么做取决于我自己。"

他的表情像是在说"好吧,如果那就是你的看法"。我向门口走去。我以为他会拦住我,但是他没有。我走到外面的走廊上时才意识到他为什么会如此轻易地放我走。我转过身。

"我的鞋呢,罗布?"

又是那个幸灾乐祸的表情。"我不知道,洛芙迪。"

"去你的,"我说,"你多大了,十二岁?把我的鞋给我。"

他的表情从佯装好玩变得无比阴暗。他打了我。

好吧,确切说来,是他掌掴了我的脸,把我推向了一边,但我没有跌倒。当我重新站直后,我意识到脸颊上的皮肤开始刺痛。我理想中的应对方式是回击——我的一只手已经握成拳头——然后逃跑。但当时的我却完全僵住了。那是第一次有人冲我扬起暴力之手,这对我造成的伤害不仅仅局限在一个方面。

我看着他。我当时以为他会焦躁地道歉。在我的世界里,暴力就是一个信号弹,紧随其后的应该就是后悔。但事实是——"回床上来吧,"他说,"我对此不会再多说什么。"

"去你的。"我说。艾奇说我面对压力时就会恢复盎格鲁-撒克逊人的本性。

罗布耸耸肩,转过身返回了卧室。我猜他是认为我别无选择,只能跟在他身后。显然他对我了解甚少,正如我也完全不懂他。

我离开了那座公寓,没穿鞋子,只穿着袜子。我没过多久就等来了一辆公交车,但是即便只是走到公交车站,下了车后继续走回家,我的脚还是被割伤了三处,这让我感觉很脏。回到家后——已经过了凌晨一点——我洗了个澡,然后将脚放进了洗碗盆。我加了盐水,因为我感觉它们依然不干净。我把一条冰冷的法兰绒毛巾紧紧地贴在了脸上。

第二天我没去上班。我有点儿希望罗布出现,但我不会让他进门。我没告诉他我的住址,但是我和他说过,我住在一个新开的特易购超市上面的公寓里,约克市满足条件的地方实际上只有一处,所以他应该很容易就能找到。他曾经说过,他知道我说的是哪里。

我怒不可遏。他打了我，但他并不在乎。我的皮肤上没有瘀青，如果我决定报警，那么我将没有证据。

我确实想过报警。我想了很久，我不认为罗布将被指控任何罪名——这是一个经典的"你我证词互相矛盾"的僵局，而我们都知道这样的场面会如何结束——但我也不希望他觉得这事没做错。接着我想起了他的病，于是我陷入了死结。他说过，如果不服药，事情会变得很怪。我曾经以为他指的是出现重影之类的，原来他所说的怪是昨晚那种状况。我被困在了这个问题中。事情当然没这么简单：吃一片药就能阻止打人？我感到头疼，但与那个耳光毫无关系。

我想告诉艾奇，但这样可能会引发另一出完全不同的闹剧，那并不是我真正要的结果。不过我倒真想看看当罗布打开他的房门，看到艾奇和他聚集起来的约克市的桥牌玩家、图书爱好者和餐馆老板的"乌合之众"时，会是什么脸色。

星期日的大部分时间，我都在想妈妈，想爸爸给她造成了多少伤害。这甚至还不包括被你所爱的人背叛的那种伤害。我指的是纯粹的肉体疼痛，被打到产生瘀青，原本应该被心上人保护的身体部位被同一个人打断。老实说，罗布扇我耳光这种行为，就像个盛气凌人的小姑娘做的事。他大约十英石①重，就连从高高的书架上取沉重的书也会花光他所有的力气，但那一耳光还是打得我很疼，真的

---

①约为一百二十斤。

很疼。我猜部分原因是受到了冲击，然后每一条神经末梢都站起来，立即开始咆哮。紧接着的是丢脸的感觉。我不知道自己为什么会感到如此惭愧。我很难过，仿佛动手打人的是我。

我爸爸是个大块头，浑身长满肌肉。有一次他以为我要冲到马路上，便一把抓住了我的胳膊。是的，从他的立场上看，我这个冲动的行为让人害怕，但我依然认为他不该动用不必要的力量。他当时就站在我身旁，其实只需要伸出胳膊拉住我就行。之后，我胳膊上的瘀青蓝得发紫，妈妈便笑着打趣说要藏起来，别让社会服务部门看见。显然，很久之后，社会服务部门才真的出现。

所以当爸爸以他的力量愤怒地做出那些事情时，一定真真切切地伤害了妈妈。当然，在我的脑海中，我是知道那些事的。现在我的身体也经历了这样的事，回想起来，我对妈妈产生了一种怜悯之情。不是宽恕。但是——我仿佛能感同身受。

那个星期日，我坐在公寓中，将一包冷冻青豆压在脸上。维克拉姆·塞斯[①]写的《如意郎君》就放在膝头，我本应该阅读，但我总是不断地想起妈妈，想起她受伤的样子，还有爸爸，以及他伤害她的样子，这所有的一切都不是我想要的。我真切地觉得各种关系都不适合我，近期内我也不会再去任何人的公寓过夜了，无论他们有多喜欢我的研究方法。

[①] 维克拉姆·塞斯（Vikram Seth, 1952– ），印度诗人、小说家。

隔周的星期二,罗布来到了书店。我的脸已经恢复,脚上的伤正在愈合。艾奇没发现任何不对,这让我很惊讶,因为我的反应比我原本预计的要剧烈。我难以相信自己内心的震颤竟然没有表现出来。

罗布带了花来。还没见到他,我就闻到了花香。那束花的主花是百合,香味过于浓郁,让我想哭,但是我不会哭。我不会做任何让他以为我在乎这件事的举动,因为我真的不在乎,我只是不明白像他那样的白痴怎么会认为自己可以逃脱惩罚,以及他的所作所为是可以被原谅的。

"洛芙迪。"他说。至少这一次他没有露出幸灾乐祸的表情。他把花递了过来。

"我不要,谢谢。"我说。我试着不带感情地说出来,只陈述事实。无论那束花想传达的是什么信息,我都不想让我的公寓在接下来的三周时间里,闻起来都像是安吉拉·卡特[①]小说中的味道。

"别这样,"他说,"我在试着表达歉意。"

我原以为他会进来。我想了很多要说的话,设想的脚本从狂怒的贬低转变为轻柔的对谈。我想谈论什么是社会上普遍认可的行为,以及不露声色地询问他是否在看医生或者按时服药。

但是,当我看到他时,我意识到自己还没决定采取哪种方式。

[①]安吉拉·卡特(Angela Carter, 1940–1992),英国小说家,代表作有《安吉拉·卡特的精怪故事集》《焚舟纪》等。

事实证明，我采用了说话最少的方式。不会有惊喜，洛芙迪。

罗布把花往我怀里塞。他看上去怀有歉意，但归根结底，他打错了人。

我往后退了一步。"我接受你的道歉，但是我认为你的行为不对，"我说，"我不想要花，谢谢。"

他看看花，又看看我。"你这样做不太好吧，洛芙迪。"

"我们就别说什么好不好的了。"我深吸一口气，又后退了一步。

"至少和我去喝杯咖啡，"他说，"我可以在隔壁等你下班。"

"不了。"我说，"真的，我无话可说。"

他叹了一口气。他叹气的表情和他幸灾乐祸时一样糟糕。我站在那里，不知道自己为什么要为此感到烦恼。

"你真的决定抛弃一切，就因为一个微小的错误吗？"他说。

我站在那里看着他和他的花，以及他自认为很迷人的表情。我想他可能在为自己感到羞愧。如果我同他喝咖啡，那他可能会说这样的话。但是不存在"可能"——我们只不过是在约会——至于那个"微小的错误"，好吧，姐妹们，他差点把我打得牙都吐出来。

"是的。"我说。终于，我从预先准备的台词中找到了一句合适的。"我决定把这一切全部抛开，正如我说过的，你的行为不对。那不是一个'微小的错误'，如果你那样认为，那你是真的有问题。"我试着让语气保持温柔，"或许你该找个人谈谈发生的事。"

他明显没有在听。"我把你想得太好了，洛芙迪。我告诉过你我有病。我以为你会更理解我一点。"

"公平起见,"我说,我真的是这样想的,"如果你患的是流感,或者断了腿,然后扇我耳光,我们还是一样会有这场谈话。"

我们认真地看了彼此将近一分钟,接着我转身走进了那扇标有"私人领域"的门。这么久以来,我第一次开始好奇妈妈现在在哪儿。

那天晚上,我离开书店时,那束花就放在门口的人行道上。我准备把它放进咖啡馆旁的垃圾桶里,但里面塞满了,所以我把它放在了旁边的地上。我想过请他把我的鞋子还回来,但是我决定放弃。不管怎么说,那双鞋已经很难穿了,而且有些事情其实真的不值得悲伤。

罗布消失了一阵子:他曾告诉我他要去意大利待一段时间,我猜他应该是去了那里。回来之后,他时不时地过来露个面,往信箱里塞花,给我的轮胎放气,虽然后者只发生过一次。他扇我耳光之后的三年里,有时候好几周或好几个月都不见他的踪影,有时候又会反复出现。

或许是内森的出现让他变本加厉了。

虽然不想承认,但我确实很害怕他。

罪行
Crime

-1999-
没有一本书是无价值的

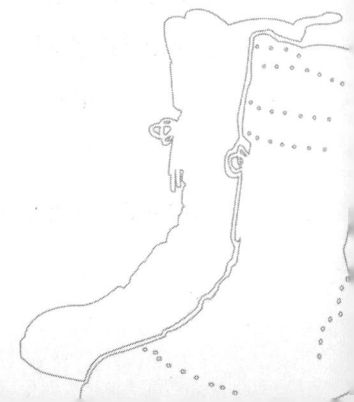

我想社会服务部门一定精心计划过他们拜访的时间,不过在那时,我并没有想过这些。那是十月中旬。过了这一年,我就十岁了。我并不太喜欢我的新老师,所以大多数时间都待在图书室里。我们不再去书店了。

爸爸当时去了职业介绍所,妈妈还是经常在厨房待着。这些日子里,她不怎么烘焙食物了——显然是因为黄油的价格"简直是抢劫"。她以前常说"我不相信人造黄油",语气就像是在说瑜伽飞行①或幽灵。但是,当时她却不知为什么做起了蛋糕。可能是因为放假,也可能是想等爸爸从职业介绍所回来后哄他开心吧。晚些时候我要去玛蒂尔达家参加一个过夜晚会,我兴奋得不得了,做什么事都安不下心来。突然,前门响起了一阵敲门声,我便过去开门。两个女

---

①以莲花坐姿冥想时用手撑起身体的姿势。

人站在门口，一高一矮，都穿着长裤和潇洒的夹克衫。矮个子的那个面色发红，仿佛刚刚爬过一座小山。

"你好，"高个子女士说，"你妈妈在家吗？"

当然，前门距离厨房大约只有六英尺，妈妈已经从厨房探出头来张望是谁来了。几周前她的一只眼睛又青了，所以她独自待着的时间变长了些，还总是打发我跑腿去商店。如果我要去朋友家，她就会拜托他们的妈妈来接我，或者让爸爸送我过去。

"你们好。"她说着从厨房走出来，站在我旁边，一只手在我肩膀上搭了一会，另一只沾满面粉的手则像幽灵一般别在身后。

那两个女人自报姓名，核对了我妈妈的名字，之后便询问是否能进门。我听见她们说，她们来自社会服务部门。她们看起来不像有任何好事要分享的样子，尽管她们在看着我时一直微笑着，仿佛是第一天上学，想和我交朋友。这感觉很诡异。

我很高兴被打发上楼了。我没有试图偷听——我在学校图书室找到了《甜谷高中》①，于是读书时间比以往都多了些。但是我听到妈妈高声说了一句话，内容复杂混乱，里面有我的名字，还有"完全安全"和"没有权力"之类的词语。前门很快就被关上了。我走到窗口，看到那两个女人走到道路尽头，然后转过身看着我们的房子。她们看到了我，于是挥了挥手。

---

① 由美国作家弗朗辛·帕斯卡创作的有关青少年题材的小说。

妈妈叫我下楼。她看起来像是之前一直在哭。她说我们不能告诉爸爸这两个女人来访的事。"有点像政客来访,"她说,"你知道他有多烦那些人。"

我知道。在过去很短的一段时间里,爸爸曾是当地电视新闻中的一位明星。当时保守党的候选人在补缺候选的预备阶段敲响了我们的房门,身后跟着一个摄制组。爸爸被问到是否会为保守党投票。"绝对,"他说,这时那位候选人立即露出了微笑,"不可能。从我家草坪上滚出去。"在他说"草坪"一词之后,有片刻的时间,他的嘴巴在动,但你能听到的只有哔哔声。接着是一个特写镜头,入镜的是他在腰侧握紧的拳头。

"好的。"我说。我没有说出妈妈以前常说的"有秘密不说是不对的"这句准则。我开始了解到,在这个新世界里,有着新的准则,我只需要遵守那些让每个人的生活都更轻松的准则,无论它们是什么。

"还有一件事,"她说,"你的朋友们,LJ,还有他们的妈妈。你和他们说话时要小心。"妈妈的语速很慢,话语中的词句像被小心翼翼地挑选出的垫脚石般蹦了出来。"每个人的家庭都是不同的,有时候家庭情况和你不同的人会认为他们了解你的事,但实际上他们并不了解。"她看着我,抚摸着我的头发。"他们的看法是错误的。你爸爸有时会和我吵架,于是有些人就觉得我们不幸福,或者——或者我们会互相伤害。"我点点头,因为她刚刚所说的正是我的想法。

"所以我们要小心,不能让任何人对我们的家庭有错误的想法。如果你的任何一位老师,或者任何一个朋友的妈妈问你家里是否一切都好,我希望你告诉他们是的,只是爸爸还在努力找工作而已,好吗?"

我点点头,尽管我本来是想摇头的。我想知道那两位穿夹克衫的女人到底和她说了什么,才让她说出了这些话。我知道我是个小孩,那意味着我并非总能理解所有的事情,尽管我认为我是理解的。但是我也知道,打心眼儿里知道,妈妈说的话是假的。我认为她自己也知道,因为她的眼睛看上去很悲伤,而那双眼睛不敢看我的脸。

"你明白吗?"她伸出一只手搭在我头上,一边抚摸一边看着我的头发。

"明白,"我说,"但是——"

"那样就够了,LJ。"她说。她没发火,但也并不平和,尽管我抓着她的手,她还是转身离开了。

于是我就按她说的做了。后来到玛蒂尔达家后,我哭得心都要碎了,引得她的妈妈上楼到卧室里来看发生了什么。她抱着我,告诉我一切都会好起来。她的毛衣刮着我的脸,这让我想起妈妈的毛衣,它们都很柔软,于是我哭得更厉害了。

我们的生活平静了一阵子。爸爸妈妈不怎么说话,但也不会大吼大叫。很多时间我都待在自己的房间里,整理我的贝壳,反复阅读《铁路边的孩子们》。

之后,爸爸去参加了叉车司机培训。他为不得不去上课而抱怨,不过回到家后,他却对此有满肚子的话要说。他在一家仓库得到了一份需要试用两星期的工作。他说他可能会重新开始抽烟,但当妈妈瞪着他的时候,他就笑着用康沃尔语叫她"母老虎",意思是"脾气暴躁的老女人"。妈妈会说"我没那么老",接着他们会对彼此微笑,就和从前一样。

爸爸得到了一份在仓库的全职工作,还谈到了圣诞节礼物。他说"这条老狗还是有两下子的"。我希望那句话的意思是我们将会养一条小狗。如果养的话,我会叫它博比。妈妈又开始烘焙食物了,在夜里,当我上床之后,经常会听到他们欢笑的声音。这让我感觉我们家终于放松了下来。

我们会在海滩上吃炸鱼和薯条,尽管那时已经是十一月,风也吹得让人觉得有些寒冷了。海滩上只有我们一家和两个遛狗的人,天空就像是校服衬衫与妈妈的黑裙子混在一起洗过之后染上的颜色。回家后我们会打开电暖炉玩拼字游戏。我赢了,他们应该没有故意让着我。那个星期六是我们度过的最后一个幸福的日子。

∽

第二天晚上,我要去艾玛家喝茶,还会看《玩具总动员》的影碟。下午的时间过得非常缓慢。爸爸在看一部战争电影,我假装同他一起看,因为和他一起坐着就很开心。我喜欢他给我解释历史常识的样子。妈妈和我已经烤好了司康饼。那会儿她去商店了，说用不了多久就会回来。

那不是一部有趣的电影，或许是因为爸爸没有像以前那样经常解释，又或许是因为他在家待了几个月，每周六下午都在家，给我的新鲜感已经降低了。于是我走到了书架旁边。我们没有重新开启"书店之旅"，我那周也没去图书室。我浏览着那一堆对我来说已经有点幼稚的书，也许是因为反复读的次数太多，我已经没兴趣重新拿起它们了。《秘密七人团》[1]已经失去魅力，《内裤超人》[2]也一样。

电视上开始播放广告，爸爸的注意力从屏幕转到了我身上。"或许你该试着读你妈妈的书。"他说着将手伸到书架最上面一层，抽出了《简·爱》，那是他最容易够到的一本，不过我想他随便拿哪一本都有可能。"这本书文字很多，小鬼。你比我强。"他翻着书页。接着他停了下来，把书往回翻，从里面抽出了一张十英镑的钞票。继续翻，又找到一张。他看着手中的钱，整个身体都静止下来。接着他抬头看着我，笑容中完全没有笑意。"好啊，好啊，"他说，"这些山里原来藏着金矿。"他把钱放在我手中，书扔到脚下，从书架上又抽出一本翻起来。一张二十英镑的钞票，一张五英镑的钞票，一张十英镑的钞票。"包法利夫人"也和"简·爱"一样躺在了地上。我们继续翻着书，我手中的钱越来越多。我从来没见过那么多钱。

---

[1] 作者是伊妮德·布莱顿。
[2] 美国作家大卫·皮尔基创作的儿童小说。

书架被清空了，爸爸看着我。"好了，"他用康沃尔语说："银子还真不少。"

我点点头。通常情况下，我是喜欢他说康沃尔语的，但是这一次我却感到了一丝寒意。我一直在计数。我的手中已经拿了差不多三百英镑，我从没见过这么多钱。在我们这个狭窄的客厅中的一座小书架上，竟然有这么多钱，这简直不可思议。爸爸没上班时，他们曾多次谈到钱的事。一个星期日的晚上，父母在做规划时，甚至把硬币都从手提包和外套口袋里"抢救"出来了。他们将找到的钱的总数记在信封背面。找到这么大一堆纸币——几百英镑！——应该是一件很棒的事，但我知道事情不是这样。

爸爸的目光从书转移到钱上，然后转移到了我身上。"你知道这里有钱吗？"他问。

"不知道。"我说。后来我想过，当时我是不是应该说知道呢？很长一段时间里，我都认为那是我能影响结果的时刻之一。如果我说我知道，那么这笔隐藏的钱就将成为一个游戏，一个无伤大雅的秘密，别无他意。但是我说了不，因为那是真话。我早已养成说真话的习惯，而且我一生都珍视真实的价值。那段时间我多次想起那两个穿夹克衫的女人，每次想起来，我都切实地感觉到即将有不好的事情发生，就像在读一个鬼故事。在敲门声传来之前，我都以为真相是确定的、简单的，是一座港口的防护堤，而非一道潮汐。

门嘎吱一声打开，然后又关上了。"我买到了凝脂奶油！"妈妈喊道,"我去了两个地方才买到。不过我想我们应该犒劳自己一番。"接着是日常生活中常见的声音,她将一只购物袋放在厨房长椅上,将外套挂在门后。"家里非常安静啊。"她说着把头探进门来。接着,她看到了我们,看到了书,看到了我拿在手里的钱。"哦。"她的眼睛瞪圆了,直直地盯在钱上。爸爸和我看着她的脸。她的嘴巴微张着。

"这里藏了许多钱,"爸爸说,"我们大吃一惊,不知道该说什么。是不是,洛芙迪?"

我哑口无言。我的父母只有在正式场合才会叫我的全名,比如参加家长老师碰头之夜,或是看医生时。平时他们会叫我LJ,是洛芙迪·珍娜的简称,爸爸还管妈妈叫SJ,是莎拉-简的简称。除非他生了她的气,不然不会叫她的全名。所以即便没有那种读鬼故事的感觉,我也知道情况很严重。

我摇摇头,看着妈妈,希望她能简单地说清理由——因为一定有原因——从而扭转局面。

但是她在我们对面的沙发上坐下来。她看着自己的手,吸了一口气。"现在不行,帕特,"她说,"我们晚点再谈。"

"事实上,"爸爸说,"我觉得现在就应该谈。"他的声音很轻,但是比大吼大叫还要吓人。

"至少等她出去的时候。"妈妈说。她几乎是在悄声低语,目光依然落在手上。

"别拿她当借口。"爸爸的手指在腿上轻轻敲打,在皮肤和牛仔裤之间发出有节奏的砰砰声。我感觉这比他们吵架还要令我害怕。

"我觉得她也想知道这是怎么回事。你明明有足够的钱让家里的日子过得更好,却让她一直吃炖羊颈,穿连袖子都盖不住胳膊的衣服?"

"现在是谁在拿她当借口?"妈妈说着朝我伸出手。我想过去,但是爸爸将一只胳膊环在我的腰上,形成一道结实的纽带,我无法轻易挣脱。我无法起身。我想他没意识到自己正紧紧拉住我不放。

"我想上楼。"我说。

"你听到她说的话了。"妈妈说。

爸爸的手用力挤压着,我感到腰上的力道在增加,接着他松开了手。我走上了楼梯,但是有一瞬间,我不确定自己是否该离开。我想起帮爸爸系鞋带时的情景,打结的时候,如果抽得太快,打的结就会完全不对。

他们没有看我。我慢慢爬上了楼梯。

"别想把我变成坏人。"现在我看不见他们了,爸爸的音量提高了。如果是平时,我可能已经想办法确保自己听不到他们的对话了。爸爸失业后,将他的便携式唱片机送给了我。他说他不再需要了。拿下那份开叉车的工作时,他给我买了《这就是我所说的音乐43》[①]

[①] 由索尼音乐和环球音乐在英国和爱尔兰发行的一系列艺术家作品的汇编专辑。

专辑。

我本可以戴上耳机的,但我任由自己开着功放。我也想知道那些钱是从哪儿来的,是留着做什么用的。我不知道办一场生日派对要花多少钱,但是我敢肯定用不了三百英镑。

妈妈的叹息声绕过门侧,从楼梯直接传了上来,我留着门没关。"我最近一直在工作,帕特。量很少,偶尔做一做,从这学期开始的。"

"做什么?"

"主要是熨衣服,"她说,"家长教师协会的阿曼达·卡特在做这个生意。她曾看过我为《龙蛇小霸王》的演出熨烫戏服,就告诉我如果我想找工作,应该告诉她。我想这样或许我们就能过个丰盛的圣诞节,仅此而已。"

"你为什么不告诉我?"

"我想给你们一个惊喜。"

楼上的我松了口气。显然,这是个完美的解释。过去的几个月里,我已经了解到圣诞节是需要花大钱的事情之一,其余的还有学校旅行、电影票、黄油、汉堡、去理发店和买新鞋子。这一学年开始时,我和往常一样拿到了新鞋。当我拿给爸爸看时,他却说他的鞋多亏了抛光剂和鞋带才勉强能穿。

楼下安静下来。我在想他们是不是在接吻。

接着传来爸爸的声音,很低沉。"我没看见过你熨衣服。"

"我一直是去她那边工作。"

"什么时候?"对话之间的停顿过于漫长,仿佛是在下象棋,每走一步之前都要仔细斟酌。

"有些早晨。"

"哪些早晨?"

"就是一些早晨。没有固定——"

爸爸打断她的话:"你觉得我很好骗吗?我是丢了工作,可我还没那么蠢。"他的声音大起来了。我将手放在耳机上,但是无法让自己不去听他们的对话。

接下来的对话速度非常快。"在我说我要去参加家长教师协会的聚会,或者我知道你要外出的早上。我去阿曼达那儿,我们站着熨上两个小时,她付我薪水,我回家,我没告诉你。满意了吗?我撒谎隐瞒行踪,把钱藏了起来。我不接受你的反复盘问,帕特。我不想这样被你冤枉,就因为想要——"

这时传来了一个奇怪的声音。过了一两分钟我才意识到是爸爸在哭。他说:"想要做什么?"

"那不重要。"

"我想那很重要。你想做什么?"

"你还需要问?"

象棋变成了跳棋,速度很快,仿佛一局已近尾声。啪,啪,啪,然后你就输了。

"这是你的逃亡基金?"

"如果你想那么说的话。"

"所以我们曾经说过的一切——"

"想都别想,"妈妈的声音突然间充满愤怒,"你想占据道德高地? 想都别想,帕特。带着一根断裂的肋骨去做熨烫活儿,不是每个人都会这么做,除非迫不得已。如果情况继续恶化,好吧,我需要确保我有能力带着孩子离开。"

"带孩子离开?"

"如果我认为洛芙迪有危险——"妈妈的声音如此之轻。爸爸悲叹一声,那声音穿过我,宛如一阵冬风刮过码头。

"我永远不会伤害她。"

"我想你也从未想过会伤害我。"他们的声音轻柔下来,我突然意识到,我正站在门口偷听,而非坐在床上。我不记得自己是什么时候过来的。

"你知道我不是故意的——"他一句话说到一半,然后停了下来。我想象着妈妈举起她的一只手,就像图画书中的交通警察。有时她在和别人谈话,而我试图插话时,她也会对我做这个动作。

"我不想谈这事。"她轻声说。

我几乎松了口气,但没过多久爸爸就大吼起来:"好吧,这就是你想要的,对吗,莎拉-简? 这就是你做这一切的意义。"

我的目光绕过卧室门,飘到楼下。

"我想保证自己的安全,"她说,"也想让洛芙迪安全,仅此而已。"妈妈此刻正坐在地上,双手摊开放在身前,手掌朝上,脑袋低垂。我听到她在哭泣。当时我的词汇表中还没有"绝望"这个词,但我现在想起这个词时,首先会想起那个声音,以及妈妈坐在地上哭,爸爸穿上外套的样子。他回头朝她走去,从沙发上拿起钱。她朝后退去,给他让开路,动作是那样急促。

"看在上帝的分儿上!"他没有吼叫,但我看得出来,他很想这样做。"我不是想伤害你。"他安静地站了将近一分钟,我能看到他的肩膀起起伏伏。他身上穿的黑色皮夹克反射出不同的光线。当他再次开口时,声音变得更轻了,但并不平静——像一只斗牛犬在用力拉扯一根引线。"我去买四十包万宝路,再喝上一品脱酒。"说完,他"砰"的一声带上了门。我走下楼梯。

一般情况下,妈妈可能会找个借口说她累了,或爸爸不是故意的,但这一次她只是看着我说:"哦,洛芙迪,我真的很抱歉。"

"我们应该吃司康饼,"我说,"它们在还有点温热的时候最好吃。"对于司康饼,她总是那么说。那是我能想到的唯一一件事,是一个快满十岁的小孩能尽全力采取的唯一行动。我无法去追爸爸,因为我不知道他会去哪里买烟和喝酒,而且妈妈应该无论如何都不会允许我去。关于钱的事,我不知该对她说什么。我不想问她为什么会觉得我们的房子不安全,我知道的是,司康饼在温热时最好吃。

"是的,"妈妈的声音很平稳,"凝脂奶油在我包里。"不过她并没有动。

我走进厨房,拿出三个美丽的瓷盘,多的那一个是以防爸爸突然回来。我不知道喝一品脱酒要花多长时间。我把盘子拿进客厅,放在桌上,接着回去拿奶油、司康饼、刀和果酱。妈妈站起身,开始将书重新放回书架上,不过我注意到她没按正确的顺序摆放。我想起了那封被我藏起来的没有拿给父母看的学校旅行的通知信。

在我摆餐具的时候,妈妈说:"好了,我们开始吃吧,爸爸可能要等一会儿才会回来。"她抱了我一下,不过我只是僵硬地待在她的怀抱中。我不知道该想些什么。好吧,也许更准确的说法是,从那以后我就不知道该想些什么了,现在可能还是一样。当然,之后我仍然会思考事情——许多事情——关于妈妈和爸爸,但所有事物都发生了变化。我真希望有些东西能维持原样。

诗
Poetry

-2016-
有些事，无人能解

试图弄清一本书是怎样进入书店的是个傻瓜玩的游戏,但这并不能阻止我尝试。惠特比到约克算不上史诗级的旅途,但是这本《迪莉娅烹饪课程全集》却花了十五年时间才到达无言书店,所以你当然会好奇这些年都发生了什么。好吧,好奇的人是我。我试过不要这样,但我做不到。

我买了一个蛋糕烤盘和一个搅拌钵,做了妈妈和我以前经常做的布朗尼蛋糕。如果用微波炉加热,它们会变得又黏又软。如果趁热往上面加上香草冰激凌,坐在沙发上同男朋友一起吃,会给那个味道绑定一个异常牢固的记忆:哭得像个愚蠢的孩子,而且无法假装是因为正在看的电视节目,因为那是一部有关勒内·笛卡尔的纪录片。

内森用一只胳膊环住我说:"洛芙迪,我能做些什么?"

"什么也做不了,"我说,"什么也做不了。"

"不是这样的。"他的声音充满担忧,但我哭得更凶了。

我说:"这些布朗尼蛋糕让我想起了我妈妈。我很想她。"

他将我拉近些,亲吻了我的头顶。"她在哪儿?"他问。

这就是与人倾诉的麻烦之处。他们会提问,稍不留神,你就已经把所有的事情讲了一半。

"我去洗把脸。"我说。

关于那些书,我的回忆是这样的。爸爸去世后,那座房子一直空着,直到被房东收回。我不记得是否有人问过我想不想回那个家,但是我再也没有回去过。爸爸去世后一年,我才到了安娜贝尔家。在我刚搬进去的两周后的一天,我放学回家,在门口看到了安娜贝尔。

"你的东西在这里。"她说。我猜她是在那里等我,以免我大吃一惊。那些箱子堆在楼梯的底部,帽子都被挪到了一边。"我没把它们搬上楼,"她说,"你应该想先浏览一遍。如果有什么东西是你不想放进卧室的,可以放进车库。"

我打开第一个箱子,只看了一眼里面的东西——用首饰盒装着的贝壳,菲比娃娃,两本漫画书——就快哭出来了,而在之前,我已经哭得够多了。

"我什么都不想要。"说完我就上了楼。

差不多八个月后,在我半岁生日时(当然是平平淡淡地过了一天),我花了一整天来查看那些箱子。安娜贝尔是我认识的唯一一个将车停在车库里的人——这个地区的其他车子都停在车道上——她打开了车库门，好让阳光照进来，并将她的菲亚特熊猫汽车开到一边，好给我留出些空间。在那时，悲伤已不再是森林大火，而是一团一直燃烧着的火焰，永不熄灭，但稳定可控。

我想那时的我正试着想出一个办法来理解妈妈。我想要找到一把能咔嚓一声打开锁的钥匙，让所有的一切都变得合情合理。但是那些原本有可能让我原谅她的东西，都写在她的身体上，或是储存在她的心中。我在那些箱子里找到的，只有我们幸福的家庭生活的证据。里面有我们一家人一起在陶艺咖啡馆做的盘子，上面还有我们的手印——我坚持每个人都做一个，爸爸坐在一群孩子和叽叽喳喳说个不停的女人之间，孤独地将他的手涂成蓝色，然后被我按在了盘子上。也有一些零零散散的照片，有的是在海滩上拍的，有的是圣诞节挤在沙发上拍的。有生日贺卡，各种各样的证书，闻起来灰扑扑的毯子和薰衣草包。没有任何东西能帮助我原谅她。过去的幸福记忆，加上我只能独自应对的新的悲惨状况——我的初潮，在学校发生的低级的欺凌行为，与一个没有血缘关系的和善女人住在一座陌生的房子里——让我确信妈妈不配得到原谅。那个周末我尝试过，但是结果让我很失望。

车库里没有妈妈的书。我猜在被判有罪之前，她可能找社工来把书收走了——我记得被带去见她时，她穿的是自己的衣服。在惠特比明信片事件发生的五天之前，我都以为它们早已遗失，或被清理房子的人扔了，而事实似乎并非如此。

所以，做个假设，可能是有人帮她保存了那些书。她非常在乎它们，即便身处那样的地狱，还不忘请求别人帮她把书保存好。我猜她打算增加阅读时间。她没有要这些照片，可能是想把它们留给我，也可能是因为她受不了看到我们的脸，怕回想起我们曾经有过的幸福时光。

许多年间，我都不敢回忆父母的脸。搬到约克的时候，我没有把那些照片从安娜贝尔家带走。现在回想起他们，我发现我想起的是，爸爸在家时十分不喜欢我们同其他人待在一起。我在想那是否并不只是一个小怪癖或爱的证明，而是——我讨厌这么说——展示了他的一部分性格，正是那一部分使得妈妈的生活变得如此艰难。我开始怀疑他们是否真正拥有过幸福。

现在看来，的确是有人帮她保管了这些书。可能她从那人手中把书拿回来了，也可能没有。猜测的道路出现了分岔。如果她能把书拿回来，那为什么现在又要将它们交给一家房屋清理公司呢？说得更确切些，如果她能收回这些书，为什么不收回其他被丢在身后的东西，比如——随便举个例子——她的女儿？我上一次见她是十四岁时，那是一次安排好的探监，她承诺会来找我。在我临走的时候，她大喊着说出来的话，几乎像是种威胁："我会来找你，LJ，不管你想不想见我。"

如果是她亲自收回了那些书，那么她的那句承诺就没有兑现。我的确把自己隐藏得很深，但也像"撒面包屑"一样留了一条小路。

当她准备好见我的时候,自然就可以找到我。而且她也确实曾经向我承诺过,尽管不知道要等到何时才能实现。

她说她不希望我失去双亲,这是在那次探监的一个月后,她在一封信中说的。她把信纸的边边角角都写满了,我边读边流泪。从那以后我就开始拒绝看她的信,不拆开,就放到一边。那时的我已经用尽了一个十四岁的身躯所拥有的全部力量,已经受够了这个破碎丑陋的家庭。我一个人能过得更好。

在我拆开的最后那封信中,她写道,她理解我眼下不想去见她的心情,但是或许有一天,当事情都平静下来后,我会更加了解我们是如何走到现在这一步的。她说她希望自己曾经采取的是别的方式。那时我住在一个寄养家庭里,一个人住一个房间,这是全世界最孤独的事,以前我从未有过那样的感受——做了噩梦之后,或是在周末的早晨,我总是可以蜷缩在父母温暖的床上,感觉自己仿佛变成了夏季涨潮线上的一块鹅卵石。

不可能是妈妈自己收回了那些书,如果是她,她也会将我领走。或许是帮她保存书的那个人与她失去了联系,或者搬了家,或者去世了,而在之后混乱的房屋清理过程中,也许没有人知道那些书属于谁。这样就说得通了。除非,当然,如果情况真是那样,那些藏书难道不是应该一起送到这家书店来吗?而不是这周送来一箱平装书,三周后送来一本爸爸的旧书,再过两个月送来一本迪莉娅·史密斯的书。而且在全世界所有的二手书店,以及我们书店周围所有的慈善商店中，为什么偏偏被送到了我们店？

我问过艾奇是谁送来的这些烹饪书，当然，他不记得了。他说好像是个穿蓝色外套的人，也有可能是书被直接放在了台阶上，他并没看到人。他只能做这几种推测。我突然对他发了火，而他看起来很受伤。我知道自己不该迁怒于他。这就是我不该回忆过去的原因，好吧，众多原因之一。我也问了本，他耸耸肩说："它们都只是送到我手上的一箱箱普通的书而已，亲爱的。"

好极了。

我的心情糟透了，差点就决定不去花心思参加周三的诗歌之夜了，但是内森的妹妹会去。我可能对恋爱了解不多，但我知道：不要惹恼任何人的妹妹。

所以我做了一件之前经常做的事，尽管我已经有很多年都没有强迫自己这么做了。我坐在安全出口旁的椅子上，闭上眼睛，在脑海中描绘出一个转盘，以及我的心情在上面的哪个刻度，刻度被设定为我受伤的程度。可以是一到十之间的任何数字，但是我必须对指针的读数保持诚实。今天的读数是六。我深吸一口气，想象指针从六往下走——呼吸，到五——呼吸，到四——呼吸，到三——呼吸。我让指针留在三，那可能是我的默认值。我想，永远也不可能有零。是的，我知道这算不上正确的解决问题的方法，但是能让你挺过接下来的两个小时。有时候这样就够了。

我之前没见过内森的妹妹。我知道他有个妹妹，父母也都健在,已经结婚三十五年了,现在晚上看电视时依然会手牵着手。他们经常会在阿加炉具①旁下五子棋,或是晚饭后玩纵横字谜。好吧,"三十五年"之后的内容都是我编的,不过从内森身上就可以看出他来自一个幸福之家。没有人会为这样的家庭写一本书,因为什么事情都没有发生过。他们的生活中只有野餐、婚礼、人们生下的有着蓬乱的赤褐色卷发和海蓝色眼睛的咯咯笑的可爱孩子。

内森的妹妹二十八岁,比他小两岁。当他问起我的家人时,我只告诉他艾奇是我的家人。这是真话,如果你对家人的过滤条件是"记得你的生日,生病时会照顾你的人"的话。他当时没有用看孤儿的眼神看我,也没有大惊小怪,这一点很好,不过他确实经常唠叨他妹妹的事。这个妹妹听起来足够讨人喜欢,不过我从没想过要见她。说实在的,并非我介意,而是认识新人的麻烦在于,他们会问你许多问题,而在回答那些问题时,我并没有太多选择的余地。

你可以选择说实话,但那对于"很高兴见到你"这类的谈话来说,有点过于沉重了;你也可以选择说谎,如果这个人你永远不会再见到,说谎没什么,但是如果你们还会见面,那么你要么非常善于撒谎(而我并不是),要么你就会被揭穿,这样又会回到你从一开始就想要避免的那场谈话,只不过多了一重不祥的背景音乐。

如果我对社交更擅长一些,那我可能会用闲聊转移话题:"哦,

---

① 一种以固态燃料、电和煤气带动的炉灶加热系统。

让我们来谈谈你的事吧。"我曾见过其他人这么做,但事实是,我和绝大多数人都不一样,如果我试图将某件事做得聪明些,那一定会露馅。

况且我仍然处于对那本烹饪书的出现而担惊受怕的状态中,显然,这样的状态对我的社交技能没有任何帮助。如果你处于我这种境地,难道不会被吓坏吗?——哦,算了,你不会处于我这种境地的。这本书带来的影响在于,如果它并非完全巧合地从一次房屋清理中出现,那就等于是某人在说:"我知道你一直想隐瞒的全部事情,这是十六年来你大部分时间一直想逃避的事情。猜猜看怎么着,洛芙迪?那些不是秘密。现在你只能被动等待,看会发生什么。"我确实想过,那些书被送来,有可能是出于善意——但任何心怀善意的人肯定都应该直接走到我面前介绍自己,并解释这一切究竟是怎么回事吧。

就算那些书的出现是巧合——虽然肯定不是——企鹅经典丛书(藏匿妈妈的逃亡基金的那些书),凯特·格林纳威的书和迪莉娅那本带明信片的书又怎么解释?可以百分之三百地确定,是有人想向我传递什么信息。我感觉自己像是正被人监视着。对于一个怪小孩来说,这种感觉并不陌生,但是那并不意味着我已经习惯了。

我走进酒馆时,内森直接迎上来拥抱我。从原则上来说,我拒绝在公众场合有亲昵行为——毕竟那样像在作秀——但我还是抱了回去。他总是比我温暖,让我感到安全,尽管在发现那本掉在人行道上的书之前，我宁肯将自己的眼珠子挖出来吞掉，也不可能去诗歌之夜，更别说站上舞台表现自己了。这不是什么"爱的力量"，没人对我说过"爱"这个字，我也不觉得这有任何意义或是能做出任何改变，我只是感觉他以温柔的方式为我打开了一扇门，而我走了进去。

他直直地盯着我的脸。"洛芙迪，"他摇了摇头，"你身上的气息太迷人……你刚刚走进来的时候，"他将一只手放在胸口上，"看看你让我变得……"

我也有一样的感觉，但是我什么也没说，我不知道该说什么。我用一只手抚摸他的脸颊，然后吻了他，只是轻轻一碰，但是他笑了。

"来见见我的妹妹。"他说。

"哦，好的。"我说。他说得像是她之前被谁拘禁了一样。内森说她是位美发师，所以上周末我重新染了头发，染成了紫红色，这才让我感觉自己有资格见一位美发师。

她的确很漂亮，和内森说的一样。她的眼睛和他的一样，都是静谧的蓝色，不过她的嘴巴更大，微笑时就像是找到了一直想要的首版书，并且价格只要预算的一半似的。她留着短发，有点蓬松，色彩十分惊艳——金色、大红色和桃红色全部混在了一起，所以光芒全都聚集在了她头上。我想她应该不会像我一样，是在家里的水池边染的。

"你一定就是洛芙迪了，"她说，"我嫉妒你有这么好的名字，太特别了!我叫瓦内萨。"她做了一个"抱歉"的表情,仿佛叫那个名字有什么错,人们不会想要你重复似的。

"你好。"我说。

"内森和内萨。"内森说,两人都笑了起来。接着他又说:"我们小时候经常被这么叫,瓦内萨都快被搞疯了,气得要命——"

瓦内萨转了转眼睛。"气得要命,以至于十几岁的时候,我强烈要求人们叫我瓦。我哥现在还觉得很好笑。趁他去给我们俩买喝的,我要告诉你他十几岁时的糗事,他这是活该。"

"螺丝锥子?"内森问,我点点头。他看着他的妹妹说:"金汤力,加一块冰、两片柠檬,而且让他们不要一次性把所有汤力水都加进去?"

"正确,"瓦内萨说,"还有,让他们别盛在果酱罐里。"内森走后,瓦内萨又露出了微笑,而我感觉自己快要崩溃了。这感觉就像是我上学时,中学班上的双胞胎姐妹基蒂和斯嘉丽没有忽视或嘲笑我,虽然她们在各方面都很棒,但她们竟然在自己的桌子旁为我留了一个凳子,问我想不想为她们提供一些有关男孩子的建议。这一切都让我感到不适。

但是就在那时,我注意到漂亮亲切的瓦内萨——尽管有一头绝美的头发,戴着一条我知道会花费超过我一周房租的心形金项链——穿着一件劣质胸罩,接缝向下弯,而且从衬衫里透了出来,尽管她的一切都呈现出高不可攀的优雅姿态,她的胸部却在朝我皱眉。我感觉好一些了,倒不是因为挑剔,只是因为我能适应不完美。想到这里,我觉得内森可能得适应我这一点,因为他有点过于完美,以至于有些不真实。

"你在一家书店工作?"瓦内萨说,"我喜欢。只不过我肯定会一整天都忙着读书,然后一周后就会被解雇了。"

"你在哪儿工作?"我问。我其实并不是真的感兴趣——我都是自己给自己剪头发,只用每隔六周把下面的一英寸剪掉,差不多能扎起马尾就行——换位思考的话,如果我有一个哥哥,我可能会想知道他女朋友的方方面面,而我不准备开启那样的对话。

"哦,我不固定。"她说。

"抱歉,"我说,"我还以为你是美发师。"

瓦内萨笑了。"也可以这么说啊,"她说,"不过我是为私人客户工作,所以会去他们自己的地方。"

"明白了。"我说。我其实并不明白。我以为美发师都固定在一个地方,除非他们四处转悠,帮老妇人洗头、做发型什么的,但那显然不是瓦内萨会做的工作,除非我对她有很深的误解。你大概已经看出我并不善于判断别人的特征,不过我自己对此却相当自信。

她挥挥手,做出一个"我要说的没那么重要"的手势。"我是一名色彩专家,所以我经常接到订单去为电影或别的什么工作。"

该死的内森,我暗想。瓦内萨要是美发师的话,那查尔斯王子就是农民了。我伸手摸了摸自己的头发。现在我真的很想把头发遮起来。

"我自己剪头发，"我说，"一向如此。好吧，小时候是我妈妈给我剪。"

她看着我的头发，像是之前从没注意过似的，但我敢肯定她早就打量过了。"玫瑰紫，对吗？"她说。

"是的。"我说，我暗暗做好了准备，以迎接某些鼓励的话，关于在家染发，以及我们业余人士应该注意的要点等等。

但是她说："很好的选择，这颜色很适合你。你本来的发色是鹿棕色，染这个颜色在阳光下会泛红对吧？"

"是的。"我又说了一句。我有点惊讶，但不想被引回我妈妈的话题，于是我问道："你是怎么看出来的？"

"你的肤色。"她说，仿佛那就是答案。接着她又说："我要是有你这么好的皮肤就好了。"我不知道该怎么接她的话。梅洛迪经常喋喋不休地引用一些很可怕的名言——"跳舞吧，就像没有人注视一样"这一类的，而且都会以"去爱吧，就像从来没有受过伤一样"作结。看着瓦内萨，以及这时端着酒回来的内森，我想到，他们俩看起来就是上面的句子中所说的样子。他们就像在阳光下嬉闹的小狗。他们的生活如此容易。

内森放下酒，然后又离开去组织比赛了。我们俩一起看着他走开。那天晚上他没有表演：他说他应该休息一个晚上。

瓦内萨说："当我想起他在学校的遭遇时，看着现在的他，我会觉得很骄傲。他跟你提起过那些吗？"

"他提过。"我小心翼翼地说。严格说来这算不上撒谎：他可能的确以某种隐晦的方式说起过。我们当然会交流很多事情，但是大多都是在谈论此时此地、诗歌、图书、魔术、约克，以及，好吧，就是单纯地闲聊。我喜欢现在（眼下的大多数时候）的生活——这是我小心翼翼地搭建起来的，就像我的小小家庭图书馆——我想停留在此时此刻。

她看看她的酒，看看内森，又看看我。"他在学校受过欺负，严重到我们的父母曾经讨论过要不要让他退学。也就是从那个时候起，他开始学习魔术。有一段时间，他似乎有点陷进去了，看到他那个样子，会让人觉得相当可怕。他很少说话，会在一个又一个周末花费一整天的时间练习洗牌。"

他试过教我洗牌——将牌换手时画出一道彩虹。我那时找不到诀窍。他说我需要的只是时间，但他没说需要多久，或者时间从哪儿来。

"他正在试着教我。"我说。我感觉有点糟：我之前还以为，只要某个可爱的老叔叔溺爱你，带你去见魔术师，然后从一顶塑料高顶礼帽中掏出初学者套装给你做礼物，你就会变成魔术师了。内森经历过的痛苦比他透露的要多。不过话说回来，重要的不是你怎么跌倒，而是有多少人围在那里，将你扶起，用消毒剂帮你清洁膝盖，让你躺在沙发上，为你递上一杯热可可和一本书，直到你感觉好起来。

没有人说过这样的话，但事实就是如此。

"看着现在的他，我会觉得很骄傲。"

我想，啊，这是说给我听的警告。喜欢的话，尽管和我哥上床吧，但是别伤害他，因为他曾经遭遇过一件痛苦的事，他需要得到保护，不能让任何坏事发生在他身上。

就在那个时刻，坐在瓦内萨的对面时，我清楚地意识到内森和我是不能走下去的。好吧，这一点我一直都知道。我一直感觉自己好像在耍他，假装自己可以拥有一段正常的关系。最近，连我自己也被糊弄住了。我知道我们的关系注定会结束，但对此视而不见。我很擅长视而不见。好吧，在白天我是这样的。晚上我会做很恐怖的噩梦：我站在惠特比的教堂墓地里，海面一直涨高，而身后的教堂着火了。如果跳下去，我会溺死。如果不动，我会被烧死。所以我只能站在那里等着，看先发生什么。我尖叫着找妈妈，但是哪里都看不见她。

内森只是和我太不一样了。在他的世界里，问题是伴随着救护队一起出现的，解决办法是"送他一只小白兔"和家庭教育。我想象着，身形瘦长、满脸雀斑的他坐在飘窗旁，手里拿着一副牌，一遍又一遍地练习魔术技巧。他的妈妈时常会端一杯茶、一块自制的柠檬蛋糕过来，放在他的手肘旁。

而此刻的他正站在前面鼓掌。房间里发出五声清脆的掌声。

诗
Poetry

-2016-
找到

艾奇总是假装不在乎自己的生日，但其实他比被宠坏的小孩还重视。大约从一个月前开始，他就对所有经常光顾书店，以及将隔壁咖啡馆扩展为自己家的朋友们念叨，说什么"小酌几杯""挥手告别又一岁""没什么特别"之类的话。还有些顾客从他的点头中得到了邀请。

之后他拎着满满一购物袋的奶油色厚皮信封去了邮局，里面的邀请函是打印的，但信封上的地址是手写的。他把每个名字都写得像铜版画艺术作品上的字一样。我喜欢艾奇的另一个理由是：他对于互联网的热衷程度甚至比我还低。为书店搭建网站时，我们俩甚至连电子邮箱地址都没有。

第一年，我真的信了他那套"没什么特别"的说辞，穿着一直以来的工作服去了，并且迟到了半小时。艾奇住在主教山上一座古旧的大宅里，在走上车道的途中，我遇到了三个系黑领结的男人和一个穿得像康康舞者的女人。来应门的是另一位身穿晚礼服的女人，脚上的高跟鞋闪闪发亮。我意识到自己犯了错。公平来讲，这位身穿晚礼服的女人的装扮的确过于夸张了，但可能还是比我更接近着装准则的标准。

艾奇雇了人来承办派对，还穿了一件极其可怕的锦缎旧马甲——我曾经说过他穿那衣服看起来就像肥胖版的奥斯卡·王尔德，他爆笑着说不知道我在侮辱谁——屋子里有琳琅满目的葡萄酒，即使你整晚都不停地进食，回家后却仍然得加餐，因为你饿得要死。参加第一年的派对时，我缩在厨房里，第二年我选择跟在艾奇身边。这几年我多认识了他的几位朋友，所以通常都能找到一个能正常交流的人。事实上每一年的对话都是一样的——"我喜欢在书店工作""艾奇难道不是一位演员吗？"这样一来就很轻松了，就算其他的都聊不来，总还可以询问他们是怎么认识艾奇的。答案永远不会普通，不会像是，好吧，像是"在书店"这一类，而一般都是"我们在接受军事法庭审判时住过同一间牢房"，或是"我们是在追捕突击队里共事时认识的"……如果有什么答案让我太过惊讶，我还可以躲到艾奇的图书室去。

那一年过后，我开始为派对购买一些新行头，不是什么闪闪发亮的东西。我并不会刻意打扮或刻意不打扮，对我而言，其实只有穿或不穿的区别，不过我认为买些新衣服会证明自己已经努力过。没有人会注意到我，因为无论我多么努力，一般都只会买一件黑裙子，而且虽然我喜欢自己的文身，但不会刻意展示它们，因为那样一来，任何一个和我喝过两杯酒的白痴都会觉得可以谈论它们。我说的"谈论文身"是指：谈论他们自己的文身，或者他们因为太害怕而不敢文的东西，或者问我是否担心人们会对我指指点点。他们那么说实际上就是想对我指指点点，但又认为敢光明正大地说出来就不算。

然而今年，我发现了一件让我爱不释手，以至于甘愿打破常规的衣服。在午餐时间去主路的途中，我在一家慈善商店的橱窗里看见了那条裙子。那是一条深梅紫色的裙子，上身是天鹅绒紧身胸衣的款式，袖子是薄纱材质，我想就是它了。这是我在书店以外的零售店见过的有史以来最让我振奋的东西。我花一英镑买下了它，不过根据标签，我猜它作为新品出售时的价格是两百英镑。

我把裙子拿回了书店，那天下午店里很安静。派对安排在第二天。为了做出些改变，艾奇便开始和我一起工作——我坐在地上整理书，然后递给他上架——没来得及细想，我就问了他一个问题，我想那应该是自从我认识他起就一直揣在心里的问题。

"艾奇，你是怎么做到的？"

"做什么，我的小流浪儿？"他低头看着我，此时我正跪坐在地上。

"明天晚上，"我说，"你可以全然放松，就和在这里一样，能和任何一个人聊天。你将顺利地完成所有的事。"

他把手抵在腰上，龇牙咧嘴地伸展全身。"那是你没见过我'顺利'的时候。"他说。

"你明白我的意思。"

他在最近的椅子上坐下来——我意识到我刚刚的话给了他停下手头工作的信号,所以我站起身,接替他干那份活儿。我可以边听边干。

"做你自己。"他说。

哦,好极了,我想。这么多年来我一直是那么做的,看看现在的我被带到了什么地步——奥斯卡金像奖级别的社交尴尬症患者,而且没有朋友。"如果我要办一个派对,现在的公寓我都会嫌太大了,"我说,"而你要办派对的话,你那么大的房子都会嫌小。"

"你是说那是衡量我们的相对价值的一种方式吗?"他问。

"当然不是。"我说。

他沉默了很久,以至于我都以为他睡着了,但他接着说:"我曾经帮约翰·吉尔古德[①]在他家花园里造过一座面包烤炉。第二天造到一半时,他对我说:'艾奇啊,老伙计,这真不是两分钟就能干完的活儿。'所以,你得给自己时间。"

"时间?"我说。我能感觉到自己平淡的语气中充满失望。我本以为会有更好的答案。

"还有,要勇敢,洛芙迪。问你想问的问题,找到你希望停留在你生命中的人。这或许没你想的那么难。"

---

① 约翰·吉尔古德(John Gielgud, 1904–2000),英国著名演员,以擅长表演莎士比亚戏剧闻名于世。

然后他真的睡着了,而我则思考着他刚才说的话。我想我永远都不可能勇敢。然后我想到了我已经表演过的诗歌,想到自己有了一段某些人可能会称之为恋爱的关系。就在一年前,这两样事情看起来都还完全不可能发生。借用艾奇的一句话来说,也许他不是个愣头青,没有表面看起来那么无知。

∽

内森会去参加派对,不过我们不会一起过去,因为我要回家换衣服,并拿上上午请假做的柠檬蛋白派。他(可能)是我的男朋友,但那并不意味着我们去哪儿都必须绑在一起。艾奇邀请他在派对开始时变几个魔术暖暖场。他提出可以付钱,但是内森拒绝了。

当然,我之前没想过带着一份有些"脆弱"的糕点去艾奇家会发生什么——直到我卷起裙子,站在我那辆停在街上的自行车旁时,我才意识到这东西挺不过这趟旅途,因为我不可能让它安然无恙地待在自行车车筐里。为此,我只能乘公交车,所以我迟到了。就像妈妈之前经常说的那样(她现在还会这么说吗?),有些人出现得最晚。

那座房子是用石头建造的,就和艾奇一样结实。我想它采用的应该是乔治王朝时代的风格:有着上下推拉的大窗户、高顶的方形大房间,以及一座弧线形的楼梯。大致说来,这是一座小型豪宅。前门外有四级台阶,十分宏伟,大概是为了与最夸张的衣服相配。不过一旦走进门,你便会发现里面的氛围很友好。空气中有烟斗和面包的气息,门口放了一堆外套和帽子,厨房桌子上放着昨天的报纸。

我直接找到了艾奇,他正在欣赏刚刚拆开的一件看起来很奇怪的东西。看到我进来,他便离开身旁的人群,走上来吻了一下我的脸颊,轻轻捏了一下我的大臂。

"你看起来很漂亮。"他凑在我耳边说。他这么做让我很开心,也让我感到很安全。我能感受到后背上众人炯炯的目光。在过来的路上我突然想到,那个将妈妈的书放在书店门口的人也有可能在场。他需要非常了解我才能知道我的工作地点。而如果他知道书店,那他也应该认识艾奇。如果他认识艾奇,那他不是很有可能也来参加这场派对了吗?我倒吸了一口凉气。

"那是什么?"我拿起艾奇手中的小物件问道。

"是一把雪茄剪。"他说话的语气仿佛那不过是一件不值一提的玩意儿。他没有大惊小怪,也没有向任何人介绍我。他只是站在我旁边,一只手搂着我的肩膀。我把装柠檬蛋白派的盒子递给了他。当他意识到是我亲自做的时都快哭出来了。"我的小流浪儿,"他说着往厨房方向张望,那里充满着欢声笑语,"你知道,"他说,"这里的每一个人身上都有讨人喜欢的地方,每一个人。"

我笑着环顾四周,寻找我认识的人,想拿出来测试他。"梅洛迪?"

"自信,坚守信念,出色的头饰。"

"咖啡馆的维克托？"

"耐心，小腿曲线优美，逻辑能力尤其出色，你知道他在数独竞赛中赢了不止五千块吗？"

"不知道。"我说。只是买杯咖啡，买杯茶，买两个香蕉松饼的工夫，他怎么就能知道他数独竞赛的事儿？我又看到了一张熟面孔，不过我趁他还没看见我便转过了头。"罗布。"

艾奇舔了舔牙齿。"老实说，我差点没邀请他。我总是觉得他身上有种东西不太对劲，可是老艾奇总因为善良犯错。不过，他讨人喜欢的地方是执着。"

"我不确定执着能不能算是一种讨人喜欢的特质。"我说。接着我又问："我呢？"

他笑了。"别和我套答案啊，洛芙迪。"

"我不是套答案。"我说。我真的不是。我工作起来很努力，但是我也知道自己的工作模式很僵化。我从来都不知道，在这个顾客至上的世界，我是怎么有幸得到这份工作，并且留下来的。

艾奇又捏了捏我的手臂。"你聪明，不妥协，并且似乎真心觉得自己是隐形人。你看起来很可爱，如果对方喜欢脸色苍白而且有意思的人的话。难怪我们的大魔术师会被你迷倒。"

我没预想过他会说什么话，但是我听得目瞪口呆。幸运的是，我无须回答，因为我被接下来到达的一批客人救了，他们一起扛来了一只巨大的填充毛绒猴子玩偶，大呼小叫地说自从婆罗洲一别以来有好长时间没见了。艾奇看到那只猴子后大笑起来。他松开我,走上去迎接他们。不过在那之前,他先吻了一下我的头顶,并说:"去爱吧,洛芙迪。这就是我给你的建议。"

∞

我打算去端杯酒喝。餐厅架起了一座吧台,没等我反应过来,手里就多了一杯螺丝锥子。我走到窗口朝外看去,我背对着房间,希望自己能当个隐形人。

上周的诗歌之夜活动结束后,内森、瓦内萨和我又喝了两杯,接着我们都钻进了瓦内萨的迷你库珀里——内森坚持要蜷起来坐到后排座上。现在听起来可能不会觉得好笑,但是当时我们中了酒精的诅咒,都觉得很好笑。不过,回想起来,瓦内萨喝了一杯金汤力后就改喝水了,所以或许只是某个喝了螺丝锥子的人在笑吧。

她放我下车后,继续开车送内森回家。我没有叫他来我家,他也没有提出要来,这是他的一个很棒的优点,但却让我心烦,因为如果你不得不开始讨厌某人,或者要让他走出你的生活的话,那么他们时不时地惹你发火会更有帮助。我显然不希望他扇我耳光,但是轻微的霸道有可能会推动事情的进展。

诗歌之夜后,我一直在思考,想了很多他潜入我生活的过程。好吧,承担起责任来,洛芙迪——是我让他有机会走进我的生活的。我想他是不知不觉走进来的，否则不可能进展这么快。第一次在我家过夜时，他快速下楼到特易购买了一支牙刷，并把它留在了我的浴室里。这只是许许多多例子中的一个。当然，他确实需要刷牙，而且如果将牙刷丢掉会很失礼。我买麦片粥可能是因为他说他在家时，早上都会自己熬粥喝，即便是在炎热的夏天。这些事我不能责怪其他人。他买咖啡的次数比我多，因为他经常在我工作的时候来看我，并且是出于好心，但我本可以给他钱，或者要他别再买的，而我没有。

我任由每周见面的时间从一晚慢慢增加到两至三晚。我告诉他我爸爸去世了，以及我有多么想念妈妈。现在，我还见过了他的妹妹。不过，比这些事情更重要的，是我们看待彼此的方式，以及我们的感受。

如果不留心，我会越陷越深，我会爱上他。我不能承认这一点，不管是对我自己，还是对他。在艾奇的生活中，产生爱慕之情应该是正常的，但在我的生活中不一样。我差点就忘了，我和内森的这段关系最终只会有一种结果，显然，我们的未来中并不会出现他花费几周时间为我们的孩子搭建一座树屋的场景。我们最终还是得谈清楚。

我从未和任何人主动提过分手，除了大半夜只穿着袜子跑回家那次，我用行动极为迂回地表达了在这段关系中看不到未来的事实。我们在派对上分手有错吗？我太忙了，没时间学习青少年时代就能学会的规则。但是我知道我将不得不这么做，拖延丝毫不会降低事情的难度。倒不如今晚就行动。

我起身去找内森。他待在图书室里那个我以为只有我知道的角落里。我告诉过他，等他完成暖场节目——打断观众的注意力，趁机变出硬币巧克力之后，我会在那里等他。图书室是一个狭长的房间，可能是某时从另一个房间里隔出来的。它其实只比一条走廊大一点点，但就算这样也没能阻止艾奇将两边墙壁从地板到天花板之间都摆满了书架。在离门最远的桌子旁有一个双人长沙发，桌子上有一盏台灯。如果不开台灯，那你基本上就可以隐形了，如果你正好有这个想法，那么这里会很方便，可如果你想读书，那就没那么方便了。这个夜晚如此暖和，绝大多数人都分散在外面的露台上。艾奇管那里叫阳台，当我说露台时，他总会纠正我，不过我不确定自己是否知道两者的区别。

内森比我先到一步，我差点坐到了他身上。他已经找到了那个沙发。尽管我知道接下来和他谈论的话题会让他不开心，但意识到谈论对象是他时，我还是笑了出来。他也笑了，接着便"嘘"了一声，将我拉过去坐在了他身边。

"我是藏在这里的，"他说，"每个人都想知道我是怎么用洋葱变出那个魔术的。但是我只能一遍遍地告诉他们，如果泄露了秘密，我将不得不赶在这个魔术过时之前杀死他们。"

"你以为进到这里之后就不用说了？"我这样说时他戳了我一下。

接着他认真地看着我，碰了碰我的裙子。"你看起来很美。"他说。

"只不过穿了条裙子。"我说。

"我不是说那条裙子美,"他说,"我说的是你。裙子只不过是——画框。"

我没有给出任何回答。听到那样的话你还能说什么呢?裙子的领口比我平时穿的任何一件衣服的领口都稍稍宽一点,也更低一点,所以我戴了爸爸某一年圣诞节买给我的一只小小的泪滴形的黑玉坠子。那时妈妈说我年纪太小,不该戴成人的首饰,她说得对,所以我把它收了起来,最近才开始戴。那次艾奇让我勇敢一点之后,我才重新把它拿出来。

我以为内森在认真打量我的吊坠,于是开始仔细思考我能选择的回答(不知道它是用什么做的?爸爸送我的礼物?在一家慈善商店买的?在一本书里找到的?),但是我意识到,内森看的是我的锁骨,裙子的肩带滑落,露出了文身的前半部分。

他用手指碰了碰那里。"这本书沉重、黑暗,满是灰尘,"他说,"我还没弄清这句话的出处。"

我靠在他身上,他则亲吻了我的头顶。

房子里充满了欢声笑语,时不时地,艾奇的声音会高过其他所有声音,然后人群会爆发出与他的音调一样高的笑声。我们在的地方却很安静。我喜欢这样:远离喧嚣的宁静,隐藏在盛夏最后的阳光后的黑暗。

内森将两只胳膊都环在了我的腰上,而我则将后脑勺枕在他胸膛的最上方。我突然觉得十分疲累。我不想和任何人说话,不想和那些我永远不会再遇见的人一起欢笑,喝到烂醉。我感觉自己在叹息。或许今晚不适合告诉内森我看不到未来,以及说我不是他的女朋友这些话。

他再次亲吻了我的头顶。"我想,"他说,"我们应该去度个假。"

"什么?"那可不妙。我瞪着眼睛坐起身,试图弄明白是不是我说了什么或做了什么,竟然让他以为这是个好主意。

"这样看来你是拒绝我了?"他说。他正用他那过于自信的嗓音说话。相当公平,我想。他现在的语气开始设防了,我能感觉得到。

"你为什么觉得——"我说。

他虽然在笑,但是我感觉不到笑意。"是这样,"他说,"我们已经一起度过了这么长时间。谈心、做爱。我记得我去书店时你看我的样子。你让我同你一起练习诗歌朗诵。你还忍受了我妹妹一个晚上。有时候你发给我的短信超过了四个词,而我发给你的短信中,大约百分之四十你都会回复。把这些都汇总起来,我觉得你可能喜欢——你知道——或许想和我单独待一周。"

我想说他的数学很差,但还是决定不这么说。我喜欢内森这一点:他会给你时间思考。

"我甚至都没去过你住的地方。"我说。

"我又没说要去我住的地方度假。"他说。

"我是说——"我想说点什么,但又停了下来。他知道我想说什么。

"我觉得你可以自己选择什么时候来我家,"他说,"我以为如果我们度个假,可能会帮你——"

"帮我什么?"怒气,火气,不管怎么形容——它们正在上升。我想知道他觉得我需要什么类型的帮助。

"帮你相信我。"他轻声说。

我张开嘴巴,然后又合上了。我感到自己的身体在变软,内森也是。他将我拉近了些。我试着想清楚该说什么,但这时他又开始说话了,声音依然轻柔。他的话语仿佛不是冲到空中,而是从他的下唇坠落,掉进我的头发之中,然后滑过我的头部边缘,落进了我的耳朵里。

"我不蠢,洛芙迪,"他说,"我知道有些——东西——我想不是因为我。我想——我不是想逼你。我很抱歉。我可以等。"

我知道接下来必须说什么。是的,我知道要点。有一些现成的可以进行组合的词句:"我想这样不会有用……""我最近一直在想,而且……""你真的很好,但是……""我过得很开心,但是……""我感觉脑子里一片混乱,所以……""我现在的状况真的不适合谈恋爱,而且……""你是一个很好的人,但是……""我想我还是独自一人更开心,所以……""问题不在你,而在我……"(或许下次我该文这些句子,就文在我的额头上。)

我没有用其中的任何一句。我说:"谢谢。"这就是和内森在一起的麻烦之处。当我和他在一起时,我会感觉仿佛一切皆有可能。我会感觉自己像个正常人,没有什么困难是不可克服的,而且我会很快乐,那是一种积极的快乐。大多数时候,我会觉得这是一件值得期待的事。他让我的思想开始游离。与此同时,我在想着将时间延长一些会有多大的影响。当然不是指度假,或许只是再与内森正常地待上一周。

等我真的中止这段关系时——如果他没有先厌倦我的话,从某种程度上讲,我幻想的场景就是他先厌倦我——世界也不会停止运转。他可能会有点低落,但是之后出现的场景是他向窗外张望,看到那里有一辆野营车。他所有的朋友都会挤下车,他们会带来一座烤肉架和一些啤酒,有人会烹饪有机香肠,有人会拿出吉他。一个皮肤紧致、臀型漂亮的女孩会摘一朵花,将它别在内森耳后。他会微笑,带着点忧伤。每个人都知道一切会好起来。

"我不知道你从我身上看到了些什么,"我说,"有什么特别的吗?"

"洛芙迪·珍娜·卡迪尤,"他说,"你这是在套我的答案吗?"(我们已经交换过中间名,他的是安德鲁,真让人失望。)

"不。"我说。一晚上两次被指控套答案,这似乎有点不公平。如果可能的话,我会特别注意不谈论自己。"我是真的好奇。"

他沉默片刻。"好吧,"他说,"我想不是一两句话能说清的。当我和你在一起时,我只是觉得我就是我。我不会让自己刻意伪装或炫耀。我觉得你是值得信赖的。你让我……觉得自己很重要。你让我感觉到真实。"

"哇哦。"我说。再也不可能有比这番话更美妙的褒奖了，它让我感觉到了自己的渺小和不足，以及卑劣，好吧，我好像从一开始就不该开启这一切。

他轻轻吻了我一下，我默许了，因为我想不出任何话可说。当然，也因为亲吻内森的感觉很舒服。我知道像这样的亲吻不会太多了，所以我要充分享受。

之后他说："我被击碎了。"

"魔力这么大？"我问。

他笑了，但接着又轻声说："我以前经常会惊恐发作。有时候，比如像现在这样的时候，我能感到它们一次次袭来。我只能——尽量——采取些防范措施。"

我握住他的手。"我以前也经常这样。真的很恐怖。"

我记得有一次被带去见妈妈，坐在社工的汽车后座上时，我的胃缩成一团，呼吸变得急促，时间仿佛停止了。我的眼睛无法睁开，哪怕我命令它们这样做。后来就连提到去探望妈妈这件事，也会激起同样的反应。那时我快十五岁了。社工认为我是装的，安娜贝尔维护着我，显然我的养母更了解实情。我学着控制这样的发作，放慢呼吸，调慢脑海中的控制按钮。或许是因为这样，每个人在提起我妈妈时都很谨慎，而且当我说不想去见她时，他们会认真看待我的想法。

十七岁时，惊恐发作再次出现。因为社工告诉我，妈妈出狱了。

这一次发作的程度如此严重，以至于他叫了一辆救护车。后来，我让安娜贝尔承诺，谁都不能再要求我去见妈妈，并且也不能让她直接出现在我面前。安娜贝尔答应了我。她告诉我，妈妈不知道我住在哪儿，这当然是真话，尽管我从没想过这样一件事，即她写来的信中，我的名字是她的笔迹，地址却是由他人填写的。我在妈妈找不到的地方，我是安全的。尽管如此，在夜里，在上学放学的路上，在看似不会结束的周六下午，我试着想办法让自己"变得"想去见她，但我还是做不到。我迈不出那一步。我太过害怕——嗯，害怕事情会发生变化。我已经将我的故事写在脑海中。我已经给自己讲过了那个故事。原谅妈妈会让事情发生变化，变得更难接受，并且产生不安全感。我将不得不重新写，重新思考。我将不得不抹除自己，写下一个新的我。我知道那样将会带来多大的痛苦，所以我静止不动。无论我现在变成了什么样子，还是保持现状更好，还是待在我知道边界在哪里的地方更好。

显然，内森无须知道这些，所以我请他继续倾诉。"什么时候？"

我感觉他叹了口气。"几年前。那时候我在一家酒馆的二楼做了一场魔术表演——规模很小，只演了一周——但是收到了许多好评。作为一位喜剧演员的助演，我应邀参加了巡演。所以我的演出场地从一个即使票全部售罄也只有二十五个座位的酒吧，变成了一家拥有七百个座位的剧场。这可谓梦想成真，真的。这也是酒馆二楼的每一个观众希望看到的结果。一个伯乐，一位经理人，或是一个有一定影响力的人物,他会将你的名字告诉某个人,而那人会将你从其他模仿者中挑选出来。但是……"他摇了摇头,"我搞砸了。我怯场,双手不听使唤,开始掉东西。有天晚上,我在舞台上完全失控了。我抬头看着观众,不知该如何开始。我闭上眼睛,而且无法睁开。我的脑袋里一片空白。我无法自报姓名。在那段时间里,我的呼吸频率过快,因为太过用力而大汗淋漓。一位舞台工作人员只好跑上来拉着我的手,将我带下台去。"

"真可怕。"我说。我是真心的。我记得内森第一次走进书店时,艾奇说他"曾经是明日之星"。

"我开始钻研起近景魔术来,因为那样只会有五六名观众。"

"合情合理。"我说。创造一个适合你的世界,内森和我的相同点或许比我想象得要多。

我们安静地坐了一两分钟,接着他站了起来。

"厨房里有吃的,"他说,"我去拿点东西来,给咱们当野餐。等着我,里彭女孩。"

"好,"我说,"只要有奶酪就行。"跟人在派对上分手确实不礼貌。

内森从沙发上站起身,我看着他离开。我在想是否该打开灯看书,不过我知道,能坐在这里等待内森就已经让我心满意足了。我把双脚抬上了沙发。

"哦,抱歉。"我听到内森走出房间后说道。

"没事。"那人回答道。那声音听起来很熟悉，它的主人此时正穿过房间朝我走来。过了好一会儿我才看清那人的方位。

哦，好极了。是罗布。

"洛芙迪。"他说。

"你好，罗布，"我说，"在厨房看到你的时候，我才知道你也来了。"

"嗯，我是艾奇的朋友，"他说，"我曾经也是你的朋友，但是你现在似乎没什么时间搭理我。"

"别这么混蛋，罗布。"我说。我真的不想理会他。我试图为罗布找借口，想认为他变成这样是他性格中的两极化造成的，但事实上，他之所以会有这样的行为，可能只是因为他是个混蛋。我对待罗布的方式，本应像对待任何一个扇我耳光的人一样，这比体谅他要合适得多。

"让一让。"他说。我的鞋子放在地上，双腿放在沙发上，所以我占据了所有的空间。

"我不想让，反正对你来说让不让都一样。"我说。他站到了我面前。我以为他在往我裙子里看，但是我想错了。

"惠特比黑玉？"他看着我的项链问道。

"我不知道。"我回答得太迟，语速也太快了。

接着他将指尖放在了我的肩膀上，靠近喉咙底部，从那里可以看到文身末端的词句。我抑制住了一把打掉他的手的冲动。我吓坏了。我不想这样,但事实就是如此。

"是《占有》,"他说,"'这本书沉重、黑暗,满是灰尘。'这条项链应该是我见你戴过的唯一的首饰。《占有》中很多部分都与惠特比有关,这可能会让人猜到那里对你来说很重要。"

"你真要这样?"我说。我已经有点慌了,但是我提醒自己,对于罗布来说,建立联系只不过是一种学术练习,没有其他含义。我可以保持冷静,至少我可以尝试着这么做。

"我很好奇你现在有多少文身。"我不知道他现在的表情算不算是在微笑。我想把双脚蜷到身体下面,让自己缩得小一些,但同时,我又不想让他看出我的不适。不管怎样,如果我腾出空间,他可能会以为我是在邀请他坐下。他会将其视为一种态度的软化。

"罗布,"我说,"我在等人。"

他一只手在体侧握成拳头。我想他做这个动作并不是有意的,虽然我并不知道他现在正处于病情控制的哪个阶段,以及他是否在服药。关于这一切,我都不能过问。

"你和梅洛迪是很好的一对。"我说。我希望这是一个安全的话题,同时告诉他我不是正确的人选。

"她其实不是我喜欢的类型。"他说。

我咽下了那个显而易见的问题,因为他显然是故意说给我听的。如果我问"为什么不是",他会说"因为你才是我喜欢的类型"。如果我说"那你为什么还和她出去",他会说"看吧,你现在确实还在乎我"。我知道罗布并不是真的想要开战。他只是想在这场比赛中得几分。

"我想我也不是你喜欢的类型。"我试着让谈话变得轻松些。

"或者说,我不是你喜欢的类型。你似乎偏爱……"

我想帮他补完那句话。更性感的?不那么学术的?不那么吓人的?不会扇耳光的?

"更富有诗意的。"

我耸耸肩。不要回答,我提醒自己。

"好吧,我们两个都向前走了,这很好,"我说,"我希望你能开心。"我确实是这样想的,以一种我本人并不需要为此付出努力的方式,而且最好是远离我和无言书店的方式。

我想内森可能就要回来了。但接着我又想起他穿着魔术师的衣服是那么与众不同,每个人都可能会拦住他,要他再展示一些其他的魔术。他虽然没有忘记我正在这里等他,但也不会对他们失礼的。

就在这时,罗布的表情变了。

他微笑着,但那表情很怪异。如果那笑容出现在一本书中,一定是在章节的末尾,文章中还会提到獠牙什么的。我发现自己此刻已经屏住了呼吸。

"我想,对于拥有像你那样的过去的人来说,"他说,"会更难吧。"

"你是什么意思?"说话间,我听到了自己的声音,很刺耳。我已经准备好提醒自己打住了。此时此刻,在艾奇举办的这个见鬼的"套答案派对"上,是罗布在套答案了。他想挑起话头,而我刚好给了他一个。

事实证明,我不用担心。因为他已经知晓了一切。

"我是说,"他说,"我了解你的一切,洛芙迪。我这段时间睡眠不太好。有一天晚上我想到了你,然后就把我所知道的东西汇总了起来,信息不多——你好像一直在隐藏着什么秘密——不过搜索引擎是很奇妙的,卡迪尤,惠特比——有这些信息就够了——"

"罗布……"我不知道接下来该说什么,这不重要,因为他又继续说了起来。

"我能看出来你有点——反常。你一定经历过什么,与你的父母有关。不对,我猜你是在单亲家庭中长大的,然后进入了寄养系统。那套系统真的能把人毁掉。你知道吗,在你那种背景下长大的孩子,更有可能的结局是——"他举起手指,像是从一个"注定失败"的购物清单上划掉条目,"意外怀孕,药物上瘾,最终进监狱。"

我在发抖,不知道是因为恐惧还是愤怒,或是两者皆有。我感到隐藏在自己内心的寒意被发现了。我用尽全身的力气说道:"你知道在我这种背景下长大的孩子,更有可能的是找到一段充满暴力的恋爱关系吗?"但是那些词句在空中逐渐衰退,没能维持太久。我甚至不知道罗布是否听见了。我们就这样看着彼此。

我的思维开始清晰起来。"那些书,"我说,"是你送来的?"我的身体仿佛被锁住了——就算这个沙发着了火,我大概都无法动弹——但是我的脑海中出现了一个新想法。如果那些书之前是在罗布手中呢？我有过这个想法，后来被我排除了，但是那时我并不知道他清楚我的故事。再说，送这些书来吓我，不正是他之前那些行为的一种自然延伸吗？藏我的鞋子，将玫瑰塞进信箱，甚至在派对上趁别人的男朋友去拿吃的东西时，威胁坐在黑暗角落里的人。

他是不是通过某种方式拿到了那些书？如果他清楚我的身份，那也应该知道我妈妈是谁了。我猜，要找到她并没有那么难。我从来不敢去找她，部分原因在于，我知道她会让自己的信息出现在容易搜索、找到的地方，比如 Facebook，或是电话簿上。罗布需要做的，就是以一位带着悲伤故事的前男友，或者一名能提供工作机会的大学讲师的身份出现。妈妈会张开双臂欢迎他，让他得到他想要的一切。我真该踢死自己。我知道罗布生性冷血，喜欢操纵别人，我也知道他会记仇。当他拿着玫瑰在附近转悠时，我没表现出自己的愤怒，所以这一切可能都是在刺激他找更极端的方法来让我难过。我感觉到指尖在慢慢变冷，锁骨上起了一片鸡皮疙瘩。

这时，有一个声音从派对的嘈杂声中传出来，并且越来越近了。罗布回过头去看来的人是谁。

"你的男朋友知道吗？"他用一种近似耳语的音量问道，那比大吼大叫更吓人。

"不，"我说，"他不知道。"

"哎呀，那么我想唯一的问题在于，你是打算自己告诉他，还是等我去告诉他。没有人喜欢骗子，洛芙迪。即便他能接受你的背景，也无法容忍你一而再再而三地撒谎，而且持续时间长达几个月。"没等我回应，他就收起他的假笑，以及（我猜）他勃起的某个部位，转身离开了。

罪行
Crime

-1999-
折射

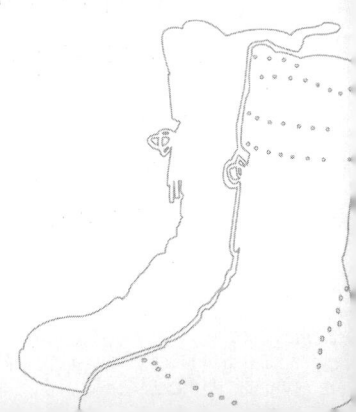

闪烁的灯光在天空中映照出图案。那天晚上，当艾玛的妈妈步行送我回家时，我在家门外看见了至少两辆警车和一辆救护车。我们停在路的尽头，静静地看着这一切。

天黑了，不过时间还不算晚。周日晚上学校有活动，所以妈妈们达成了协议，我们八点前得到家，此外，妈妈还有一个附加条件，要我到家后直接上床睡觉。所以当时我有点担心无法按时回家。

我不知道发生了什么。灯光刺痛了我的双眼，也点亮了邻居们的脸，他们看上去就像幽灵一样。我从未如此近距离地见过救护车。

救护车的车头朝向道路上坡的方向，所以我看不见车里面的情形。我试着想象妈妈的样子，她正坐在台阶上，裹着一条毯子，哭泣着，脸色发灰，就和电视里的人一样。我只能提醒自己，那是想象，不是现实。

当然，现实有可能更糟。她可能一直在尖叫，可能脸上、头发上、手上都是血,他的血,她的血。她可能很安静,可能一直在微笑。我不知道自己想在救护车旁的台阶上看到哪种状态的她。后来,我看到过她的许多种状态:或是因为服了药而不想说话;或是因为紧张而跳跃不已;或是虽然神志清醒,但因为爱和悔恨而陷入疯狂。这都不是我想象中的她的样子。一切都不一样了。这些都不是会烘焙食物,会欢笑,会让我相信对她来说我是唯一重要的人的妈妈的模样。

当时应该是有一条警戒线或什么别的东西拦住了我们,也有可能是艾玛的妈妈看到这出乎意料的一幕之后停住了脚步。不管怎么说,一位警察立刻跑了过来。我听到艾玛的妈妈在解释,说了我父母的名字,以及我们家房子的门牌号。接着,她紧紧地握住了我的手,紧得像是快要痉挛了。我听见她说:"好的,当然,我等着。"

我的正常生活就是从那时结束的。

一位女警察走过来和我们站在了一起。她用近乎耳语的声音急切地和艾玛的妈妈说着什么,而我能听见的只有"嘶嘶"的声音。我记得,接下来我们沿着道路爬坡返回了。梅德兰夫人说话的声音很好笑,好像有风在吹,尽管那天并没有风。"甜心,我们现在先回家,那位女警察会来找我们的。"

"我连睡衣都没有。"我说。

"别担心这个。"艾玛的妈妈说着突然流下了泪水,所以后来应该是我领着她回了她家,敲了门。她丈夫打开门,看到了她的脸。

他说:"出什么事了?"他的目光移到我身上,然后又重新看向她。

根据他脸上的表情——锋利,严肃——很难想象他一只脚的趾甲被涂成了粉红色,另一只脚的趾甲被涂成了黄色,那是他之前任由我和艾玛拿她的指甲油随意鼓捣出来的。

梅德兰夫人哭得更厉害了。"我不知道……具体情况……"她说。我记得当时我想的是,不知道原因却哭成这样,多么荒谬啊。我猜那位女警察一定告诉了她事情的大概。我不知道她们说了些什么,现在回想起来,我猜梅德兰夫人可能是知道有人死了,或者即将死去。她可能以为是我的妈妈。好吧,她是该那么觉得。二加二等于四,大多数情况下事情就是被这样推测出来的。

他们告诉我整件事的过程,就如同将面包泡在牛奶中,然后拿去给一位维多利亚时代的病人吃。每次只给一点点,轻柔、绵软。好像那样就能改变事实似的。

将爸爸死了的消息告诉我的任务,是由一位女警察、一位社工和梅德兰夫人共同完成的。事情发生的第二天,艾玛去学校了。我不能去上学,也不能回家,这让我很失望。艾玛的妈妈拉着我的手。她们称他为"你的爹地"。我从没叫过他"爹地"——我叫他"爸爸",我一直都是这么叫他的——所以过了好一会儿我才想清楚她们说的是谁。这感觉就像是我想吃东西,但是却将刀叉拿反了。

我想我当时点了点头。"妈妈在哪儿?"我问。

"我们正在照顾她,"那位女警察说,"她暂时还不能回家,得等我们把所有事情都弄清楚才行。不过,她不会有事的。她没受伤。"

我想到了那些钱、香烟，以及一品脱的酒。或许爸爸又打架了，就和他被遣送回家时在石油钻塔上做的一样。"有人打他了吗？"我问。他死去的方式就和书里的人一样。我很难过，但与此同时，我也不相信这件事是真的。当时的我并没有意识到自己不能一合上书，就重返原来的生活了。

"你为什么这么问呢，洛芙迪？"那位社工问我。她虽然是在和我说话，眼睛却看着那位女警察。"你觉得谁会打你的爹地呢？"

"我不知道。"我说。我非常想见到妈妈，急切所引发的痛苦将我从里到外啃了个遍。"我什么时候才能回家？"

那段时间发生的很多事我都不记得了，仿佛事情发生的第二天我就睡着了，再醒过来已经是第二年。那时我已经长期住在寄养家庭里，同安娜贝尔在一起了。我仅存的记忆就像是一个噩梦的结尾或一场流感开始的夜晚。当你好不容易浮出水面一两分钟时，你脑海中残存的梦境却会无比真实地出现在眼前。

我记得有一位社工回到了艾玛家，是较瘦的那位。她用的香水中有浓郁的茉莉花味。即便是现在，茉莉花的气息仍然能让我回想起那座房子：电视开着，声音掩盖了大人们在门口的谈话。我只听见梅德兰夫人说："不管多长时间都行。"现在回想起那个时刻，伴随着茉莉花的香气，我心中依然会涌起一种企盼的感情，大概是因为我当时以为，他们说的是让我先住在那里，直到妈妈回家。后来我才明白，他们谈论的是让我先住在那里，直到他们在寄养系统中为我找到一个位置。

我记得被带去见妈妈的场景，那时她正在等候审判。我害怕她：她看起来不对劲，闻起来味道也不一样。而且她脸颊浮肿，可能是因为服了药，或是哭过，或者两者皆有。她看到我时张开了双臂，但我没有立刻扑过去，于是，她用双手捂着脸，拉长声音低低地说了一声"不"。

詹妮姑妈来看过我，我记得她说康沃尔语的低沉嗓音和歌声。那时，我如此思念父母，正在接受很多询问，而他们都在掩盖这些谈话的重要性。在这样的时刻，姑妈的来访就像是一个明亮的假日，一改那些事情为我带来的低落与痛苦。我带她在惠特比四处转悠——她站在黑玉商店的橱窗外向里张望，同我一起数台阶。我们喝了下午茶，她还舔掉了手指上的奶油，她说那会让她长胖，但是她并不太在乎。当我们在艾玛家再次遇见那位高个子社工时，我偷听了她们之间的谈话。很久之后我才明白那些话的含义。詹妮姑妈当时哭着说："我只是觉得我做不到。"那位社工说了三声"好啦好啦"。现在，我猜詹妮姑妈那次探访是想试试看能否带我走。显然，答案是否定的。我不怪她。好吧，我真正想说的是，我确实怪她。我当时才十岁，身边一个人也没有。我没有杀死任何人。就算爸爸离开学校入伍后就没怎么和她联系过又怎样？可能我让她想起了爸爸，或者我长得太像妈妈了，或者她和那位社工说了什么模棱两可的话，谁在乎？就算突然之间来了一个不在你的人生计划中的十岁的孩子，那又怎么样？我不是也失去了我最想要的生活吗？

我不记得举办葬礼的情形了。后来我弄清楚了，爸爸被葬在了康沃尔。我没去。我不知道为什么没去，也不记得有人询问过我的意见。我不知道当时说了些什么，放到现在，我可能会说："死了就是死了，不重要了。"

我记得在临时寄养系统的住所中度过的第一个夜晚。我睡在一个摆满上下铺的房间里，半夜，睡上铺的小女孩爬到了我的床上。她试图抱我，但我只是像一块木板那样直挺挺地躺在那里。最终，她明白了我的意思，顺着梯子爬回了上铺，并且一直哭到起床。

我记得第一次站在安娜贝尔为我准备的房间里的情形。她和善地轻声说，她和社会服务部门已经达成协议，只要我还在她家，她就不会再接收其他寄养儿童。那个房间比我在家里的房间要大，但看起来不太对劲。里面有一张床，一张桌子放在一扇仿乔治王时代风格的双层玻璃窗下，墙上挂着一块告示牌，顶部有一排图钉，地上有一块蓝色的小地毯。我能闻到墙壁上新刷的浅绿色油漆的味道。安娜贝尔不准我将食物带上楼，但是除此之外，我在我的房间里可以做我想做的一切事情。只要我下楼吃饭，她就不会打扰我。我猜，她是觉得假以时日我会变得更善于交际，会和她一起看电视，和她谈论我的父母。

我能想象安娜贝尔是经历了十分严格的条件审查才被选中的。她一个人住,丈夫已经去世——所以我家发生的事不会重演。她有三个孩子,但是都已离家。我搬过去时,她一定已经年过五十。她加入寄养系统已有多年,在她自己的孩子还小时,她只承担着一些短期照顾的任务,之后,她开始照顾一些境况特别困难的孩子。在乘车去安娜贝尔家的路上,社工把这些情况都告诉了我。她试着把这一切说得像是我中了大奖。我估计(我猜)我确实是中了奖。在那个家里,我不需要学习如何同其他孩子相处。安娜贝尔很有耐心,而且为人和善——但这两点都没有得到回报。她的工作是为一家机构转录文稿。晚上我上楼以后,她会"啪啪"地敲击键盘。我从学校回来时,她总是在家。她会为我泡一杯茶,询问一些我一般都不会理会的问题,或是静静地坐在那里,倾听我是否有什么事情想告诉她——我几乎从来都没么做过。我们会听着收音机喝茶,然后我去做家庭作业,等她叫我吃晚饭,然后,我就会下楼和她一起吃饭。洗碗是我的任务,之后,我会再次回到自己的房间。

在埃尔斯佩思家的八个月让我意识到自己会对周围的一切造成多大的伤害。我做每一件事都会失败。我会对每一个人、每一件事发火。我会放火点燃沙发,我会拒绝洗碗,我会让自己暴饮暴食到超重,或是呕吐让自己变得很瘦。有一件事是很清楚的:我不可能成为从前那个喜欢参演学校话剧,并且确信自己是被爱着的 LJ 了。妈妈被判决后，我直接回了安娜贝尔家。法庭没有公布我的名字，而我拥有了一个精心准备的非常接近事实的掩护故事，好让我能有一个"全新的开始"。"全新的开始"，如果你感到好奇，我会告诉你那其实就是社工给你的代号，意思是"你的生活已经毁了，但是至少我们还可以采取一些措施，阻止他人指指点点和小声议论"。如果有人问起，我会说，妈妈身体不太好，爸爸去世了，于是我搬来和安娜贝尔同住。我一直在家、学校和图书馆这三点之间活动，确保没有人过问。我被霸凌了——当然，我是一个转校生，看起来就像只吓坏了的小狗，如果用一根棍子去戳，就会令人满意地把棍子猛得咬住——但我能应付。好吧，只是将就应付过来了。非吃饭时间，我会将自己关在房间里，读书、写诗。我嫉妒除自己以外的每一个人，尤其是那些戏剧社团的人。

∾

起初的几个月，当我在苦苦挣扎时，妈妈也一样。埃尔斯佩思·菲普斯和那位名叫沙妮思的瘦瘦的社工告诉我的事，都是被精心评估过，适合让一个十岁小孩知道的。那个学年剩下的时间，我搬家之前了解到了一些鲜活的细节。一些残忍的孩子说"我爸爸说你妈妈想把自己锁起来，并且丢了钥匙"，玛蒂尔达和艾玛也善意地透露过一些片段。搬到安娜贝尔家后，我进入了新学校，然后便不再能听到周围人投来的信息了,但是我可以在午餐时间用学校图书馆的电脑,所以我查清了自己想知道的每一件事。在消化事实的时候,我也无须再看任何人担忧的神色了。因为除了那些花钱雇来的人之外,现在没有人真的关心我,而我不想要那种照顾。

诗
Poetry

-2016-
世上没有魔法

艾奇的派对结束后的第二天晚上,我约内森在乔治与龙酒馆见面。罗布离开图书室后,我立即逃了出去,并发短信给内森说我感觉不太舒服,需要先回家。到家后,我锁上公寓的门,脱掉裙子,穿着内衣裤缩在羽绒被下,一直哭到邻居捶墙。接着,我走进浴室号啕大哭。我痛哭是因为我知道即将失去内森;是因为我如此思念妈妈;是因为没有人给我裹上浴巾,紧紧地抱住我,不在乎这样是否会把他们打湿;还因为这样一个事实:罗布在我好朋友家里找到了我,而那间图书室本该是个安全的地方,他不断在我的脆弱点上施加压力,以期让我崩溃。我甚至不敢想他可能已经找到了妈妈,并与她交谈过,然后带回了那些书。他可能还给了她希望。

我爬到床上,想给内森写封信。不过后来我还是给他发了条信息,约他去酒馆。

当然,他很担心我。"你看起来脸色苍白。"他亲吻了我之后说道。他让我坐了下来，然后将酒从我面前推走。"我知道你喜欢喝什么，不过今天换成软饮怎么样？你吃过药了吗？"

"我累了，"我说，"睡得不是太好。"

"看来事情发生得很突然，"内森说，"我回到图书室时，你已经不见了。我知道我去得有点久，但是我记得我离开时，你看上去还不错。"

撒谎是一个糟糕的主意。就连小小的一句"我感觉不太舒服"也会长出毒牙，将你咬得浑身是洞。于是，我将话题转移到了真正该谈的内容上。

"我们需要谈谈。"我说。

"哇哦，你一定是病了。"他说着笑了起来，接着，他看到了我脸上的表情，笑声停了下来。"怎么了？"

"我受不了再这样下去了，"我说，"我是指我们的关系。"我的确做了一个计划，但是那计划当然没有包括当内森就在我可触碰的距离之内时应该做什么。那个计划需要我保持镇定，然后做一个看起来深思熟虑过的明确解释，即我还没准备好，还不想开启一段恋爱关系，眼下需要将自己从这种关系中解脱出来。内森应该考虑——虽然很遗憾——从洛芙迪男朋友的位置上离开。但是，我做这个计划时完全没有考虑到，当与内森坐在一起，看着他可爱的脸时会发生什么。啊，我多么希望自己可以爱他，那样一来，他爱我就是可行的。

"什么？"他说。他并不是没听见，只是不相信，所以我大概无须重复。我刚才的语气听起来并不友好。

"抱歉。"我说着喝了一口酒,里面的杜松子酒不够多。我放下杯子,将它放在杯垫正中央。我做出不慌不忙的样子。我不想抬头,而内森没有发出任何声音。

当我抬起头时,我发现他的身体定在了那里。他身上唯一在动的部分是眨眼时的眼皮,以及锁骨处的皮肤,他呼吸时,可以从衬衫敞开的 V 形领口看见那里的跳动。

"洛芙迪。"他的声音里带着哭腔,以及某种坚硬的东西:是决心,或是愤怒。他当然应该冲我发火。我对自己也很愤怒,因为我竟然将我们两个带进了这样的境地,连罗布都插了一脚。

"我很抱歉。"我又说了一遍,试着让声音听起来坚强些,但我觉得自己没能做到。

"洛芙迪。"内森说着碰了碰我的手,而我将手抽了回来,仿佛他刚刚触碰我是在犯罪。"我只是不明白,我做错了什么。"

"我明白。"我说。他看起来如此震惊,以至于我产生了一种晕船般难受的愧疚之感。

"你明白?"他看起来十分疑惑,仿佛有人趁他出门时闯进了他家,重新摆放了所有家具。他的眼里涌出了泪水,但是声音中已经听不出哭意了。"这就是你给我的全部解释?"

"我不太擅长谈恋爱。"我说。我的声音听起来比我以为的要平静。"我告诉过你这一点。"

"我想你没有,"他说,"至少没有说得这么清楚。"

"确实,"我说,"没有说得这么清楚。但是我认为你是明白的。"

他用手在头上来回摩擦,然后又放下了。之前我也用手在他头上做过同样的动作。现在,我的掌心还留有触碰他理成寸头的粗硬头发时的刺痒感。

"是因为我给你讲的事吗?"他问。

"什么?"我完全不知道他在说什么。书本之外的对话都很恐怖,一个人永远不知道和另一个人接下来会聊到什么。我想再喝一杯,但是现在离开去买酒可能并不合适。

"在派对上,"他说,"我给你讲了我并不十分成功的职业经历,然后我起身去拿吃的,等我回来时,你已经离开了。"

"不,"我说,"不是因为那个。"我碰了碰他的手,虽然碰到的是手背,而且只持续了一秒钟,但他并没有抽走。"你知道人们在这时通常会说'不是你的原因,是因为我',不同的是,我认为这次真的是我的问题。"

"你难道不觉得这一点应该由我来判断吗?"

我看着他。他的那双眼睛,啊,那双眼睛,还有他的眉头,他的嘴巴,他的牙齿。书中和诗里写过,爱一个人就想吃其肉、饮其血、食其骨,就在那时,我明白了那种说法。我想让内森成为我的一部分。不是像他们说的那样,好吧,像那样也可以。我的身体已经习惯了性爱,失去它,我将很不习惯。

你知道人们是怎么形容心碎的吗？现在我终于明白了。我血淋淋的心脏，完全和卡通画中一样，横着一道锯齿状的裂缝。看着他，我能感受到那道锯齿切割每一毫米所制造出的火燎一般的痛感。拿手术刀的人是我，这个事实让我更加痛苦。

我什么话都说不出来了，该从哪儿开始呢？告诉内森有些事情我没有说清楚？我知道——我心里有一小部分知道——内森会明白的，但那不是问题所在。问题在于，他的理解将改变一切。

"我还以为你和我在一起是开心的。"他小声说。

"内森……"我说不下去了。我做不到。如果现在将对话继续下去，那么接下来会更难。在你们把那套"屈服于恐吓"的所有陈词滥调用在我身上之前，记住这一点：我没有向罗布屈服。如果我想，我可以将整个故事都告诉内森。我这样做更多是因为，罗布一脚踩了进来，提醒我认识到维持一段恋爱关系所蕴含的巨大的不可能性。这之中有太多阻碍了，其中最主要的一个是：一旦我坦白过去——就算只是大概提一下——那么我将永远也无法确定内森爱的是不是我这个人本身。我将不可能知道，他对我的感觉是不是出于同情，或者是不是因为太过害怕伤害我，所以无法对我诚实。我会认为，我父母的这一整段愚蠢的历史将永远横亘在那里。那感觉就像生活在一座森林之中，树木会一直改变透过的光线。

和内森在一起时，我很开心，但那无法永远持续下去。罗布只是提醒了我。虽说他这么做让我十分愤怒，但人们一直都在惹我生气，所以我会坦然面对。如果一开始没有和罗布纠缠在一起，那么这一切可能都不会发生。一个普通人并没有什么事情是需要隐瞒的。罗布也不会从普通人身上发掘出任何东西。

我站起身说了句"我很抱歉"，然后离开了。

但我的动作不够快，因为我听到内森在我身后说："我爱你。"我假装没有听见，但是他应该知道我是假装的。我想，在内森的世界里，我接下来的举动应该是转身落下泪来，将一切都告诉他，然后他会抚摸我的头发，我们将会——你瞧，那就是问题所在，我真的不知道接下来会发生什么。我看不到任何结局。

所以我只能继续走，一直走回家，如果在路上遇见罗布，我将会让他尝尝一记响亮的耳光是什么滋味。

∞

下面是我知道的部分。

那天晚上，六点刚过——艾玛和我正在挑选指甲油的颜色——妈妈拨打了999，并哭着说："我想我杀了我的丈夫。"

他死于外伤性脑损伤。根据做尸检的病理学家的说法，真正杀死他的，是后脑勺撞到石头地面时受到的冲击。当然，如果不是妈妈拿烹饪锅的铸铁锅盖砸了他的太阳穴，他也不会倒在地上。就在那座房子里，在厨房的地上，他被当场宣告死亡。

妈妈一直试图唤醒他,以至于人们不得不将她从他的尸体边拉走。

他身旁的地上有一根烟,大大的手中还留着一盒火柴。她砸他的时候,他似乎正在点烟。

她被当场逮捕,但她挣扎着想和他待在一起。阻止她的警察的脸都被她抓出血来。

她被保释出去,送进一家医院做了精神评估。

她拒绝为自己做任何辩护。她承认犯了过失杀人罪。没有举行审判,只举行了一次量刑听审会。

她获刑十二年,六年后可出狱。

当我到学校图书室的电脑上用谷歌搜索这件事时,我被此案的报道之多吓到了。虽然我很思念爸爸妈妈,但我拒绝同安娜贝尔或沙妮思谈论任何细节,所以到十二岁时,我几乎已经有一年的时间没听到父母的名字了。许多新闻都争相报道了我们家的事。我找到的有来自国家报刊的文章、地方的电视节目、博客和报纸专栏。当时,我只觉得生活已经崩溃了,但很多文章却认为我们的故事反映了二十一世纪的时代精神。周日的杂志增刊开始出现访问当地家庭暴力的幸存者并与专家对话的报道。一些长相古怪的成年人被邀请来推测我和妈妈当时的心态,那些人小时候也曾在类似的情境之中左右为难。《问题时间》节目针对此事提出了问题。那个曾经在石油钻塔上与爸爸打过架的男人的妻子也兜售了她的故事。她站出来坚决支持我妈妈。看来爸爸当时说的那句"你应该看看另外那个家伙"

并不是开玩笑。

许多人都站出来支持我妈妈，仿佛认为她是一个战士，或者具有重要的意义，但是据我所知，她只是不想再受伤罢了。当然，事情发生时我并不在现场。许多对我们的生活有看法的人（每一个人）共同放大了这样一个猜测：她将我打发出去，是不是为了实施事先计划好的罪行？显然，并非如此。因为——先抛开我们在书里找到钱的事不谈，这件事当然没有任何人知道，因为我不曾告诉过任何人，任何报道中也都没有提过妈妈曾有这样的行为——预谋犯罪很可能会更加复杂，绝非"拿一个铸铁的锅盖砸中某人的太阳穴，如果他摔倒，那就祈求落地角度刚好合适"这么简单。

新闻中透露的细节让我的想象有了立足的基础。我一直在重建当时的情景，却很少意识到自己在做什么。不管什么时候，无论是醒着还是睡着了，我的眼睑后面似乎都在播放一部影片。她在哭，他试着安慰她，她放松下来，承认自己觉得他有可能会伤害我，于是他发了疯。爸爸指责妈妈夺走了我生活的乐趣，她走进厨房，他跟在身后，她转身。他打她，她还击。那些场景在我脑海中播放时会有不同的音轨，速度也不同。他们仿佛是在一个电影学院的学生的家庭作业之中。有时候，当她打他时，画面是黑白的，像芭蕾舞场景一般。他以慢动作倒在地上，姿态几乎算得上漂亮。或者，那个场景非常逼近，全是近景，她哭，他也哭，那一击只是个意外。也有一个妈妈全程自卫的版本，她畏畏缩缩，接着用力胡乱挥舞，于是打到了爸爸。但我因为太爱爸爸,所以不相信会是这样。后来——我不确定是什么时候——我的版本固定了下来:他们两个人都很生气,他打她,她走进厨房,也许她是准备出门,一只手已经够到了门口的外套。他跟在后面道歉,泪眼迷离——他在事后经常是那个样子。她的态度软下来。他又说了些别的事情,发表了一些苛刻的言论,接着转身去点烟。她,一直以来承受了如此多痛苦的她,再也无法忍受。她拿起锅盖,恐惧极了,于痛苦之中挥打出去。

看到那些有关我们家的文章,我十分难受。我们不是一个例子,不是一份案例研究,不是一个时代的符号。我们就是我们。

然而,真正让我震惊的并不是关于我们那个悲伤的小故事的报道,或者是无休无止的篡改、扭曲和放大。让我震惊的是,在我们以为生活中只有我们三个人时,显然,在这个三口之家的外面围满了担忧的人,他们没有智慧或勇气来阻止即将发生的事。我的老师曾因为我变得"沉默寡言"给社会服务部门打过电话。爸爸的职业介绍中心的记录表明,他在受到压力时有可能会变得好斗。妈妈接受检查时,她身上的瘀青,牙齿和肋骨断裂的痕迹表明爸爸成了魔鬼,而妈妈成了受害者。一份交给法庭的报告称,妈妈一直处于焦虑和抑郁的状态中,但总的来说心智健全,这样的说法使妈妈成了魔鬼,而爸爸则成了倒霉的无辜者。

她什么都不肯说。她不为自己辩护,一句话也没说。我不是专家,但我认为那样反而令人们质疑她的精神状态。

我试着重构，想象，我试着原谅，但是我做不到原谅其中一个，而不去责备另一个。最重要的是，我怀念那个早已消失的世界，在那里，爸爸乘直升机去上班，妈妈和我在海岸上收集石头和贝壳。

∞

与内森结束关系后的那一周，我过得很痛苦。我无法入睡，无法集中精神，无法以丝毫的理智做任何事情。罗布似乎学机灵了，没有来找碴，所以我甚至无法将怒火发泄在他身上。我见过他一次，当时他是来书店找梅洛迪说话，不是来找我的。我感觉梅洛迪好像在躲避他，不过这也可能只是我的臆测。他显然已经决定不再往书店送书了，因为已打出了"将洛芙迪吓到崩溃"这张王牌。有可能妈妈已经看清了他的真面目，只让他拿走了一两箱书。我想找他问清楚他是从哪儿弄到那些书的，但是我甚至不想看到他的脸。

虽然讨厌这么说，但我不得不承认，我十分想念内森。我真的，真的很想他。我的视线总是迷失在不远处。无法入睡、无法进食的忧郁感觉无处不在。我知道这很荒谬，但我似乎真的无法帮助自己走出来。我讨厌比较，但在我经历过的事情中，唯一能与此相比的，就是爸爸去世后又失去妈妈的那个彻底绝望的时刻。当然，这时的糟糕程度完全无法和当时相提并论，但也已经足够坏了。我生活中的其他事情都没有发生变化，这更让我意识到和内森在一起度过的时光是那么多，而且我已经那么习惯看到他工作和在家时的样子了。

当然，我已经决定不再去参加周三的诗歌之夜，不过这种改变只是一周中的两个小时而已。与他相处的其他时刻才是问题所在。他会在下班后来找我，会来我家吃晚饭，会留下过夜。他会以他的方式让闲聊变得轻松，所以我们一聊就是好几个小时，仿佛在创造一个世界。他读诗时，那沙哑而又甜蜜的声音仿佛让每一个字都活了过来。他拿着咖啡顺道走进书店时与艾奇说笑的声音，蠢兮兮的硬币巧克力，甚至是宽衣解带时，他看着我的文身的时刻。我想起了他试图辨别那些文字的模样，他是那么想知道它们的出处，以及我为何会选择它们。每件事物似乎都让我感到失落，充满思念。在不工作时，我试着骑自行车骑到筋疲力尽，在工作时则一直清洁房间、重新布置书架，但我还是无法入睡，无法思考。我的脑子里全是内森、妈妈的书、该死的罗布，以及这样一个事实：我的人生如此糟糕，我拥有一段正常恋爱的概率可能就和莎士比亚签名版《伯里克利》出现的概率一样小，也就是说，可能性为零，除非莎士比亚在为英语增添百分之十的词汇的同时，也发明出了一台时间机器。而且，我还让自己处于这样一种情境中：在其中我看清了恋爱的本质。这就像是一个不同的故事。它出现在诗中是美好的，发生在现实生活中却是无法实现的该死的空想。

我说这些听起来像是在生气吗？好吧，我不知道为什么会这样。

第二天早上，我五点就醒了。我试着不去想象头一晚的诗歌之夜可能发生的事。我起床做了准备，六点就开始工作了。既然可以整理健康类的图书，为什么还要躺在那里呆呆地看着天花板呢。下午四点时，积蓄起来的所有疲倦感都朝我袭来，接下来我就只记得艾奇轻唤我的名字，以及他的一只手搭在我胳膊上的情形了。

"洛芙迪，"他说，"你得醒醒了。我差点把你锁在了店里。"当时是六点，我背靠在地图册上睡着了。我感觉那两个小时是我数星期以来第一次真正的睡眠。

我花了很长一段时间才游回现实生活。但清醒以后，我又希望自己不曾醒来。我的胳膊发麻，脖子很疼，双腿无法动弹，但身体上的疼痛与其他的痛苦完全无法相提并论。

"我要走了，"艾奇说，"不过我还是等等你吧。"

"我会没事的。"我说着站起身。

"我不确定你有没有事。"他说。在我起身的过程中，他拉了我一把，胳膊在我的肩膀上扶了一会儿，像是一个肩并肩的拥抱。我默许了这种行为。他说："请几天假吧，洛芙迪。离开这里，想想这些事。"

"我不确定要不要这样做，艾奇。"我说。

其实我很确定自己不想这么做。我真的不喜欢休假——我曾经去参加过一个文学节，而我不太喜欢那里。那里人太多了，而且我对它的想象完全是错的——在阅读一本书时，每个人都是平等的，而在一边排队一边聊天等着见一位作者时却并不是这样，或者说对于在一家酒吧该点哪种苹果酒的了解程度上并不平等。我从开始工作那天起，就一直在存钱，因为我知道艾奇不会一直在这里，而且我不确定其他老板会不会给我放假。度假似乎是对金钱的浪费，更何况我没有任何地方想去。不管去哪儿或者说不管出现怎样愚蠢的言论，你还是你。

"我确定你应该这样做，"他说，"你需要整理整理思绪。你下周要是还来上班，我会把你赶走的。"

我笑了。我的喉咙有点疼。

"我是说真的，"他又补充道，"你要是需要，我可以借你一顶帐篷。你需要抽出些时间放松一下。"

"我不确定自己是不是需要时间，"我说，"或者帐篷。"

"接受朋友的建议吧。"他说着转过身，这样一来他就能面对着我，并将双手搭在我肩膀上了。"你需要时间，也需要思考一下你想要什么。如果你不喜欢帐篷，我倒可以接受。"

我有时候会觉得，艾奇可能认为我的处境只比靠出售绸带和乞讨面包为生的流浪汉好那么一点点，就因为我不住在一座带有景观绿地的乔治王时代风格的独立宅邸中。"帐篷里没有浴室，"我说，"而且我放进去的东西可能会被划伤，或是被母牛践踏。"

"露营地有淋浴间，"艾奇说，"不管怎么说，你在任何地方都可能被母牛践踏。"

我点点头，不过我不知道自己为什么要点头。艾奇就是有这种说服你接受某些事情的本领，哪怕是让你相信在城市中会出现发疯的母牛。"我没度过假。我不知道该去哪儿。"我说。

"去惠特比，"他说，"你说过你想去的。去那里呼吸一下新鲜空气吧。"

那里曾经是我成长的天堂：有海鸥，有海滩，而且没多少人知道。当城区挤满游客时，你会觉得很幸运，因为这里就是你的家。艾奇看我的样子像是快要哭出来了，仿佛让我请假是一件生死攸关的大事，所以我点点头，和他一起走出了书店。

第二天，当我走进书店时，我发现我亲爱的老板已经做好了一切准备。他故意误解了我点头的意思，我的本意是：我会考虑你的建议，但可能不会执行。他非常清楚这一点。但是在他曲解的版本中，那个点头的意思变成了：请给你那位在惠特比郊区的悬崖上有旅行拖车驻扎地的朋友打个电话，预订一辆拖车，明天上午让梅洛迪——竟然是梅洛迪！——照看店铺。等洛芙迪来上班时，将她直接绑上车，送回家，监视她将行李打包装进帆布包，然后开车送她去惠特比，不管她想不想去。路过一个高档超市时，随便给她买些吃的，不用理会她想吃什么，甚至不用管她喜欢什么。

这件事的奇怪之处或者说可爱之处在于，他认为我需要休息的想法的确是正确的，而且他选择惠特比也是正确的。

从离开临时寄养系统的那天起，我就没有再回去过（那个学年剩下的时间我还待在那里）。离开父母的第一个夏天，我搬去了里彭的安娜贝尔家,准备到了九月去新学校上学,在那里,没有一个人知道我的过去。

在很长一段时间里,回惠特比并不在我的考虑范围内:我不想见到那些可能认识我的人。再说,当你身处寄养系统中时,你是不会主动提议去旅行的。每一件事都太过脆弱,要小心翼翼地维持平衡。安娜贝尔和我的相处模式有着严格的操作流程:也就是说,我们互不打扰。她的大部分提议我都会陪她一起完成,而她并不会频繁提议。我总是自己待着,因为那是我唯一能应付的方式。她在一开始也许想过,有一天我会钻出保护壳。我的房间里没有电视,可能她也想过,总有一天,我会好奇别人都在看什么电视节目,或者至少想了解一下其他人都在谈论什么,最后就会被吸引到楼下来。

她理所当然地以为学校里的人会和我说话,我也会回应,不过在参加过几个家长之夜的活动后,她的这些想法很快就消失了。当我待在房间里读书时,我敢肯定,她一定就待在很近的地方,时刻准备着提供社工、精神病专家以及每个人都会提供的喋喋不休的情感支持。等待期间,她也许备好了营养丰富的食物,对于零花钱、作息时间表以及公平规则的制订——她显然认为我不能再受到任何冲击——也格外认真。

每年夏天,她都建议我去度个假,但都被我拒绝了。她提过带我去康沃尔,我"砰"地关上门表示拒绝。她甚至提出带我去惠特比,我则说她残酷无情。我以为她是在嘲弄我。离开惠特比之前,我每一天都能看到大海，但从那以后，我几乎再也没看过大海一眼，尽管我经常梦到它。我会参加学校组织的旅行——去伦敦或威尔士的某地——但那大多都和我之前的旅行差不多。我在伦敦之行中想办法做了第一个文身，因为我的同学有一张伪造得几乎可以以假乱真的钞票。当时我们三个人从杜莎夫人蜡像馆悄悄溜走，去了苏荷区。我刺的是《安娜·卡列尼娜》的第一句话，另外两个同学原本计划文几个汉字和凯撒大帝乐队的标志，但在看到文身枪后打消了念头。老师们奇迹般地没有发现我们缺席了——或者只是假装没发现——我也没对安娜贝尔提起过。我没有试图遮掩，她也没对此发表任何意见。一切就这么平安无事地过去了。

这趟旅途并不长，尤其是在艾奇那样的开车方式之下。有人可能会说，我一定是在车里生闷气。我本来是想生闷气来着，但是事实并不是那样，因为在这一路上的几个小时里，艾奇一直说个不停，即便我一直有话想说，也不可能插进一句话。他（不懂为什么）从柏林墙倒塌的那天晚上空气中尘土的味道开始讲起，一直讲到有多少王室成员至今仍抱着泰迪熊睡觉，接着还讲到了克拉拉。我刚来书店工作时，克拉拉也在这里上班，之后她在一个周六拿着抽屉里所有的现金逃跑了。"我并不在乎这些钱，"艾奇说，"如果她向我开口，我可能就把钱给她了。我为她的偷窃感到遗憾。"他停了片刻，接着像是在回答问题一般地说道："你知道，我们是在中国的长城上散步时遇见的。"

"哦，好吧。"我的语气显得有些闷闷不乐，仿佛是在说"别来这套，我可一个字都不相信"，但是艾奇没有注意到。

接着他开始谈我的事，这让我想要跳车逃走，找一个合适的时机落在柏油路上。"我记得你第一次走进书店的样子，"他说，"我一开始以为你不过是个普普通通的少女。但是当你开始触碰一本书时，你的动作表现出了那本书对你来说有多么重要。亲爱的，你看起来像是不敢相信自己竟然如此幸运，能被允许进入我这片摇摇欲坠的领地阅读。你从企鹅经典文库区走到了历史区，其中有半个小时的时间，你几乎都在看一本有关军服徽章的书。我记得当时自己在想：哎呀，哎呀，艾奇，店里来了个名副其实的爱书狂人。"

我早已别过头，开始打量起窗外的风景，而不是盯着前方翻涌向前的道路。外面的地形开始让我有点熟悉了。这里的荒原风景一如往常，如果你乘坐的车子减震悬架更好使的话，欣赏起来一定很轻松。我看到了映衬在天际线下的修道院，虽然只剩下一座"骨架"了，但感觉比后视镜映照出来的我自己的脸更亲切。地平线上的大海像洗过多次的牛仔裤的颜色，这引发的回忆让我的胃里一阵翻涌。

艾奇把我介绍给了杰克逊，即旅行拖车驻扎地的主人——据说他们是在肯塔基州的一家酒吧里认识的——然后就把我留在了那里。艾奇拒绝了午餐邀请，我能看得出来他急着想走。我想他可能是意识到，把书店交给梅洛迪照看的期间不是他应该享受的时候，他需要赶在她把书店变成表演空间之前返回，以防有进一步的损失。

"好了,我的流浪儿,"他说,"我一周之后回来。"他将一只手搭在我肩头,而我没有反抗。

"谢谢。"我说。我是真心的,看到大海的那一刻起,我就意识到自己是多么需要换个地方,远离内森以及爸爸妈妈曾经拥有的书所发出的回声。

艾奇驾车离开时没忍住按了两下喇叭,并把帽子伸出窗外挥了挥。我累了,这种感觉如此强烈,仿佛从十五年前离开惠特比开始,我所缺失的睡眠就全部在这里等着我取回。

这辆旅行拖车只是营地众多旅行拖车中的一辆,它的面积可能比我的公寓都要大,但到处都是我无法挪开的绛红色的垫子和金黄色的流苏。我把窗帘拉好便上了床。现在才下午两点,但是我不在乎。我睡着了,并且一直睡到了晚上九点,醒来时,我发现自己饿极了,所以我很庆幸艾奇买了奶酪和橄榄来。打开购物袋时,我才发现里面的东西根本不是随便买的,每一样东西都是速食食品:面包、奶酪、熏肉、麦片、香蕉、牛奶。我不知道他这么做是希望我在这里过得轻松些,还是想确保我不会把这地方烧光。

旅行
Travel

-2016-
翻涌的记忆

开始的几天还算好。我去了城里,在码头上吃了冰激凌。我沿着台阶走到海滩上,靠在那里的大石头上测量自己的身高,以前爸爸经常在那里给我拍照。猜猜看结果怎么着?我比十岁时长高了不少。站在那里时,我仿佛听到了妈妈的笑声。我几乎都快忘了,她曾经是那么爱笑。在我的记忆里,她后来变得十分悲伤、惶恐,完全是走投无路、无能为力的样子。我想请人帮我在台阶上拍张照,不过后来又觉得光是站在那里就足够了。话说回来,我又能把照片拿给谁看呢?(这是一个反问句。)

我去了修道院,那里的游客全都惊叹于建筑中以鲸须结构搭建的拱形。我想不起第一次参观这座壮观的遗址时的情景了。一直以来,它就在那里。我绕过了商店林立的地段,有些店铺没变,依然在出售明信片、石头、黑玉珠和哥特式装饰品。

我摸了摸自己的项链。这块小小的黑玉也会感觉回到家乡了吗?

我曾经以为我是知道这种感觉的，但我错了。那一刻，我的心里没有激动，没有悲伤，也没有突然涌起各种记忆。我依然是洛芙迪，看起来，我似乎是无法摆脱这个身体了。回到惠特比这个行为并不具有魔力，它没有给我任何答案。

但是我喜欢再次回到海边的感觉。海水的颜色像指尖沾了墨水后涂抹的蓝色。在海边，我感觉自己如此渺小，而确认自己的无足轻重让我感到安慰。这使我在想起内森的时候轻松了一点儿。但是我还是不能恋爱，因为这是一种愚蠢的行为。我的父母曾经深爱彼此，看看这酿成了怎样的后果。不，我想并非所有的男人都像爸爸（或罗布），也不是所有的女人都像妈妈（或我）一样。但是我足够聪明，我知道，愿意接受我的人要么是怪胎，要么非常平和、善良、有耐心。我不喜欢怪胎，而且我本人并不平和、善良，也没有耐心，所以这段关系早晚都会搁浅或被摧毁。这不是愤世嫉俗，是逻辑使然。

那家我以前常和妈妈一起去的书店还在老地方，这让我感到一阵刺痛。我强迫自己走了进去。里面还用着和从前一样的木头书架，前面的高，后面儿童区的矮。我买了《吸血鬼伯爵德古拉》，却一直没抽出时间读。我同收银台后面的女人（还是从前那个，但老了些）展开了一场稍显古怪的"我是不是在哪儿见过你"的对话。我没有假装冷酷地做出稍稍有些茫然的表情，然后悠闲地离开，取而代之的是，我说了"没有"，然后用一种会给人留下更深刻印象的方式快速走开了。我真想问问她大半辈子都在同一家书店工作是什么感觉。

她看起来是那么快乐。

日子一天天过去,我变得更加勇敢了,如果旧地重游算得上是勇敢的话。我想我已经明白,跟这么多年一直纠缠于我脑海中的那些事情相比,出现在眼前的任何东西都不会造成更深的伤害。也许我需要直面它。

我步行回到了小时候住过的那座房子附近。我站在外面,看见门口有一辆儿童自行车,车道上停着一辆较新的小型雪铁龙。过去这里没有车道,只有一条小路和一座有着茂盛的灌木丛的花园。

我抬头去看父母卧室的窗户,想象着妈妈站在那里向外张望的样子,她可能会目送我步行去那座从前门就能看到的学校,并希望我能不依靠任何人。好吧,当心你所希望的东西,LJ。我等待着汹涌而来的情绪一掌拍过来,但是并没有。我的确感到抱歉和悲伤,但并没有因为站在那里而加重这些情绪。毕竟,那只是一座房子。

过了一会儿,一个女人走出门来,怀里抱着一个婴儿。"有什么需要帮你的吗?"她问道。她将一只手搭在眼睛上,以此来遮挡下午的阳光,所以我看不清她的提问是否出自真心,但她看起来的确很真诚。我差一点脱口而出"我是在这座房子里长大的",但是我及时阻止了自己。她可能知道这个故事,也可能不知道。如果她知道,那么她会奉上茶水,对我充满同情,她会看着我的脸,注意我看向的方向和我记得的东西,准备好迎接一个戏剧性的时刻;如果她不知道,那么我敢肯定自己不会告诉她,这样一来,就会使得任何"你什么时候在这里住过?""你去了哪儿?"之类的问题都变得很难回答。

我笑着摇摇头,然后离开了。我也应该这样对待内森的,要在更早一些的时候,在我和他的心被捣碎之前。我为自己,也为他而心痛。我的思绪一直围绕着这样一个事实打转:如果我将一切对他和盘托出,他应该会平静地接受,但是那会改变我们的世界,而且我将永远也无法确定他到底是爱我,还是可怜我。从理论上来说,书写一个新的结局是非常好的,但是一些让你烦恼的情节却无法更改。

我睡觉,阅读,试着不去想内森。到了最后一天,我才做了从抵达惠特比以来,我一直想做但又总是逃避去做的事。我去了教堂。

我去了一家播放着薇拉·林恩①的音乐的茶馆,用不配套的瓷器喝了茶,还吃了巧克力蛋糕。菜单上有麦片姜饼,我本来想点来试试,但是我知道它不可能有妈妈和我以前为了迎接爸爸回家而常做的味道那么好。然后我去了悬崖上方的圣玛丽教区教堂。我登了一百九十九级台阶才抵达那里。以前我会一边爬一边计数。如果是和妈妈去,她会和我一起数。如果是和爸爸去,他会在前面大步走,一次迈三个台阶,因为我急着想要追上他,于是就会忘记计数。到达终点后,我们俩会上气不接下气地大笑。如果我们三个人一起去,妈妈就会和我一边走一边数,爸爸要么走在我们旁边,要么走在我

---

① 薇拉·林恩(Vera Lynn, 1917—),英国歌手,代表作有《奥夫·维德塞恩的爱人》《我的儿子,我的儿子》等。

们后面，大声计数，好干扰我们。每当这时，我便会大笑，但妈妈会假装生气地说："帕特里克，你别帮倒忙了。要是想帮忙的话，就去买冰激凌吧。"

我慢慢拾级而上，一边回忆，一边回味空气中海水的气息。

∽

教堂当然和十五年前没什么不同。它的外观非常传统，是石头制成的，旁边有一座方塔，墙壁上有高大的彩绘玻璃窗。墓园里满是充满哥特气息的墓石，看上去仿佛是漫画书中的场景，但后来你会想起来，它们才是漫画的起源。我在马伍德家族纪念碑前停下脚步，看了看上面的名字。我想起妈妈曾和我讨论过马默杜克这个名字。我看过一本书，里面有只猫就叫马默杜克，但是我从来没听说过有人叫这个名字，所以我一开始还以为家族墓地还会把猫也葬在里面。妈妈给我解释过这件事。她当时可能会觉得我的问题很可笑，但她完全没有表现出来。我看着上面的日期——即使以猫的标准来衡量，马默杜克活的时间也不算长，生于一八七一年九月，卒于一八七二年一月——我妈妈指着我漏掉的"儿子"这个词轻声说，有时候人们会在长大之前夭折，尤其是在过去，那时候还没有有效的药物。

不知道为什么，当我发觉马伍德家族和马默杜克的墓石还在时，竟然会很惊讶——尽管我知道这个婴儿的遗骸应该是不可能被移走的。我站在那里，看了看他的名字，然后一直向前走进了教堂的门廊。我冲摆满小册子和明信片的商店里的女士们笑了笑，往募捐箱里投了一英镑，之后，我穿过大门进入了教堂。

圣玛丽教区教堂是我小时候去过的唯一一座教堂，里面有木头做的长椅，每两排之间的倾角都很奇怪，你坐在长椅上时，可能会看不见其他人，而只能看见教区牧师。我知道这很特别，但对我来说却很寻常。无论什么时候，当我在电视上看见教堂，看到那里有序排列的长椅，看到长椅上方和彼此之间的空间时，都会觉得非常不对劲。

我一直喜欢圣玛丽教区教堂的无序感。教堂长椅的两侧写有名字，会告诉你教堂女侍、管事和游客分别应该坐在什么地方。在建造教堂的时代，每个人都知道自己的地位，然后只能待在自己所属的区域。我知道世界现在应该已经变得更好了，但是说实在的：无论是坐在能俯瞰下方的宏伟的霍姆利长椅上，还是坐在"仅限陌生人"的长椅上，只要知道自己应该坐的区域，难道不都是一件有意义的事吗？只不过，对于一个陌生人来说，这种区分并没有太大的乐趣可言，而我就是一个陌生人。

我找到了以前和父母常坐的长椅。我们不常去教堂，但是他们常常会在结婚纪念日前两周的周日过去，因为这座教堂是他们相遇和结婚的地方。

爸爸带我看过其中一排长椅角落的位置，宣读结婚公告那天，他在那里刻了一个字母"P",一个"S-J",并在二者中间刻了一个潦草的心形图案。

"我切到手指了,"他说,"整个仪式期间,你妈妈都不得不一直吮吸我的手指,好给我止血。"妈妈听到这些会发笑,爸爸和我也会笑起来,尽管我从来都不觉得那有什么好笑的。下台阶时,他们两人会手牵着手。

我的记忆中有许多这样的幸福时刻。

那排长椅在一扇彩绘玻璃窗下,玻璃窗上描绘的是一位佩着剑、穿着斗篷的头发卷曲的圣人。阳光照进来时,会在我的皮肤上投下蓝色和红色的斑点。我的父母是在我出生前一年的夏天结婚的,他们的结婚纪念日总是晴天。在我们从前挂在客厅墙上的那张充满欢声笑语的结婚照中,他们就站在这座教堂的外面。

就像马默杜克的名字一样,他们名字的首字母也还刻在那里。我伸手触摸,感觉到了在那座房子中隐约想要感受到的一切。他们的首字母刻在浅棕色的油漆中,周围还有其他人的刻痕。"PR 爱 JL","KEM 4 SAS"[①]。我在想,这些连在一起的首字母所代表的人中,有多少人如今还在一起,而且依然幸福呢?

当我在那排长椅上落座时,我感觉自己失去的一切仿佛都回来了,它们和我坐在了一起。我不是那个杀人的人,但是我觉得自己

---

① KEM for SAS 的简写。

才是那个失去最多的人。

　　以前我总试着不去想这些。如果没有人在乎你,那么再怎么仔细回想你不曾拥有、见过或做过的一切,你也无法获得多少满足感。一旦进入寄养体系,你便会意识到人们都是受雇来照看你的,仍旧会有人给你做早餐或买新鞋,但这并不能让你体会到真正的感情。妈妈是一个总能让我敞开心扉的人,爸爸心中充满了对我无条件的爱,一位安静的养母无法与之相提并论,咨询师也无法切断这种感情。反正哭着喊着倾诉自己的伤痛没多大意义。

　　我直视前方,让自己不要看得太远,而且到目前为止,收效都很好。正如我说过的,我没有怀孕、进监狱或是变成瘾君子,但我也不是一个真正完整的人。可是,说实在的,有谁是真正完整的?

　　那天下午,在那排长椅上,一切都有点像是《麦克白》中描绘的情景,幽灵们纷纷来访,一个接着一个。其中有爸爸,他有着善良的眼睛和粗糙的大手。有妈妈,她圆圆的脸上写满笑意。爸爸的一只胳膊环在她肩上,她一只手搭在他粗壮的大腿上,显得那样小。还有詹妮姑妈,那个曾经来看望了我,然后认为自己没有能力给我一个家的人。还有我的外婆,自从我认识她起,她就一直是个寡妇;想到她和我是仅有的爱过爸爸妈妈的人,我仿佛看到了她用手熟练地捂住嘴的样子,听到了那令人安慰的咳嗽声。

　　还有令人心碎的内森,他诗中的文字,他那双纤细的魔术师的手,他的耐心和自信,他那太过美好以至于让人觉得不真实的纯真。这一个礼拜的睡眠、食物和海边新鲜的空气或许令我平静了些,但并未减少我对他的思念。从那时起,我的那种"心碎了,但仍能站起来"的姿态崩塌了。我想和他在一起,但是我不知道该怎么办。我不能再延续过去的方式了。

当然,想到内森意味着有时候我也会想到罗布,想到他是如此卑劣,喜欢操纵别人。突然间,我知道自己哪里错了,仿佛那位顶着一头蓬乱头发的圣人给了我答案,将它从他那件斗篷所汇聚的光芒中抖落了出来。

直到这一刻我才看清,我曾经是有过一个机会的。

罗布的行为还没有达到帮我做决定,以及掌控我的生活的地步。他知道我会做什么,以及我做过什么。我的行为就像一个身穿白色围裙,将茶端上桌的亲切侍女那般容易预测。不过如果罗布无论如何都要把我的事告诉内森的话,那么由我来亲自告诉他当然不会有任何损失。这样的话,虽说我仍然会处于同样的境地,我们的关系依然会被搞砸,但我至少做了正确的事。重点在于内森的反应,我觉得他不会再相信我了。我欣赏过很多次他在我床上睡觉的样子,是如此的安稳,以至于我都想变成他。

内森可能已经将他的一切都告诉了我。他给我讲了他的舞台恐惧症,而他本可以不讲的。罗布将赌注压在了我身上,他认定我害怕人们发现我的真实身份,于是任由我搞砸自己的生活。他不是想要因此得到我,他只是想体验掌控某事的感觉。他让我想起学校里那些偷走你的书，然后丢进最近的厕所里、河里、火堆里，或是其他地方的孩子。他们不是想要书，他们只是不想让你拥有它们。

我坐在长椅上摇了摇头。我看到手指在颤抖，然后看到了脚下那埋葬有骸骨的土地，坚定、结实。教堂里这会儿已经没人了，我也看不见那些幽灵了。我不知道自己在那里待了多久。之后，我再次伸手触摸刻着我父母名字首字母的刻痕，它们在我的指尖下逐渐变得冰冷。我没有把父母的事告诉内森，这就等于将自己的命运放在了罗布的手上。该死，如果内森和我之间出了问题，那也应该由我们自己处理。我站起身来。我明白了一个道理：我不是对内森没有信心，问题出在我自己身上。

出门时，我在商店里买了一块打磨得光亮的灰色心形石头，中间有一条白色的断层线。我将石头放进口袋。下台阶时，我数着数着就数忘了，于是只得重新返回顶端。我乐在其中。

在惠特比的这段时间里，我阅读、睡觉、散步、吃东西。我每时每刻都在思考怎么写那首诗。最后一晚，我写下了它。我一边想一边写，一直写到了凌晨三点。早上醒来后我想好了一个计划。我收拾好行李，等待着艾奇的车传来好笑的突突声，而他迟到了四十五分钟。

我想过在回程的路上将一切都告诉艾奇，然后听取他的建议，并对之前从未对他提过这些道歉。但是一看到他，所有东西都一股脑儿涌了上来，我不是指那些话语，而是指情绪。我紧紧地抱住了他，而他过了好一会儿才回抱住我。我想他应该是被吓到了。

我们将我的背包放上车,然后便启程了。我正思考着该从哪里讲起,却发现他很安静,哪怕是按照普通人的标准来说。我从未见过艾奇这副样子。

"出什么事了?"我问。

"没事。"他说。但我不相信他说的话。

"你不会把书店给关了吧?"我是半开着玩笑说的,但那是我心中可怕程度排名第三的噩梦,第一是我的妈妈突然出现,第二是我将再也见不到妈妈。是的,我知道这很矛盾。

"没有。"他说。

"艾奇,"我说,"拜托,你吓到我了。出什么事了?"

他叹了口气,然后看了我一眼,接着回头重新看着前方的公路。"周六我本来叫了梅洛迪去上班,"他说,"但是她没来。周一也一样——我想着她应该会过来的,至少编个故事说说她为什么没来,但是一整周都没有她的任何消息。然后,今天——"

我知道要听到的是什么事,或者至少知道话题将被引向何方。我本该更努力地尝试着提醒梅洛迪的。我本该告诉她罗布的所作所为,而不是拐弯抹角地告诉她要小心,就好像她什么时候接受过我的建议似的。我回想起了在艾奇的派对上,罗布那副愤怒又满怀恶意的幸灾乐祸的样子。这些情绪总会以某种方式发泄出来。

我打开车窗想要透透气。我感到很难受。"然后呢?"

"她来了。从太阳穴到嘴角,她的半张脸都肿了,一只眼睛甚至肿得都睁不开。她去了医院,医生说她的颧骨断了。她编了个故事,讲了这一切发生的原因,但是我给罗布打了电话,让他再也别出现在我们书店的门口。梅洛迪说她可以继续工作,但我上午把店关了。"艾奇摇摇头,动作悲伤而缓慢。我将头靠在他肩上。"我差点没认出她来,洛芙迪。"

"天哪。"我说。

"他没伤害过你,对吗?"艾奇问。

我想起了内森,他一定会毫不迟疑地讲出真相。这并不是因为他是被精心呵护着长大的,而是因为他是一个完整的人。

"他打过我耳光,"我说,"他拿走了我的鞋子,让我无法离开。大半夜的,我穿着袜子走回了家。我想过报警,但是他出手的程度没有狠到能留下什么痕迹。他在吃药,不过我想他并没有一直按时吃。我对他的了解不多,也不知道许多事的前因后果。"

"我很抱歉。"艾奇说。

"别这么说。"我说。一路上,在接下来的时间里,我们都没有说话。

诗
Poetry

-2016-
盐和紫罗兰

梅洛迪开始来书店上班了。

我试着对她和善些。她比以前安静了,这让人伤心,但同时也不那么烦人了,所以也是有好处的。她把头发梳下来盖住半边脸,以此来掩盖住一些伤痕。她还给没受伤的那只眼睛画上了浓妆,遮住了脸上不再光洁如镜的地方的瘀青。她的颧骨断了,但是没有移位,所以只需要等待愈合。

在一个安静的午后,我确实问过她知不知道罗布为什么要这样做,话一说出口我就恨不得咬掉自己的舌头,答案显而易见——因为他是个变态。她说他那天过得很糟。我在想,妈妈以前是不是也经常这么说。梅洛迪去看急诊时,警察询问过她,不过她一口咬定是"撞在门上了"(或者类似的什么借口),这个故事一点都站不住脚。她告诉我,她在做团队导游业务时收了钱,罗布知道那事,所以她担心如果供出罗布,那罗布也会举报她。

从惠特比回来的第一周，晚上艾奇会开车送梅洛迪回家，或者由我步行推着自行车送她回去。她住在离市中心不远的一座合租的大房子里，她总是想邀请我进去，不过我一般都会拒绝并道谢。我们俩的相处有点别扭。那个下午之后，她再没说过同罗布发生的其他事，我也没说自己的经历。我想过告诉她，但那样除了弥补我之前没说这件事而产生的愧疚之外没什么用。我们大多数时候都保持着沉默。晚上回家后，我会继续写那首诗。当我坐在惠特比的那排长椅上时，我对于那个计划似乎已经想得非常清楚了，但现在却开始变得不那么确定。我能看出其中的闪光点，但我不知道自己是否有能力将它完成。

我哭的次数变少了，但是痛苦丝毫未减。该死的是，我一直思念着内森。当我从箱子里抽出一本有关近景魔术的绝版书时，我会把它放在一边，想留给他用，然后我意识到，自己并没有接受这件事，而是还留有希望。我不知道这是不是好事。

那个坐在惠特比寂静的教堂中的洛芙迪，知道是时候该往前走，讲述一个新的故事了。而现在的洛芙迪却开始认为，她不过是度了个短假。艾奇每年都会休两周的假，回来时总会充满灵感。他最新的想法是开一个巡回马戏团书店，有小丑、吞火魔术师和书。（我心想：书和火放在一起？真的要这样做吗？）他还想过买辆冰激凌车，将它改装成一座书店的样子，然后在夏天开到旅游区去卖书。（我心想：那样会让一百个热得不行，原本兴高采烈地想要买冰激凌的孩子大失所望。我们或许认为书比冰激凌好,但这种想法并不是主流。)你明白我想要说什么。旅行时出现的很棒的想法,当回归日常生活后,大多情况下会被认为是愚蠢或站不住脚的。

所以尽管我一直在修改在惠特比写的那首诗,但我不确定是否会拿它来做任何事。也许另一个版本的我会,她会是我最好的样子:但是她总是来来去去,无法停留。

内森就像他说过的那样,并没有出现。好吧,你已经想到会这样了,不是吗?他没有来过书店,如果他来过,那就是我不在。不过梅洛迪如果见到他,一定会告诉我的。

我把迪莉娅·史密斯的书带回了公寓,不过把那张明信片钉在了"书中所见"的公告栏上。我想那样就会让我隐藏于众目睽睽之中。如果把它拿回家,我会感觉怪怪的。我没有过去的照片、信件,或者其他任何物品(不幸的是,我本人来自过去)。安娜贝尔说她会保留好我搬走时没带走的东西。我确信她会留着,然而我不需要它们,所以我将妈妈的笔迹藏在了那块公告栏上,这样一来,我想看的时候就能看到,除了在失眠的夜晚,它无法来到我的手中。

下一周的周三,我像往常一样上午十一点才来上班。梅洛迪的脸色看起来比往常还要苍白。瘀青在泛黄,她无法靠妆容掩盖淡淡的黄疸色,但这不是让她的脸色如此之差的原因。我一打开门,她就径直朝我跑了过来,并跟着我穿过书店来到了后面。

"洛芙迪,"她说,"罗布在隔壁。就在咖啡馆里。我路过时,他还冲我挥手。"

"你确定吗?"我问。我知道自己现在是在兜圈子,但这是我一贯的处理方式。她点了点头。我想告诉艾奇,但是看着梅洛迪那吓坏了的心形小脸,我突然怒不可遏,而且我不想让一个正在谢顶、叼着烟斗的老家伙去挡枪子儿。如果有人会挨揍,那就让我来当那个人吧。我让梅洛迪待着别动。

罗布还在那里,坐在靠窗的一张桌子旁,看到我靠近,他幸灾乐祸地笑了。我不知道为什么我曾经会觉得他英俊。

"你好呀,洛芙迪,"他说,"最近见过你妈妈吗?我听说探监是度过周日很好的方式,如果你的人生中没有其他事情可做的话。"

"闭上你该死的臭嘴,"我轻声说,"然后滚蛋。别说什么'这里是一个自由的国家'这种屁话。如果你不起身离开,我就报警。梅洛迪和我会举报你的所作所为,到时候我们再来看看你到底有多勇敢。"

他环抱着双臂,然后又放下,喝了一口咖啡。我想那咖啡应该已经凉了。我敢打赌,他一定比表现出来的要害怕,因为我就是这样。我必须要做的,就是比他坚持得更久一点儿。

他抬起了头。我往后退了半步,只是半步而已。他的肩膀放松了一点儿,直到我又开始说话。

"我猜我们会发现,"我将音量抬高,这使得周围的人都听见了,开始朝这边张望,"你只敢打女人。你知道你把梅洛迪的颧骨打断了吗？你用什么打她的？"

这时候，他才看起来像是吓坏了，不过只有一秒钟的工夫。我很激动——原来可以这么简单——但接着又很难受，如果我能从恐吓别人中获得快感，那么我和爸爸还有什么区别？我意识到，妈妈没有做错任何事，我还想起了梅洛迪，在她入睡时，每一次都会因为碰到受伤的脸颊而疼醒。

"付过钱了吗？"我问，"我送你出去。"

罗布举起双手，佯装出"随你便"的投降姿态站起身。他的状态已经有所恢复，想试着挽回一些颜面。他站起来，收拾好东西，然后走到了离我很近的地方。他没有伸手打我，只是直视着我的眼睛。

"你先请，"他说，"你带路。"

我照做了，因为空间太小，无法让他走在我前面，不过我有点后悔听从了他的吩咐。一走到外面的人行道上，我就转过了身。我看见梅洛迪和艾奇正趴在书店窗口向外张望。我冲他们点了点头，告诉他们我没事。罗布走过出口的几步台阶后，重新冷静下来，他双手插在口袋里，没精打采地站在早秋的阳光中，像打量晚餐般看着我。

"你刚才的举动太性感了。"他说。

我之前有很多次想要问问他我妈妈的事。我知道我不能问。我无从得知他是否会告诉我真相，从一开始就不可能知道。一想到要向他提起妈妈的名字，我的心就仿佛被冻住了一般。但我也可以双膝跪地向他祈求。我吸了一口气,摸了摸喉咙上的黑玉吊坠,集中精神在眼下的事情上。我很擅长做这种事。

"罗布,"我说,"请你帮帮你自己吧。我不知道你出了什么事,但我看得出来你状态不好。我认为在内心深处,你还是一个善良的人。帮帮你自己吧。"

一瞬间,我以为他快要哭了。我们就这样看着彼此。接着他眨了眨眼,那个瞬间就此结束,我听见他说:"或许晚点会在诗歌之夜上见到你?"

"是的,"我说,"会见到的。"看到他脸上震惊的表情,我感到很满意——他一定认为这是一条恐吓我的妙计,脸上旋即出现的表情是在说"你无法阻止我做想做的事"和"别忘了我知道你对你爱的人撒过谎"。

他走了。这时,我站在那里,决定做一件只有那个更坚强、更优秀、更勇敢的自己才能做到的事。

我注意到艾奇已经走出书店,此时正站在我身后。他将一只大手搭在我肩头,力道有点大,但让人觉得很可靠,我舒服地哼了一声。这时我才意识到自己一直在发抖。

"你很勇敢,"他说,"但是别再那么做了,洛芙迪。"

"艾奇,"我说,"今晚的诗歌之夜你会来吗?"

我费了好一番功夫劝阻艾奇,让他一定不能在酒馆对罗布做任何事,因为我希望他听到我的诗。我又费了更大的劲劝阻梅洛迪,让她不要去——事实上，我都失败了。"梅洛迪不可能一辈子都担惊受怕。"她说。我心想，好吧，是时候让她面对一切了。罗布在咖啡馆的精彩表现着实把我们所有人都吓坏了。

我给内森发了短信，让他将我列入今晚表演的名单中。事实证明，删除他的号码根本没有意义，因为我的指尖依然记得。他立刻回了信，虽然只是简单的一句"搞定"。午餐时分，我走进了那扇标有"私人领域"的门，坐在椅子上，确保将诗记得烂熟于心。我希望在朗诵这首诗时能直视内森的眼睛。我不想出任何差错。

艾奇提前关了门，带梅洛迪和我去吃了一顿饭。我们去了与店铺所在的街道平行的一条街上的希腊餐厅，走过去大约要三分钟。我以前从没去过那儿。

"艾奇！敖德萨事件①以后我们一定有五十年没见了！"店主说。我有时候会觉得，我其实身处某部荒诞的表演艺术作品之中，说不定某天艾奇一鞠躬谢幕，我便会发现，自打我第一次走进书店，我人生中就没有一个元素是真实的。

我们吃了茄盒和沙拉——我们好像没有点菜，菜就直接被端上来了——艾奇开始一刻不停地念叨我刚开始为他工作时的样子。我没有阻止他。他像是演了一出迷你剧，在其中，他一个人扮演了顾客、我、他自己这三个角色：

---

① 2014年5月发生在乌克兰黑海沿岸城市敖德萨的亲政府派和反政府派之间的冲突。

顾客：打扰，你们有关于培育葡萄藤的书吗？

我：应该有。

艾奇：我想洛芙迪的意思是说"让我带你去看看在什么地方能找到这类书"。

梅洛迪发出了异常响亮的笑声。我其实并不怎么介意他这样表现。他的模仿有一定的可信度。但他不知道的是，尽管他认为现在的我处理起那种事来比以前要好得多了，但我依然认为大部分人都很讨厌。所以我赢了。

我没看到艾奇付账，就像我没看到他点菜一样。不过在我们离开之前，我看到他往他的格莱斯顿旅行包里放了一个箔纸外带餐盒。我猜里面装的是蜜糖果仁千层酥，我们没来得及吃甜点。他问了我好几遍这样做是否真的没问题，我回答说是的。我撒了谎。他也问了梅洛迪，而她的回答是："梅洛迪还是梅洛迪。"那个回答可真算是鼓舞人心。自从被罗布打了之后，她就再没说过这样天马行空的话。

我们步行去了酒馆。一路上，因为艾奇需要装填烟斗，抽烟时又要保持他那庄严的步调，接着又与一个睡在门外的流浪汉进行了一番长谈，还与一个找不到朋友家的女人进行了一番长谈，所以快八点时我们才抵达那里。上楼时，我正好听到内森宣布距离比赛开始还有五分钟。

我走进去后，看到的第一个人是瓦内萨。她走过来拥抱了我。我不擅长应对出乎意料的拥抱，不过还是笑着说很高兴看到她，我说的是真心话。

"内森在吧台，"她说，"正在给你买螺丝锥子。"

"谢谢。"我说。我想不到别的话可说，于是便将她介绍给了梅洛迪。我在那张自认为是我老地方的桌子边坐下，听着梅洛迪唠叨个没完。瓦内萨夸赞了她的着装——一双马丁靴、一条二十世纪八十年代的闪光绸缎连衣裙，其中一只袖子上有一道裂缝，有点像是郝薇香小姐①打理花园时会穿的衣服。

内森过来了，他走得越近，我就越想逃走、还想哭泣、抚摸他、大喊大叫、藏起来、亲吻他，总的来说，就像是刚被芭芭拉·卡特兰②一个喷嚏打出来后会有的行为。我当然没有做上述任何事情，只是坐在那里，就像是——好吧，就像是我一贯的样子，一言不发。再说，也没有一本书可以让我拿着假装阅读。他将酒放在我面前，然后轻柔地亲吻了我的脸颊，就吻在我耳朵前方的位置。他的眼睛——在我大胆凝望它们的那一瞬间——像是在问一千个问题。我感觉自己正在向他靠去。

"我把你排在了我后面。"他说，光是那声音就让我整个人都惊

---

① 小说《远大前程》中的人物。
② 玛丽·芭芭拉·汉密尔顿·卡特兰（Mary Barbara Hamilton Cartland, 1901–2000），英国浪漫主义小说家，代表作有《情盗》《神秘的女仆》等。

慌失措起来。"没问题吧?"

"没问题。"我说。我感觉自己的喉咙正在收紧。我不确定自己还能不能表演。

接着罗布走了进来。一开始我没看见他,但是我看到梅洛迪话说到一半停了下来。艾奇看了看我,好像在做什么准备。我不知道他是想走到我旁边来,还是想将罗布从螺旋梯上扔下去。我对艾奇点了点头:随他去吧。

内森注意到了我们之间的眼神交流。我想,他应该也明白了一切。我总是能如此轻易地读懂他的想法,这让我感到心痛,同时,也让我觉得自己将要做的事有了价值。

他心里的话只有我能听见。"哦,老天。梅洛迪的脸,是罗布干的?"

"是的,"我说,"而且她知道罗布会来。"内森看着我,而我直视着他的眼睛,虽然之前我一直避免和他有眼神接触。我说:"相信我。"

"如果你相信我,那我便会相信你。"他轻声说。

一语中的,这是我应得的。接着他看了看手表。"可以开始了吗?"他问。不等我有所表示,他就站起身来。一看到他站上舞台,我就立即紧张了起来,这是我最不想有的反应。

三声响亮的掌声过后,他开始朗诵,而我则开始专心倾听。

乞丐美梦成真[1]

由内森·埃夫伯里于二〇一六年十月在约克的乔治与龙酒馆表演

我不想念那些一早就知道会想念的事物。

可是,

我想念那些温存时刻——谁不会呢?

我想念你。

我想念我们两人组成一对情侣时的感觉。

我想念你在厨房总是洗两个东西时的样子,

我想念在你工作的地方隔壁的咖啡馆里,

买上两杯咖啡。

我想念这一切。

我早就预料到会想念这些事情。

到此为止,

都还只是非常常见的分手后遗症。

但是,

我也还想念着其他事物。

如果你有了新文身,

我不能再去猜测出自哪一本书,

---

[1] 出自英语谚语"If wishes were horses, beggars would ride",意为"如果许愿能使梦想成真,那么乞丐也能得到他们想要的东西"。

所以我将永远也无法解开那缺失的第一行字的奥秘。

我想念你读书时脸上的表情,

还有你睡觉时身体偶尔的抽动。

我想念你的挖苦和你棱角分明的样子。

我想念你的善良,

虽然你如此努力地想要隐藏。

我希望你能告诉我,

我做了什么让你离开,

我怎样才能弥补这一切。

我希望你能和我说说话。

我希望现在还能到你工作的地方隔壁的咖啡馆里,

买上两杯咖啡。

内森朗诵完后,有那么一瞬间,我感觉房间里的每一个脑袋都朝我转了过来——他的眼睛不曾离开过我,而我也不曾看过除他以外的任何人。我点了点头,因为我不知道该用什么表情表达下面这种意思:如果你听完我接下来要说的话后依然有这样的想法,那我们可以谈谈。

我的心跳很平稳,但是当我站起身时,双腿却有点不听使唤。我摇晃了一下,而内森用胳膊扶住了我的手肘。

"你没事吧?"他问道,看到我再次点头,他露出了微笑。

我感觉站不太稳，也不知道该怎么摆放我的双手，我想紧握双手，但又不想表现得像是在机械地背诵。所以我将右手放在了话筒架顶部，将左手插进牛仔裤的口袋，里面有我在惠特比的教堂买的那块心形石头。自从买来以后，我一直将它带在身边，提醒自己别忘了那个下午所拥有的勇气。

我看着梅洛迪受伤的脸、艾奇严肃的表情，以及罗布那像是在说"敢动我的话我不会饶你"的充满掂量意味的眼神。接着我看向内森，而且一直凝视着他，然后我开始了朗诵。

我可以勇敢。

说出头几个字，我才感觉到自己的声音是那么无力。

内森将一只手放在腹部提醒我：用这里呼吸。我停了下来，深吸一口气，将气息运到它所能抵达的最深处，然后慢慢呼气。接着，我开始了。

自白

由洛芙迪·卡迪尤于二〇一六年十月在约克的乔治与龙酒馆表演

我妈妈杀了我爸爸，

因为我爸爸以前经常打她，

这差不多就是我这个故事的开端和结局。

这就是我到目前为止的故事。

我不知该如何告诉你。

也不曾告诉任何人。

我不知从何说起,

也不知该如何写下另一个结局。

如果遇见你时就告诉你这一切,

你或许不会喜欢我,

或许你会因为我受过伤而害怕,

或许你会因为我受过伤而更喜欢我。

你可能会想象他伤害我的样子,

但是他从不曾这样做。

作为一个父亲,

他如此优秀。

如果你只是因为我母亲保护了我才原谅她,

那我只想告诉你,

这只是一个微不足道的理由,

她受到的伤害绝非我所能比。

折断的肋骨,

断裂的牙齿,

青肿的眼睛。

社工来时,

妈妈完全如塔米①的歌里唱的那样,

站在她男人的身边,

但她后来再也站不起来了。

妈妈说那是场意外,

我相信那是真话。

事情很糟,

但没那么糟,

只不过是一个晚上的时间,

法庭、警察和寄养系统就充斥了我的人生。

这不是什么野餐游戏,

我也并不在乎。

我已经失去了他们两个——先是爸爸,然后是妈妈。

我搬到了一个没人知道我名字的新地方。

悲伤、愤怒、等待,

看着妈妈在监狱中,

我痛恨这样的感觉,

大概和我的书一起离开会更好吧。

我曾交过一个男朋友,

---

① 塔米·温尼特(Tammy Wynette, 1942–1998),美国乡村音乐巨星,曾有名作《站在你男人的身边》。

> 他很恶劣。
>
> 然后我遇到了另一个人,
>
> 那就是你。

原本还有一节的,但是我没能朗诵出来。那一节说的是一些类似"现在你知道"的内容。我原本想看着罗布的眼睛朗诵那一节,但是我的目光无法从内森身上移开。当我说到"就是你"时,他点了点头,我想他可能是哭了,所以我便静静地站在那里,手足无措,仿佛到处都散落着图钉。

关于这首诗,我考虑了很多,还曾试着站起来朗诵,以确保自己到时候真的能做到。但我不曾想过结束之后该怎么办。我想我正跃下一座悬崖,但现在的问题在于如何让双脚反抗探寻结实大地的本能,而去做相反的事。我本来以为,一旦飞入空中,我就无须再做任何决定了。

接着艾奇站起来开始鼓掌,并且大叫着"好样的",仿佛是在观赏一出该死的歌剧。

罗布走下了楼梯,看样子我的任务完成了。

梅洛迪哭了。她在网上看到装在茶杯里的刺猬的照片时也会哭,但是那些眼泪是不一样的。此时,她正在看着我微笑。

内森站了起来。他点点头,朝我走来。我之所以会选择用朗诵诗歌的方式,是因为这样不用说话,而且我还没准备好谈论这件事。

至少当时是这样。

所以我走下小舞台,穿过观众,朝洗手间走去。我在那里等待着。我打开一只水龙头,洗了脸,并且想到了大海。我知道接下来会发生什么,而且足够肯定。演出已经在继续了。一两分钟后,我离开的空间被下一位诗人的声音填满,他的诗歌在寻求着关注:我听到了笑声、掌声。我突然想到,不再拥有一个秘密的感觉是多么古怪啊。

门开了。进来的是瓦内萨。

"嘿。"她说。

"你好。"我说。我做好了准备,但是她没有过来拥抱我。

她只是说:"你很勇敢。"

"我不知道是否可以这样说。"我说。

"当然可以,"她说,"我知道我没有权利说这些,但是我为认识你感到骄傲,洛芙迪。我难以想象你经历了这么多。"

"谢谢。"我说。

"内森在等你,"她说,"他说诗人们可以自己看着办。你不用介意,不过他想见你。他现在在楼下。"

"好的。"我说。

他站在酒馆门外的人行道上,伸出一只胳膊,像个系着领结的老派绅士,我回应了他。这感觉就像是在一直下雨的日子里出门散步:一切仿佛都不一样,变得更美了,甚至就连你每天都会看到的不起眼的人行道和房屋也都变了。

"去哪儿?"他问。我知道如果这是童话,我会说"去你家",但是显然我还没做好准备。现在,既然我已经不再有秘密,那么我便想将一切都展示给他看。

"我在书店留了件东西,"我说,"是属于我妈妈的,我想去取一下。"突然之间,我是那么希望那张有着惠特比风景的明信片就在我手中。我觉得今天晚上离妈妈更近了一步。

"好的。"他说。我们安静地继续走着,他用手握住我那只勾着他臂弯的手。我本以为我的感觉会比这更强烈,会涌起某种极大的如释重负的轻松感,会眩晕落泪。我想这都是读了太多书的缘故。实际上,我感受到的只有疲惫。

到书店后,他说:"我去买点喝的怎么样?我可以到你家去。不过我不奢望能留下。"在街角就有一家不错的卖酒的商店,不过对我来说价格过于昂贵了。

"好的。"我说。老天,与他相处起来真是太轻松了。我在想,既然我已经不再需要保护那个最柔软的地方,那我是不是也会变得更随和一点呢?现在说这些还为时尚早。"我很快就会回来。"

"你让我感到惊艳,"他说,"你很勇敢。我不仅仅是指今晚。要知道,你就那样回了惠特比,那里有那么多可怕的记忆。"他亲吻了我的头顶,然后往卖酒的商店走去。

我随手锁上门,但是没有开灯。路灯的光量足够引导我走到公告栏了。我取下明信片上的图钉,想到了失去的一切。思乡心切的同时,我又觉得很愤怒。

我将长方形的明信片折了起来,字迹朝里,惠特比修道院的画面朝外。我将它放进了口袋,就放在心形石旁边。

这时,我想起了一件事。

我的诗里完全没有提及惠特比。艾奇可能告诉过内森我去那里度假了,但是没有人知道那地方为什么对我那么重要。在内森的认知里,我应该是一个里彭女孩。

难怪他如此镇定。原来他知道一切。

现在所有的事情才清晰起来,但这并不是一件好事,而是一件令人恐惧的事,它让我想起了自己恳求别人不要把书包丢下车的过往。

我回想起了刚认识他的那段时间,就是在那些书开始出现之后,先是企鹅经典丛书,接着是我爸爸的书,然后是里面夹着这张明信片的烹饪书。

罗布没有承认与那些书有任何关系。不指出自己的高明之处不像是他的作风。

而内森看起来总是好得近乎不真实。

他曾在康沃尔待过一个夏天。

他们一家人同他妈妈的一位朋友住在一起。那个朋友名叫简。

好吧,这并不是一个罕见的名字。但是如果内森妈妈的朋友就是我的姑妈詹妮①怎么办？如果詹妮保管了我妈妈的书，在那场惊慌失措、混乱无比的房屋清理中……

门口传来窸窸窣窣的声音，内森在外面喊道："洛芙迪！"我走到了最近的书架后面，这样一来，他就看不见我了。他试着推了推门，发出嘎吱嘎吱的声音，然后他往后退了几步，往街道的两头张望，然后又试着推门。他掏出了手机。我的手机关机了，所以我只是等待着，看着他盯着屏幕的样子。

他再次走开了。我猜他是要去我家。如果过去再回来差不多得花一个小时。所以我需要做的就是在书店里等四十分钟，等他差不多要返回这里，或者返回酒馆去找我时再离开。他会走捷径的，那我就走远的那条路。这很简单。

我的脑海中仿佛有个声音在说："好了，洛芙迪，如果有些事看起来好到不像是真的，那么它就有可能不是真的。然而我心里却不这么想的。"

不是内森干的。不是内森干的。不是内森干的。

一遍又一遍，我的心不断重复着这句话，仿佛这样就能将真相撤回。

内森对我的了解比我已经告诉他的要多得多。每次我父母的书出现时，内森都在不远的地方。

---

①简的昵称。

我坐在地上，背靠着书架，双腿伸直。路灯的光照在鞋尖上，我开始回想他说过的话，以及没说过的所有事情。该死的，难怪就算我不告诉他任何事情，他都能表现得那么淡定。他已经知道了一切。我不知道他为什么这么做。然后，我试着在我认识的男人中，找出一个曾经善待过他们可能爱过的女人的例子。我爸爸不是。罗布不是。就连艾奇爱过那些女人后也离开了。

我想起了爸爸，想起了悲剧发生之前，妈妈谈起他的样子："和你爸爸在一起时，至少我总能知道他的感觉，洛芙迪。"我想这段对话应该是发生在爸爸应聘一个工作不得，于是大发脾气之后。我被他大吼大叫的样子吓坏了。当时我不明白妈妈说的话，但是现在我懂了。

所以，我走到了现在这一步。我单身，六个月前我也是单身。我拥有一个喜欢的工作，我的老板很照顾我，我有一套不错的公寓。我很喜欢一个人待着，现在也一样。我刚才对一屋子未来的诗人讲述了自己最深沉、最阴暗的秘密，但是我还没蠢到以为除我之外，那秘密对其他人会有什么意义。除此之外，事情仍是原来的模样。

罗布躲在我不知道的角落。艾奇的感情还是那么夸张外露。梅洛迪将会是一个噩梦，总试着捕捉流言蜚语，表现出她所认为的有魅力的样子。但是这些我都可以忍受。

而内森还是立刻滚蛋吧。

我感受着脑海中纷乱的思绪，我保留着对父母的想法，他们将自己的生活弄得一团糟，而缺席以后，他们又将我的生活弄得一团糟。就算把这些拿到灯光下，似乎也并没出现什么新东西。它没有膨胀，也没有收缩。如果我是灰姑娘，那我已经在外面逗留到了午夜之后，而我的马车依然是那样。只不过在我的故事中，那辆马车事实上一直都只是一个南瓜。你觉得我已经疲倦不堪了吗？好了，让我们换个位置，看看你会怎么应付吧。

我依然在发抖。这时，就在我认为再等十五分钟就会冷静下来，然后就可以回家做豆子吐司时，惊恐症状开始发作。

我无法呼气，胸腔刺痛。我的双手冰冷，喉咙紧缩，仿佛快让我窒息。我想站起来，但做不到。我像是被牢牢钉在了地上，所有东西都卡住了。我没有力气，四肢也不听使唤。

如果能哭，我就哭出来了，但是我的嘴巴无法动弹，而且就算我哭也没人能听见。

于是我就慢慢地数到一千，接着又倒数回零。数完后，我还是没能完全恢复平静，但是已经足够我走出书店返回公寓了。我得思考一下所有的事，关于内森，关于妈妈，关于现在该往哪儿走。

就在这时，门又发出了嘎吱嘎吱的声音。内森返回的速度比我预想得要快。现在我不想面对他，因为我惊慌失措，毫无准备。我要弄清楚他是怎么弄到那些书的，以及他为什么要这样干扰我的思维，然后我会用之前在咖啡馆对付罗布的方式对付他。我蜷起了膝盖，这样一来灯光就无法照到我的双脚了。我屏住了呼吸，仿佛那样会让他发现我似的。我听到了一阵敲门声,接着是一阵嘎吱声,然后安静了下来。我闭上双眼,一幅幅画面在我的眼皮底下移动:大海,圣玛丽教区教堂。我试着深呼吸。我想起了口袋里的明信片,但是已经无须掏出来看了。我的脑海中有它的样子,清晰得如同我依然能看见的妈妈的脸。

书燃烧的速度很慢。

尤其是旧书。

首先冒出来的是烟。书页挨得如此紧密,四周缺少让松散书页一点就燃的空气。而且店铺一直就有一股烟味,因为义奇口袋里总是揣着烟丝,下雨时,他会在店门口的雨篷下抽烟斗。

或许这就是为什么我没有立刻意识到第二次走到门口来弄出嘎吱声和敲门声的不是内森的原因。有人将一条在酒精里泡过的手绢从信箱里塞进来,只留一个角在外面,好用火点燃它,然后将它丢到了桌子下方的书和纸页上。

不,猜中是谁划的火柴也不会有奖赏。

∞

等我从恐慌和震惊中反应过来时,烟味已经远比艾奇之前抽烟斗造成的要重多了,火势已经占据主动地位。火焰不多,但是当我从之前躲避内森的书架后走出来时,才发现烟火已经差不多形成了一面墙。桌上的书堆和纸烧起来了，有些落在了地上，挡住了通向门口的路。

我差不多是直接冲过店铺，来到了后面的紧急出口，当然，我搬不动那把该死的扶手椅。

周围很暗，浓烟像是追着我过来了。突然之间，这地方变得陌生起来，像雾气中的森林，无法穿透，到处是女巫。

椅背被挤在里面，我一点都挪不动。我转身往书店前面跑——艾奇的桌子旁有个灭火器——但是因为火势太猛，我无法抵达那里。我开始止不住地咳嗽。四周原本是安静的，这时却发出咯吱声：我想那应该是木头桌椅燃烧发出的响声。

我需要撤到后门口，把那该死的椅子挪开，不管它是不是愿意。当消防审查员来访时，艾奇总会想办法把它挪开，不过细想一下，上一次他是不得不请人帮忙才把它搬动的。他曾开玩笑说这就像道格拉斯·亚当斯[①]不知哪本书中写的那样："沙发被卡在楼梯上。"但是，我还是不得不动手。我还等着去踢满口谎话的内森呢，不能被火烧死。

我转过身，看到烟已经悄无声息地飘到了我的身后，不过店铺后面的浓密程度不比前面。艾奇的桌子附近已经烧成了一片火海。

我弓身伏在地上，想着是不是该趴下，但我不知道那样是否会

[①] 道格拉斯·亚当斯（Douglas Adams, 1952–2001），英国广播剧作家、音乐家，代表作有《银河系漫游指南》系列。

让人更脆弱。我已经开始流泪——这并没有让刺痛感减轻——我开始摸索出路，活像个盲人，头晕眼花、不辨方向，朝紧急出口退去。

我在脑海中绘制了一份地图，将我知道的与我感觉到的合为一体，思考着如果不能抵达紧急出口，第二好的选择是什么。我想到了书店后面的那个角落——诗歌、戏剧、地图区。如果我挤到那里的长椅下的话，是在保护自己，还是自掘坟墓呢？

烟越来越浓。热浪袭来，速度比我在黑暗中移动的速度更快。我以为会听到火灾警报，但是警铃的声音可能与灌进耳朵的熊熊燃烧的声音融为了一体——我已无法信赖自己的感官。我能感觉到后背、小腿越来越热，而我的腹部却如花岗岩一般冰冷，我的心一片空白。在天花板垮下来之前，我还有多长时间？到底有多长时间？或许我会先因吸入浓烟而死。这些是需要精心计算的严肃问题，是斯蒂芬·霍金思考的问题。我只是好奇而已。

当然，还有恐惧。

在不到十分钟之前，我可能还会说，我不在乎自己是生是死。然而现在我想要活下去，去找内森，去海滩散步，去读所有我不曾读过的书，找到妈妈。而且我不一定会按照我说的顺序去做这些事。

突然间，我的身体开始想要猛烈呼吸，想要抽噎，想要大哭，想要做一切当你被困在失火的建筑中时并不明智的事。我正努力阻止这种冲动。我或许没有什么了不起的人生计划，但是被火烧死当然并不在计划之中。

玻璃碎裂的声音吓了我一跳，我猜是一扇窗户碎了，之后是一声轰隆的燃烧声，仿佛夜晚的空气在为高涨的火焰而欢呼。或许这就是我的结局了。虽然我不是十分懂物理，但我知道火燃烧的速度比人行动的速度快，尤其是当它们无法冲破那扇该死的门的时候。

一阵喧嚣同空气一起冲了进来。我似乎听见很远的地方传来了警笛声，近一些的地方有人在喊叫。我用了几秒的时间才听到自己的名字。空气十分灼热，光是做出看和听的动作都让我觉得十分痛苦。

但我能听到它想要奋力冲破烟尘找到我。那是我的名字。是艾奇在呼唤我。

尽管面对热浪让我感觉十分灼热，我还是转过了身。我能感觉出火焰烤干我眼泪的速度就和浓烟蔓延的速度一样快。想到艾奇，我变成了一个小女孩，急切地渴望获救。我张开嘴巴大声呼喊，但是发出的声音非常小，不一会儿我的肺里就又重新灌满了烟。我开始止不住地咳嗽起来。我想艾奇可能就是听到那声音才找到了我，因为我从未咳得那般厉害：像是嗓子里进了绒毛球，刺耳的声音穿透了浓烟。我跪倒在了地上。

他几乎靠到我跟前时我才看见了他。他将克龙比式大衣包在头上，那样子活像死亡天使。他张开双臂，朝我蹲下来。我站起身钻进他怀里，躲在了大衣撑起的避难所里，那里保留着一小部分清凉的空气。我开始吸气，却一下子吸得太多，又咳起来，倒在了他身上。

他抱住了我——大衣盖在我头上，算不上凉爽，但也没有那么烫了——我感觉到他在转身，以我为轴心旋转。这时，烟从侧面袭来：塞满科幻书和漫画小说的书架烧了起来。内森跟在艾奇身后，将皮外套包在头上。艾奇将包在大衣中的我交到了内森手中，他喊了句什么，或者说想要喊什么，但刚张开嘴，就吸了一大口烟，开始咳嗽起来。内森立即学艾奇的样子转过身，将外套包在我身上。在我们前面，靠近窗边的座位上方，便是那扇碎掉的窗户，那是重返人间的道路。

内森将我向前猛推，钻到一半时，梅洛迪和瓦内萨在窗外伸出手拉住了我，让我平稳地跨过了玻璃边缘。

接着书店里传来了一声巨响，还有一声叫喊。是艾奇。内森放开了我，我差点倒在人行道上。警笛声近了些，我感觉后背发烫，与十月的凉意形成了鲜明对比。

我无法起身，手和脚都无法动弹，仿佛全身上下只剩下了肺、心脏和嘴巴。我拼命咆哮着，想将烟尘和恐惧咳出体外。有人从腋下扶住了我，把我拖到了路上远离火场的地方。

我想叫艾奇和内森的名字，但是我什么声音都发不出来。我能看见火焰这会儿正从书架之间腾起，将书吞噬，街道上全是浓烟。我的眼里已布满了泪水，直到这时，在外面的空气中，我的身体才开始告诉我所有疼痛的地方：眼睛，喉咙，指尖，"肺曾经所在的地方"。我咳嗽着，挣扎着，吸气时就像空气在烧我的鼻子。我想要强迫双腿动起来，让自己转身返回火场。我逐渐听到了周围的说话声——内森的名字,艾奇的名字——越来越多的人围拢过来。

空气中有太多不对劲的东西:咳嗽声,浓烟,呼喊声,崩塌声,我猜是一座书架倒了。还有各种灯光和警笛声,震耳欲聋。我在想那声巨响和那哭声是怎么回事。内森把艾奇留在里面实在是太过愚蠢,或者说他当时是出于好心。接着我想起来,内森根本就不是好人。不过想到他现在还被困在里面,我的心还是震颤起来。

我看到两个人影从书店窗户钻了出来,一个高高的,一个浑圆,像只鹌鹑。我看到他们都在弯腰咳嗽。

接下来我只记得一个看起来很和善的人走过来紧紧抓住了我。他不接受我的抗拒,握住我的胳膊,领着我爬上了一辆救护车,并给我戴上了氧气面罩。我发抖的双手放在膝盖上,此刻,我觉得很冷,还觉得身体很脏,这是一种不熟悉的感觉。氧气对我喉咙的伤害似乎比浓烟更多,不管它在我的肺里做什么,都不像是在帮忙。不过我知道,如果试着摘掉面罩,那位严肃的医护人员可能会有意见。此外,我也怀疑自己是否有力气抬起双手。

那位医护人员在说话,但是我什么也听不见,只感觉到血压监测器在我的上臂束紧、松开、束紧。我右手的中指被戴上了夹子,在被烟熏黑的皮肤的映衬下,它显得像骨头一样白。我看到水流形成了一道道弧线,穿过书店窗户钻了进去。

书、火、水。我闭上眼睛。仿佛是得到了我的许可一般,救护车关上门开走了。

诗
Poetry

-2016-
哦，人们啊

吸入浓烟不会杀死你——如果你运气好的话——但是也绝对不会让你变得更强壮。我很虚弱。呼吸的时候会疼，哭的时候会牵动伤口，不过我忍不住。接下来的两天，我被束缚在医院的床上，大部分时间都在睡觉、咳嗽和抽泣。

警察来面访过我，我挣扎着说出了罗布的名字，以及我所了解的有关他疾病的一点点情况。他的所作所为让人难以置信，我至今还是想不明白。希望他当时以为书店里没有人。

梅洛迪来看过我。她脸上的瘀青变得更黄更难看了，不过她没有用妆容来掩盖。她穿着男式条纹衬衫和牛仔裤，用一条围巾罩住脑袋，像个挖沟渠的农场女工。我告诉她，她的样子还是比我可怕一点，不过她并没有笑。

梅洛迪说那晚内森回过酒馆，去看我有没有回去。后来，梅洛迪、艾奇、瓦内萨以及内森一起返回了书店。抵达时，火势正变得越来越猛。梅洛迪拨打了火警电话，但这没有阻止艾奇和内森立即展开救援。

"他们救你的样子就和猛虎一样，洛芙迪。"梅洛迪说。

澄清一下，她并没有为此感到兴奋。她把诗歌之夜发生的事告诉了警察——"了解洛芙迪的故事的人，仅限于一帮两周后就会忘掉的诗人"——当他们问起她的眼睛时，她汇报说是罗布干的。警察去了他家。他还没成为"莱昂纳多·达·芬奇"呢，就先因为鲁莽纵火而遭到了逮捕，眼下正接受着讯问。看样子他应该会入狱。我跟警察解释过，我藏在里面，而且没开灯，所以他可能是以为店里没人。尽管如此，因为他用了催化剂，所以我认为他还是不能得到宽恕。警察说会对他做全面的精神状态评估，结果将作为判决的一个考量因素。我对他感到十分气愤，但与此同时，我也忍不住为他难过。一个瞬间，一根火柴，正如你知道的那样，可能就是生命的终点。

我无法一直思考书店的事，就像我做不到一直把手指伸进火焰里一样。我们那座已摇摇欲坠的独特而美丽的第二故乡已经不复存在。不需要细想也知道，大火不曾毁掉的，也被水毁了。梅洛迪说建筑本身没有受损，旁边的建筑也都安然无恙。就建筑外观来说，这个结果显然没那么糟。但具体到里面的书，结果显然不一样。根据我对艾奇的了解，他把自己缺乏自信的地方掩盖得很好，但是我很确定，这家书店是他人生中最依赖的地方。他在这里待的时间比其他地方都长,不过他说理由很简单,因为他最后来到约克时,汽车里程用完了。我不相信他的话,是他主动选择了这家书店。

我问起了艾奇和内森,他们告诉我,内森被观察了一夜,于火灾的第二天早上出院,而艾奇"情况稳定",我想那意思就是说,他和我处于同样的状态:身体机能暂时受损,不会造成永久性伤害。我的前臂和肺部被烧伤了,感觉像被砂纸摩擦过,然后又在醋中泡过一般。我的眼睛很疼,鼻子还流了血。

我感觉既无力又愤怒,还觉得自己很愚蠢。我躺在那里假装睡觉,试着不去思考内森的事,只想着书店的状况。艾奇给书店投过保险,所以尽管大部分库存都没了,我们还是可以重新开始,把一切都换成新的,或者,我了解艾奇,他想把一切都恢复成原来的样子。我们会到跳蚤市场和古玩店寻找书架,再找张桌子——一张书桌,取代之前窗口旁放收银抽屉和所有文件的那张。

我决定说服他给店铺侧墙定做从地面到天花板的书架,使之尽量与杂乱的墙壁贴合,这样就可以最大限度地利用空间。如果他想从旧货商店救回一些令人难过的旧书架来填满中央区域,我们两个都会开心。好吧,开心这个词还不太合适。一个我在想,我们只能接受现实,而另一个我却只想别过头,看着墙壁,闭上眼睛,再也不要走那条街。

我猜艾奇可能会重建书店,也可能不会。他可能觉得,是时候离开,然后再次远航,奔赴七大洋什么的了。我可能不得不和其他失业的人一样：申请求职者津贴，拼凑出一份简历，按照自身情况，在上面写上"学历良好，不太适合团队合作，有过一份工作，干得很好，离职只是出于个人发展考虑"。或者，我可以在脖子上挂块牌子，写上"待业"两个字。

我躺在医院那张又高又窄的病床上，就这样想了一会儿，然后踢了自己一脚，想提醒自己艾奇不会接受失败，也不会抛下我。或许还有其他的选择。将原来的书店改成一家精品书店，拒绝一切废物，或者将其变成一家正经的古董店。又或者改成一家针对学者的收费图书馆。我们可以将自己打造成书探。艾奇会喜欢的。我们可以搜寻晦涩的典籍供人们阅读，以此来收取费用。好吧，事实上艾奇不会跟我一起做这些事，他会抽着烟斗说："洛芙迪，我有没有告诉过你，有一次……"我可能会溜走，到只能听见他的声音，但听不清具体内容的地方去干活，这样一来我们俩都会很开心。是的，他会喜欢书探这个想法的。这样我们就不用太担心库存了。

没等我说服自己从这个白日梦中醒来，我最喜欢的那位护士——她不怎么和我说话，然而双手的触感很温柔——从门口探进头来说："你有一位访客。你准备好了吗？"

"可以。"我说，鉴于我正被自己纷乱的思绪搞得筋疲力尽，我希望来的人是艾奇。

结果是内森。

对于到底要不要让他留下，我的理智和情感的意见不一。他早就知道我的故事，却没有告诉我；那些吓坏了我的书是他放的；他从没主动站在我这一边，却让我产生了这种错觉；他钻进一座失火的房子救出了我，之后还回去救了艾奇。世界被移动了，不过只稍稍动了一点点。我无法做出决定，于是闭上了眼睛。或许他能帮我做出决定。因为劳累，我的身体依然很不舒服。

他的鞋子发出吱吱的声音。他走到病床边，碰了碰我的手。我睁开眼睛，抬起头看着他。

我已经习惯了自己惨白的面容，但看到内森和梅洛迪憔悴的样子，还是让我很难过。

"洛芙迪。"他说着亲吻了我的额头。我没有阻止，但也没有回应。

"谢谢你把我救出来。"我说。

"那里面太吓人了，"他说着坐了下来，双手抱着脑袋，"那个倒下来的书架差一点砸到了艾奇。"

"护士们告诉我了。"我说。

他什么也没说，只是用手掌撑着额头坐在那里。我注意到他一只手上打了个绷带。我碰了碰那里。

"这是怎么回事？"我说着坐起身，双腿从床沿放下，但床太高，它们只能悬在空中，我不知道这么设计是不是因为天堂禁止任何住院的人轻松上下病床，除非不顾尊严地跳下去。我坐不太稳，也感到很脆弱。

"哦，没什么。"他头也没抬地说。

"看起来可不像没事啊。"我说。

"只是灼伤而已。"

"所以你没受重伤吧?"

"没有,"他笑着说,"我很好,里彭女孩。不过你可把我吓坏了。"

之前我还不确定该如何开启这场谈话,不过他刚刚给了我一个由头。"别那样叫我。"我说。

他抬起头,脸上写满了疑惑。"怎么了?"

我笑了起来,不过笑声很快变成了咳嗽。我不相信他现在那副样子。"你混蛋。"我说,不过接下来却不得不停下来喘口气。

"什么?"他还是一脸疑惑。看来他连承认曾对我撒谎的风度都没有。

"你知道吗,"我说,"我知道了你早已了解惠特比的事。我从没告诉过你那里是我的故乡,而你却知道这一点。你对我撒了谎,还把书放在书店门口等着我发现——"我正准备将自己一直以来紧抱着不放的痛苦、愤怒一股脑儿地发泄出来,但就在这时,发生了一件我不曾预料到的事。

内森直直地盯着我的眼睛,眼中充满了愤怒。"看在上帝的分儿上,洛芙迪,"他说话的声音很轻,却如此愤怒,"你对我一直以来所经历的有任何了解吗?我说的是我,不是你。我只说这一次,而且我不是指火灾。"他站起身,椅子被向后推去,在地板上发出刮擦声。他走到窗边,又退了回来,站在我够不着的很远的地方。"我爱你。自从看到你在窗口放的那块公告牌就爱上你了。我一直在等待，我忍受了你所有的混账——"

"没人逼你。"我说。我感觉自己快哭了。我想碰碰他，但又担心他会将我甩开。

"是你逼我的，"他说，"因为——因为我爱你，而且我明白原因。然后是你的诗，洛芙迪，你的诗……"他在哭，但他没有动。他直直地站在那里，眼泪从脸上滚落下来。"当我听到你朗诵的诗时，我心想，老天，我不知道有你那样的经历该是怎样的感觉，我想象不出来，但是你的行为却因此有了合理性。我以为，现在我们终于可以开始了。真正的开始。"他的愤怒消失了，和来的时候一样突然。

我从床上跳下来，朝他走近了一步，然后牵起了他的手。他没有握住我的手，但却用手指缠住了我的手指。

"内森。"我也哭了。

他看着我，伸手握住了我的另一只手。"接着我去买酒时，你消失了。然后是火灾。我以为你死了，洛芙迪。你能想象我那时的感受吗？我们把你救了出来，现在你却指责我——你到底指责我什么来着？"

"你知道，"我说，"惠特比的事。"

"那是直到——直到。"他说着叹了口气，消沉地坐了下来。

"直到什么？"

"直到你——"

我看得出来,他正在寻找合适的字眼。我不介意。我会等。他深深地吸了一口气,然后看着我的眼睛。"直到你甩了我之后。"

哎,好吧,或许他挑对了字眼。现在轮到我思考该说什么了,但这时内森又继续说了下去,他的目光落在手上:"当时我不能理解,洛芙迪。我是说,我知道你是什么样的人,我确定你爱过我。"

"是的。"我没忍住,这两个字脱口而出。

"所以我去找了艾奇。梅洛迪告诉我说你去了惠特比。我找艾奇出来吃午饭,我们喝了很多,我把发生的事情告诉了他。他让我以人格发誓不会对你透露半个字,之后他便给我讲了你父母的事。"

"艾奇不知道我父母的事。"我说。

"他知道,"内森说,"哦,洛芙迪。他看见你把钱放在桌上,知道你想买那本《占有》,于是他决定给你一次机会。你的寄养看护人来找过他。"

"什么?"我说。这已经不是我那天第一次感到惊讶了,我知道,但是内森刚刚把我那个脆弱的小世界从保护壳里拉了出来,踢碎了,让它散落了一地。"我不明白。"

他站起身走到我身边,亲吻了我的头顶。我油乎乎的头发似乎永远也无法摆脱浓烟的味道了。他说:"我明白。来见见艾奇吧,他在等我们。"

直到我的喉咙能处理我所需要的饮水量为止,我都得打着点滴,所以我只能坐在轮椅上,然后找个东西撑起吊瓶。艾奇在楼上。我站起来的时候脚还有些发抖。我们沿着医院里铺着漆布的走廊前行，内森的鞋子发出吱吱声。我们绕过了用助行架和拐杖的人，比其他大部分病人的速度都快。他脚步的节奏让我平静了下来。其间，他什么话也没说。我不确定我们是否还有任何话题可说。大多数时间，我并不是一个啰唆的人，但在我的脑海中，应该思考的地方却只有一片震惊过后留下的巨大的熟悉的空白。虽然我知道我一定有质疑——或者说愤怒——想要表达，但现在还看不到它们出现的任何迹象。我只能听见他的脚步声，只记得他吻在我头上的样子。

艾奇躺在医院的病床上，看着很不协调。据说人们生病时看起来会变小，但是艾奇看上去却显得有些太大了。我见过他的卧室，是在有一年他的派对上，我因为想找一间没人的洗手间而四处徘徊时发现的。卧室本身就很大，他的床大得至少能睡三个人——不，我没有问原因——上面堆满了枕头和靠垫，简直像杂志广告中乡村别墅里的床。那才是艾奇会选的床，有护栏和有塑料膜的床垫，而不是这张医院的单人床。

我们进去时，艾奇正看着窗外的灰色天空。和我一样，他也在打点滴，他脸上贴着纱布，一只胳膊缠着绷带。他双眼充血，看上去有些沮丧。

看到我时，他的脸色明亮了起来。我猜我也是一样。"洛芙迪！"

"艾奇，"我说，"你还好吗？"那是我成年以后的人生中，少有的几次真的、真的很想与人拥抱的时刻之一。但是考虑到我的轮椅、他病床的高度、我颤抖的身体、他缠着绷带的胳膊,以及我们的吊瓶架,我还是决定放弃,只伸出手握了握他没受伤的那只手。他举起那只手碰了碰嘴唇。

"谢谢。"我说。

"如果失去你,我可能永远也无法原谅自己。"艾奇说。

我深吸了一口气。我一直在做这个动作,却忘了那会儿有多疼。"你还好吗?"等缓过来后,我又问了一遍。

"我会活下去的。"他说。

"谢谢。"我又说了一遍。我以为我会哭,但是我没有。我就那样坐着,眼里满含着眼泪,心中充满了疑问,却连一个字、一点声音都发不出来。艾奇脸上的泪水滑落,消失在他下颔的位置,但是他不肯放开我的手。

很久之后,他才放开我的手,从胸前的睡衣口袋里掏出一块手帕,擦干了脸颊。"埃夫伯里先生,"他说,"你能不能行行好,给我们端点茶来?然后我们可以谈一谈。"

"好,我很快回来。"内森说。艾奇的目光又重新落在我的脸上,在他的注视之下,我变得不安起来。

"你早就知道。"我说。如果想要艾奇说出实情,那我必须主动开启这个话题——我想他还从不曾沉默这么久过,这让人很不安。

"是的,"他说完又补充了一句,"要有耐心,洛芙迪。"这话在我听来有些苛刻,因为说话的人在整理古典文学作品时,可是还没整理到笛福就会厌倦呢。

"我可没多少耐心。"我的声音很尖，表现出来的烦躁程度比我想要表现的严重得多。幸运的是，艾奇早已习惯了我这种虚张声势，所以并没怎么在意。

"那场表演很精彩，"他说，"诗也相当不错。"

"是的。"我说。

诗歌之夜感觉已经像是去年的事了，像是发生在别人身上一样。我现在待在医院里，书店也已经被毁了，现在我像是一脚跨进了别人的人生。这和我刚进入寄养看护系统时有点像。我还是我，但我又不是我了，因为我周围的环境已经改变，如果按照夸张的作家的形容，我的人生应该是出现了"一个意想不到的转折"，紧接着又会出现另一个。

"谢谢你过去。"我知道他明白我指的不仅仅是诗歌之夜。

"我是不可能错过的，"艾奇说，"我为你感到非常自豪。"

"谢谢。"我说。这时内森端着三杯茶回来了，还拿了三个用密封塑料袋独立包装的麦芬蛋糕。我看着艾奇。"准备好了吗？"我说。

艾奇叹了口气。"拜托，洛芙迪，先听我说完。"

他从我被迫拿着一份许可表来工作的那天说起——当时我十五岁——是安娜贝尔在表格上签的字。她用括号备注了"寄养看护"几个字。艾奇说，当他问我安娜贝尔是不是我的养母时，我大发雷霆，我说："她不是我母亲。"我不记得这些了，但现在听起来，那完全是以我的性格能干出来的事。

"接下来的那周,她来找过我,"他说,"我立刻就喜欢上了她。她穿着得体,对我有点凶。我猜她是想要保护你。我带她去吃了午餐,而她任何信息都没有泄露,做派非常专业,虽然看起来很没有精神。我说她看起来就像莫迪利亚尼①画中的疲惫女子。而她说她不接受调情。"

我情不自禁地笑了。"听着是安娜贝尔的风格。"我说完却哭了起来。内森有手帕,艾奇也有,而我用了睡衣口袋里的纸巾。

"她说了些'安全措施'和'脆弱性'之类的话题,就算她要求看我的牙齿,我也不会惊讶。我想告诉她,如果你在塞恩斯伯里超市找到了一个周末兼职,经理可能不会允许你进行如此全面的调查。最后,我对她说:'老艾奇不蠢,我看得出来,在工作中可能会发生你所说的这些问题。不过在书店工作,她会遇到的麻烦是有限的,我会照顾她的。'"

"这是我刚开始工作时的事?"我说,我想起那时我每个周六早晨都会自己乘火车从里彭前往约克,一路上我会想着,终于可以暂时摆脱"那个妈妈用锅盖杀了爸爸的孩子"的惨淡日常了。艾奇可能不算愚蠢,但我的确是个傻瓜。

"是的,"艾奇说,"我告诉安娜贝尔,我不会告诉你她来找过我,

---

①阿米迪奥·克莱门特·莫迪利亚尼(Amedeo Clemente Modigliani, 1884–1920),意大利裔犹太画家、雕塑家。

而且我们都认为彼此应该保持联系。你妈妈即将出狱那年,你十七岁,而你拒绝去见她,那时她也来找过我。她在书店里,情绪几乎快崩溃了。我带她出去喝了一杯,就在那时,她把整个故事告诉了我。"他伸手去拿手帕。

"你还好吗?"我又问道。我看起来就像个不停提蠢问题的女王。

"还好,"他说,"我记得我当时想过……你所经历的这一切。我差点就告诉你了,但是安娜贝尔说,她认为书店对你来说是个避难所,所以我便忍住了。我忍得好辛苦。"

"我想是你的特工培训帮了你。"我说。如果有些事你无法解决,那不如转移注意力。

"当然。"他点点头。

我不知该怎么想这件事。一开始我很生气,觉得仿佛是他和安娜贝尔一起耍了我。但之后我感觉到的是沮丧,事情的边界开始模糊,因为我之前一直深信不疑的东西被证明是谎言。我在无言书店的生活并不属于我自己,依然与我过去的故事分不开。因此正如我一直认为的那样,这种生活是建立在怜悯和体谅的基础之上的。

我本该生气的——我的确很生气,但也觉得很累,对这一切都感到如此疲累。我的过去,我的妈妈,那些思念她所导致的痛苦和拉扯,就像缝合过的伤口,而且从未愈合。我能感觉到自己在哭,眼泪刺痛了我的脸颊。

"那些书呢?"我问,"是谁想到这么聪明的主意的?那真的把我吓坏了。"

艾奇和内森面面相觑,然后都不约而同地看着我。"什么书?"艾奇问。他的脸隐瞒心事的能力不如他以为的那么好。我看得出来,他不知道我在说什么。内森也一样。

"这么说真的不是你。"我对内森说。

"什么?"他问,"不。我根本不知道你在说什么,洛芙迪。"

我瞥了他们俩一眼。艾奇脸色平静,咳嗽了一阵后正在休息,而且他该刮胡子了。他看起来真是一团糟。

我解释了企鹅经典丛书、凯特·格林纳威、迪莉娅·史密斯和那张明信片的情况,解释了一开始我猜是罗布追踪到了我的妈妈,打算用那些书对付我,然后我又以为是内森参与了詹妮姑妈策划的任务。解释的过程中,我也发现自己的猜测是那么疯狂。

"那你觉得,我是怎么拿到那些书的呢?"内森问,"用魔法吗?"

"唔,"我有些支吾,因为我意识到,这差不多真是我之前的想法。柯南·道尔或许会和我玩得很开心,"那些书出现的时间和你正好重合。"

"我们没有装安全系统,"艾奇说,"任何人都有放书的可能。把它们丢在台阶上就行。我不知道你妈妈长什么样,有可能她趁你不在时来过。"

"这个嘛。"我说。我讨厌艾奇说出真相。我希望他说的并不是真的。

"他们不会让我妈妈了解到我的任何情况。她怎么会知道我的工作地点呢?"我问。难道她是将书邮寄过来的吗?或是(还有)另一种可能的解释?我不知道我期待的真相是哪一种。

"我也不知道所有的答案,洛芙迪。"艾奇说着闭上了眼睛。

在整个谈话过程中,内森一直保持着沉默,不过他在这期间拉住了我的手说:"一直到你去惠特比之前,我对这些都一无所知。我发誓。"

一想到他们会在背后议论我,我就有些害怕。这感觉就像是又回到了十岁的时候。当你的父母突然之间不在了,需要社工、法官和其他许多其实根本对你一无所知的人来决定为你做些什么的时候,我的感觉和你一样——虽然你,亲爱的读者,不可能知道那是怎样一种恶心的感觉。

艾奇说:"他给我灌了一肚子维欧尼白葡萄酒,不允许我拒绝。再加上梅洛迪来上班时眼睛都青了。我当时一团混乱。"

"是你把我送去惠特比的,"我说,他还未洗清嫌疑,"即使你早就知道这一切。"

"你说过你想去那里,"艾奇说,"如果你没说过,我永远也不会提出这个建议。你看上去好像正在愈合。一年前,就算派一匹野马也不可能把你拽去参加诗歌之夜,这位埃夫伯里先生也不会有任何机会接近你。我觉得你该换换空气,休息休息,放个假。我知道你在哪里,你会很安全,而且如果你需要我,我也可以来接你。"

我还是不知道他们到底对我了解多少。"该死的,我又不是玩具。"我说。这是我所能想到的最能准确描述我感觉的词:被拾起,被摆弄。

"当然不是,"内森说,"你是我们所爱的人。"

我咽下了原本想对这句话做出的回应,一些我完全没想到会说的话脱口而出,占据了这片空白。"我妈妈现在在哪里,你知道吗?"

"她住在利兹。"艾奇说。

利兹。我闭上了眼睛。想到妈妈现在生活在一个真实存在的地方,这让我感觉很奇怪。我曾经和安娜贝尔一起去过那里,她带我去逛了那里的圣诞集市。我已经习惯于把她放在一个抽象的概念下思考:"入狱"或"出狱",而不是在一个真实的背景之中,在一个她能买牛奶或等公交车的地方。

"你见过她吗?"

"没有,但是安娜贝尔见过。她过得很好,而且她非常想见你。"

我举起一只手,这代表恐慌程度上升,于是艾奇停住了话头。

"不。"我说。我不需要,或者说是不想思考。

艾奇点点头,仿佛在表示赞同。"你不在的时候,店里收到过一封你的信。信封背面附有一个回信地址,我猜是你妈妈寄来的。我一直在等待合适的时机把它交给你。如果真是我想的那样,在听了你的诗朗诵后,我觉得也许可以把它交给你了。不过——却出了这件事。"

我对他微笑了一下,虽然这个动作弄疼了我嘴唇上烧焦的皮肤。

"谢谢你,艾奇。"我说着握住了他的一只手,我的另一只手被内森握着。我看着他们俩的脸,一张是髭须被烧焦了的圆脸,一张十分瘦削,长着一双真诚的蓝眼睛,还有一张我永远也亲不腻的嘴。"谢谢。"我又说了一遍,之后就不得不抽回两只手擦眼泪了。

"那封信就在我包里,"艾奇说,"包在窗户下面。我想里面好像还有几块蜜糖果仁千层酥,如果有人能好心帮我递过来就好了。"

∽

内森用轮椅将我推回病房后,我躺在床上闭上了眼睛。我之所以这么做,是因为在有时间思考所有事情之前,我不想再与任何人交谈。我不想睡觉,但我还是睡着了。醒来时已是黄昏,内森已经离开。

我看着天花板,回顾起了自己的人生,尤其是十八岁离开寄养系统以后的这一部分。当时的我下定决心,以后都只靠自己:父母离开后,我就成了一个没人要的人。可这也是我自己酿成的结果。

我们的过去是不定的,一如我们的未来,在我第一次见到内森的表演时,他在诗里这样说。他还说:我们拥有讲一个不同的故事的自由。

我想起了安娜贝尔,她没有用我对付人生的方式对待她自己的人生。我意识到,她为我付出了多少啊!她为我打造了一个安全的家。我住在她家时,她那些已经成年的孩子从未回来住过。她只会在我去参加学校组织的旅行时,才去孩子们家里探望。我以前从未想过,为了我的幸福,她做出了多大的牺牲。她偶尔才会和朋友在晚上聚会,而且我上六年级后,她去电影院的次数就更少了。

只是因为安娜贝尔不是我的妈妈,她不是我自己挑选来照顾我的人,所以我根本没看见她做的这些。我觉得那是职责。我只知道自己很孤单,却没想到她可能也很孤单。一直到现在,我才明白我让她变得多么孤独,以及她付出了多少关爱。她来找艾奇询问他的情况——如果是我,会宁愿当一个冷血的旁观者——与他保持联系,寻找解决办法。我没有把她写进我的生活,但是这并不意味着她就不存在。

安娜贝尔守护着我。艾奇守护着我。我的妈妈也守护着我,即便是在她服刑的时候。

被蒙在鼓里确实容易让人生气,有一部分的我的确是这样想的。没人喜欢被骗,而且我讨厌人们在背后谈论我、做计划。但是躺在病床上看着天花板的时候,我想到,除此之外,我给了他们别的什么选择吗?关于这一点我们应该可以达成一致,那就是:选择并不多。他们让我从惠特比搬到了里彭,给我编了一个可以掩盖过去的身份,提供了一个安全的住处,其余的一切都取决于我。他们把我领到了水源地,但我不肯喝水。

这不叫意志坚定。本质上说绝对算不上。不管怎么说,一开始并不是这样的。那时,悲伤和丧失感层层叠叠地堆积在一个十岁孩子的身上,她对外界一无所知,在那个曾经舒适的家里,她的父母试图保护她,即便他们连怎么保护自己都不知道。我所能做的就是保持沉默,因为我听到的每一个声音都不是父母的声音。没有人会打扰爱看书的孩子,所以我就看书。当我不想再继续这么麻木时,我就变成了一个爱看书、爱写作、爱一个人待着、话不多的女孩。我成了一个不喜欢与人相处的少女,一个自给自足、独来独往的人。我成了里彭女孩,回家后会径直走进房间。但在那一切的表象之下,是一个不知道该向谁求助的人。

护士来查看我的情况时已近八点。要开启一个全新的故事,时间还不算晚。我从床头柜里掏出手机,然后开了机。我没有多想就拨通了安娜贝尔家的电话,这个号码我一直没忘。

"喂?"她说。她的声音温暖柔软,一如以往。

"我是洛芙迪,"我说,"我想你了。"

"洛芙迪,"她像吐气般轻声说,"一切都还好吗?"

当然了,我想,她大概以为我会打电话是因为出了事。我决定暂时忽略这个问题,还有更重要的事情要说。

"艾奇把一切都告诉我了,"我说,"我打电话来是想说谢谢,还有对不起。"

"你不用为任何事情道歉。"安娜贝尔说。

我们聊了一小会儿。我主动问起了她的情况,于是她给我讲了她的家庭，以及里彭的情况，她现在退了休，从工作和寄养系统都退了出来，每天都忙着园艺和志愿活动。她真的很可爱。当然了，她接下来询问起了我的情况。我告诉她，艾奇和我现在在医院里。

"你想让我过来吗？"她说，"我明天就可以过来。"

我说好。

就是这样简单。

不过，我还没想好该怎么联系妈妈。但是我知道我会行动，这么多年来，这是我第一次在想起她时觉得温暖。我永远也不会停止爱你，LJ，她在我读过的最后几封信中这样写道。我把那信撕得粉碎。但我知道自己也永远不会停止爱她。现在，我又收到了一封她新写的信，等我准备好之后，我会读的。

我不蠢。我知道现在离路易莎·梅·奥尔科特①式的结局还很远。但是或许我们可以做些什么。我拿起那张弄皱了的惠特比风景明信片，它在我的床头桌上，靠着水壶，闻起来依然有烟尘气。以前，妈妈对我们家怀抱着深深的爱意。现在，她依旧如此。她曾试着来找过我，但是被某些原因阻止了。我看着那个被一直放在艾奇包里的信封，那上面是她的笔迹。我想明天早上再打开，那时我应该就会准备好阅读了。

凌晨五点左右，我迷迷糊糊地睡着了。

---

① 路易莎·梅·奥尔科特（Louisa May Alcott, 1832–1888），美国小说家，代表作有《小妇人》等。

七点,护士叫醒了我,让我吃止痛片,然后我又睡了过去。

我再醒来时,上午的阳光已经灌满了整个房间,而内森正坐在我床边的直背塑料椅上。他卷着袖子,手肘撑在大腿上,额头埋在手掌里。我看到他的小臂上有字。他离我足够近,所以我伸手碰了碰那些字。

"这是什么?"我说。

"我的文身。"他展开胳膊。"第一批报春花含苞待放",那些文字以流畅的笔迹印刻在他的皮肤上。我说不出话来。那是《兔子共和国》的最后一句。

我亲吻了他的手背。我发现自己终于说出了"谢谢"。

他点了点头。"我解出了你文身上的《占有》,"他说,"还有《英国病人》。"

"谢谢,"我又说了一遍,"你真的很棒。"我是真心的。内森还穿着鞋带系法不一的鞋子。我不该自顾自地做出任何承诺的。

他看着我,像是在笑,但又不是真的在笑。他一直看着我,仿佛我是用外语写成的一段文字,而他正在试着找出一个他认得的词。他站起身,接着又突然坐下,仿佛刚刚才想起自己还站着。

"洛芙迪,"他说,"我去看艾奇了。就在刚才。"

"很好,"我说,"我晚点再去。我已经想清楚了所有的事。认识他是我的幸运。"

就在这时,内森的眼神像是躲闪了一下,他摇着头哭了起来。"洛芙迪,"他说,"艾奇……艾奇死了。"

"什么？"我显然是听错了。

"就在刚才，就在——"他一只手晃了晃，指着他肩膀后面的区域，"我去看他，想着这样就可以告诉你他的情况，他上一分钟还在说话，说所有事情都说开了，他是多么高兴，是多么为你骄傲，接下来——"内森现在已经是在抽噎，说话很困难。

"怎么了？发生了什么？"我跳下床，好离他近一些。我用一只手扶住了他的肩膀，而不是只用手指尖触摸他的手背。

"他死了。"内森说。他深深地吸了一口气，然后将他没受伤的那只手放在我手上，盖住了它。他的指关节是红的，有两个手指的指甲边缘参差不齐，而且烟灰已渗入他的皮肤。

那一秒，一切都停了下来。甚至，我发誓，甚至连我的心跳也停止了。

"不。"我说。世界就像咔嚓一声按下了快门，在某个地方，某个人，刚刚拍下了洛芙迪有生以来最（第二）糟糕的一天。

接着，我回过神来，开始切实地感觉到疼痛。我站在那里，一只手搭在内森肩上，他哭了，但我没哭，只是听着周围的世界轰然倒塌的声音。被困在失火的书店中的感觉完全无法与现在相比。

"出问题的是他的心脏。"内森说着，抬起头看着我。我感觉自己在摇晃——我想是因为他使用的是过去式——他伸出手臂，让我坐在他的膝头。我什么话都说不出来，只把脸颊贴在了他的头顶上，而且我——好吧，我不知道自己都做了些什么，就好像有人拿走了我的天空。

内森用手臂环住我的腰,而我感到体内所有的力量正在抽离。"他心脏病发作了,就在我眼前。他们做了——能做的一切——但是他死了。"

我张口想说:"别再说什么死不死的",但是一个字也没能说出来。我只是开始哭泣,尽管泪水中的盐分刺痛了皮肤上的创伤,用力哭泣的动作弄疼了内部的伤口,但身体上的疼痛与内心正在撕扯的感觉完全无法相提并论,过了很久很久,我才停止哭泣。

记忆
Memoir

-2016-
选择

亲爱的洛芙迪：

找到你并不难。安娜贝尔和我已经通信许久。有一次她告诉我，你在一家二手书店工作，还有一次她提到了约克。在保护你这件事上，她非常谨慎——你想象不到这给了我多大的安慰——但是除了分析她的信件之外，我什么也做不了。前后联系起来，我觉得她说的应该是真的。这值得去探索一番。

约克市有十八家二手书店，所以我决定从它们开始找起。如果找不到你，我可以将搜索范围扩大到约克郡。（因为，当然了，如果你住在约克市，乘公交车和火车旅行会很容易。你可能有辆车，不过安娜贝尔没提过你学开车的事。我还得好好思考这些事情。）

一开始，我会给书店打电话，要求找洛芙迪，但是打了两次电话之后，我想到，如果是你来接电话，那该怎么办？我不希望刚恢复联系就把你吓到。我想我应该对你温柔些，这是我亏欠你的，所以我决定趁休息时乘火车去约克市看看。

你所在的书店是我去的第二家,当我站在门外犹豫是应该进去,还是从窗口看一看时,我看到了一份启事,说的是一本遗失的诗集,上面写着"进来找洛芙迪"。我突然被吓坏了。我走到隔壁的咖啡馆喝了一杯茶,看着街上来往的行人,不知道该怎么办。我知道我不能就那样直接走进去叫你的名字,然后紧紧地抱住你,尽管那就是我想要的全部。

所有那些我们不得不谈论的事情都出现在我面前。我们该从哪儿说起呢?我们已经那么久没说过话了,又怎能突然就开启那场谈话?而且我知道,你已经说得很清楚,你不想再谈这些事了。但是我希望在分开这么久之后,你可以尝试一下。

所以我制订了一个计划。我知道你会记得我们一起挑选的那些书。我还保存着它们——我的社工帮我把它们都保存了下来——在监狱的时候,我读完了每一本。我想我可以在你下班后带着它们来见你,如果我这么做了,那我们可能会找到一些话题,一些容易开启的话题。

我到那里没多久,书店就关门了。我在街对面等着,还沿着街道走了一会儿,走到了公交车站的位置。我把那些书装在一个箱子里,它们很沉。

我看到你走出书店,然后锁上了门。我就那样看着你:你的表情很严肃,就和你以前涂色、读书、学习诗歌或是称量麦片姜饼原材料分量时一样——但是很美。你的那双眼睛,明亮如星辰。你走路的样子,你往后甩头发的样子——所有的动作都勾起了我的回忆。我看到你后又惊又喜,被钉在原地,无法动弹。你走进一条小巷,几分钟后骑着一辆自行车回来了。我想叫你的名字,但是我开不了口。我哭了。公交车站的一个男人递给了我一张纸巾。在那时,那样的事情(出乎意料的接触)让我有些害怕。等我恢复过来时,你已经走了。

所以我把书留在了台阶上。我不知道你是否能认出它们,但我希望你能拥有它们,或许会让你想起我们在桥边那家书店买书时的情景。

下一次来时,我进了书店。你不在,不过我和一个穿深黄色衬衫的可爱男人交谈了一下,我想他应该是店主。趁他不注意,我将一本书塞进一只箱子,混在了其他书中间。

接下来的一个月,我工作很忙,而且手头拮据,所以有一阵子没能过来。再来时,我带了迪莉娅·史密斯的那本书,并且把明信片夹在了里面。我不确定当时是否有勇气同你说话。我一直在想你。你已经长这么大了,而且这么漂亮,我不知道该怎样接近你。我知道你恨过我。我想你现在应该仍在恨我。我希望那些书能让事情变得容易些。我把它们当作信差。但是带那本烹饪书来的那天,我透过窗户看到了你,我知道自己没有勇敢到敢拍拍你的肩膀,或是叫出你的名字,就像你在日常生活中看到的每一个人那样。我决定写一封信,就是这封。好吧,我感觉这已经是我写的第一百个版本了。

现在我不打算告诉你所有的事,也不打算解释什么。我只想说说你或许想要知道的事,这样你就可以决定是否会在你的生活中为我留一个位置。

现在我已重返社会。我想我的生活不会再有大的改变。我在一家面包房工作,有一间小公寓,加入了一个读书会。如果能改变过去,那我一定会去做的,但是我不能。我所能做的,就是告诉你我在哪里,然后怀着希望等待。

这些年来我写过许多封信。当然有写给你的,也有写给安娜贝尔的。刚进监狱时,我给你爸爸的家人写过信,詹妮回信说让我不要再写了。当然,我之后就没再写过。总的来说,她相当礼貌。我不知道自己当时在想什么。好吧,我其实知道。我想获得人们的理解。我想要他们原谅我。但我知道原谅并不容易。

当你开始在探监时间没有出现时,我的心都碎了,但是我并不惊讶。对我来说,这一切都解释得通。不过是与照顾儿童情绪、惊恐发作、噩梦、心理创伤、时间、耐心有关。我开始扔东西,大喊大叫。我接受了药物治疗。我想到人们会说,好吧,她当然有理由发脾气。遇到那样的婚姻,其他人差不多也会有同样的行为。

我接受过心理辅导。我被视作——至少从某方面来说——环境的受害者。你可以阅读大量的与家庭暴力有关的书,直到那些语句在你耳边嗡嗡作响,但是除非你真的身处其中,否则永远也不可能明白,为什么有人会爱一个伤害她的人。这一切都只是因为她知道,是他们内心中最好的那一部分在爱她,最坏的那一部分在恨她,而且他们真的、真的想成为最好的那一部分。你的爸爸是个好人,他心肠善良但是脾气很糟。人们说我这是拒绝承认现实。或许是这样吧。我想谈论的只有你,因为每一天,这种想法都会让我感受到新的痛苦。想起你的爸爸时,我总会觉得耳畔隆隆作响,就像我们家不远处的大海发出的声音,但是想到你,却让我感觉仿佛每天醒来时都发现自己睡在外面,睡在冰雹、风暴之中。那滋味让我震惊,让我恐惧。那滋味是那样痛苦。

我想过很多次,如果那天他没发现那些钱的话,结果会怎样。我有许多思考的时间,当思考你眼下正在做什么让我太过痛苦时,我就会想前面这个问题。(你放学后会直接回家吗?有同你一起步行回家的朋友吗?放学后你有没有参加哪个俱乐部活动?你正在准备参演话剧吗?等到安娜贝尔开始和我通信后,她解答了我的一些问题,但这些答案不是我想要的。)

我在想,如果你爸爸当时找到了工作,事情会不会有所改善。虽然不算尽善尽美,但也足够好了。伤害我的时候,他知道自己的行为是错的。他永远都不会伤害你,但是我害怕你会被卷进来,所以才想着也许该带你离开。或许我本来就应该离开他,那样一来,你将拥有一个虽然破碎但更加正常的家庭。现在我不能给予你的,曾经是你的全世界。

我不是故意伤害他的,但是我的确这样做了。我不是故意的——这也是他在伤害我时可能会说的话。我不是说这样的理由就能让我的行为变得正当。但这让它变得——界限模糊,不再黑白分明。所以当警察问我发生了什么事时,当律师和出庭律师试着引导我讲出"我的理由"时,我觉得那仿佛是一场竞赛,而我还不想承认失去了你和你的爸爸,所以我什么也没说。我没有为自己辩护。我听任事情的发展。那是我应得的。但现在我明白了,那并不是你应得的。

我以为当我刑满出狱时,你或许会想见我,但是我的社工很快便告诉了我实情。她说,如果你见到我可能会惊恐发作,得考虑到你的情绪,我要有耐心。

我缺乏耐心。我心烦意乱,想要复仇,不是针对你,而是针对我自己。我无法入睡,不吃东西,而且缺席了一次考察我情况的见面会。我的社工来找了我。她将我哄上车,送去了医院。我在一家精神病院住了三个月,可能他们现在管那个机构叫什么别的名字吧。之后,我恢复了一点。那里有位咨询师,能帮我思考我自己的生活,帮我远离你,直到你准备好走进我的生活。我太累了,无法按照我想要的方式去反抗。为什么?我想要尖叫。我为什么还要继续等待?我从没想过伤害我的女儿。不,那位咨询员说,无意伤害和没有伤害是一个意思吗?

他们帮我找了个可以居住的小地方。我记得自己曾经是那么喜欢烘焙食物。我在一家工厂找了个过渡期的工作,接着去了面包房,他们把我留了下来。我又长胖了。我会去公园喂鸟，而且加入了一个读书会，还开始去一个社区花园工作。我没有在网上找到你，要么就是你不用 Facebook，要么就是你已经改了名字。

你是我人生的财富，洛芙迪，是我拥有过的最美好的事物。我知道自己已经摧毁了付出极大的努力才赋予你的所有东西——信心、安全感、被爱的感觉——那让我在与你分离的每一天里，都痛苦不堪。

我工作。我等待。我从未找到耐心，但渐渐地，耐心找到了我。

我会一直在这里，甜心，我爱你。

吻你
妈妈

诗
Poetry

-2016-
治愈你心

艾奇的葬礼办得很疯狂。当时我已经出院五天了。天气好得过分——大概是有记录以来十月最热的一天。在我们等待灵车抵达时，教堂墓地里仿佛进来了一个喜怒无常的马戏团。银鞋子、双排扣长礼服、用链条牵着一只兔子的人。到场的有两位演员、三个地位重要到需要配备保镖的人。我们事先还被人进行了安全检查，我想是因为有皇室成员前来，但不确定是不是乘直升机来的那位，或者也有可能是其他某位显要人物。具体是怎样都不重要。

仪式开始之前就已经有相当多的飞吻和哭泣声。我一开始还担心情况会很糟糕。我说的糟糕是指"并非艾奇想要"，如同惯常的葬礼一样，只是一场阴沉、糟糕的告别仪式。

但是，当然了，这次告别完全是艾奇博尔德·布罗迪设计的作品，像时钟一般精准进行着。艾奇好像对自己的葬礼如何安排有过许多思考。在他死后的几天内，每个人都收到了他的律师发送的葬礼指南，采用的是打印信件的形式,装在厚厚的蓝信封中。每个人都仿佛在一场戏剧演出中分到了一个角色。

葬礼当天,大家都按照指示行事。此情此景让我既想笑又想哭,因为这完全是艾奇的风格:在无拘无束地展示的同时,也细心地考虑到了平衡,不强迫任何人做他们无法应付的事。葬礼指挥、筹备人、马车驾驶者事先都拿到了报酬。教堂里摆满了菊花——这花在这种场合最耀眼。还有焚香的气息,如果你愿意闻烟斗的味道的话,会发现这和烟斗里冒出的烟味很像。有一条指示是交代给我们所有人的:葬礼结束后,"每一个人,我说的是每一个人都必须回我家,吃吃喝喝,尽享欢愉,一直到他们所能承受的极限"。这些计划在八个月前一定做过最后一次修订。他的律师告诉我,艾奇每年都会重新修订。

我是跟在棺材后面的第一个人。我让内森站在一侧,安娜贝尔站在另一侧,他们俩都紧紧地挽着我的手。棺材被抬到前面后,我们在第二排长椅上落座。那些将要阅读、歌唱或演滑稽戏的人——是的,真的有这些人——则坐在第一排,这样就能在轮到他们时,立即走上前去,按照艾奇分配的内容致敬。教区牧师也是艾奇的朋友,当然了,如果没有他们的帮助,你是不可能在教堂里进行吞火表演的。

一落座,我就又心碎地哭起来,就和艾奇去世后的每一天一样。我能感觉到安娜贝尔和内森的目光在我头顶交汇。接着内森伸出胳膊搂住了我的肩膀,安娜贝尔则递给我一张纸巾。我慢慢平复呼吸,想象着艾奇大喊"洛芙——迪——"的声音。

管风琴的乐声——不妨告诉你,演奏的是《在朋友们的一点帮助下》[①]——停止后,每个人都安静下来,只听见一阵像塔夫绸和薄纱那般轻盈的回声。牧师走上前来,将一只手搭在棺材上,低头俯视,然后叹了口气。

"好吧,艾奇,"他说,"没了你我们该怎么办?"

◆

虽然我已经被葬礼仪式和下葬过程折磨得筋疲力尽,但更糟的还在后面,由于悲伤,以及朋友兼保护人离去所产生的完全的丧失感,我平素的社交无能被放大了十倍。我成了继承这座大宅的女孩,每个人都想和我交谈。对于这件事有一部分人并不是那么高兴,主要是因为这些年来,艾奇在牌局中至少已经将房子输给了一打人,是他们慷慨地允许他在里面一直住到过世。艾奇和他们都握过手,却没有签署过任何文件。

然而,我所获得的遗产——房子、生意、公司户头里的钱,这一切加起来,我敢肯定,比书店有史以来的总收入还要多好几万英镑——在法律上却是无懈可击的,说到这一点,艾奇的性格中有某

[①] 披头士乐队于 1967 年推出的歌曲。

种能让体面人行体面事的特质。关于这座房子,有一些零零星星的风言风语:她喜欢牌局吗?会选择双倍下注还是退出?不过这都没什么可担心的。艾奇还有很多其他的财产,足够满足各种需求:其他的房子、一些画作、许多看似不值钱其实价值连城的物品。梅洛迪得到了他收藏的帽子,安娜贝尔得到了一个钻石手镯,还有一则指示,让她把它卖掉之后,去海上航行。她笑着说,这正是她一直想做的。(我之前怎么就不知道?)艾奇死后也像他活着时一样慷慨。

我一直坐在沙发上,整个过程中,内森和安娜贝尔轮流陪伴着我。一个小时后,每个人都醉得一塌糊涂,无法再来干扰我了。三个小时后,我溜到图书室,躺在了那张长沙发上,我知道内森跟在我身后。接下来我知道的就是,他叫醒了我。房子里没有彻底安静下来,但至少也安静了些。宴席承办人已经走了,厨房里还有人在打牌,门口守着保镖,所以说依然有一位皇室成员留在这里。

内森领着我走上楼梯。我停了下来。"我不能待在这里。"我说。

"洛芙迪,"内森说,"安娜贝尔已经为我们收拾好了一间客房。你得在这里待一段时间。不管怎样,这里还有人,我们不能走。"

我太累了,没有力气争论,于是就任由他将我推到了楼上。"我还是难以相信这是我的房子。"我说。

"感觉是很奇怪。"内森表示赞同。接着他又说:"安娜贝尔说她明晚会给你打电话。清洁工大约会在上午十一点来。如果牌局到时还没结束,他们会负责赶走那伙人。"

"好。"我说。艾奇一直是道格拉斯·亚当斯的粉丝,他说过,派对必须办得尽可能久。我猜持续到二十四小时左右,人们应该会筋疲力尽。如果再继续,那么派对本身可能也不得不补充能量了。

∽

早上九点,内森叫醒了我。安娜贝尔给我们准备的是五间卧室中最小的一间,其中有双人床、衣橱和梳妆台。它们都是二十世纪五十年代的风格,采用暖色调的暗色木材制作,有流畅的弧线造型。墙纸是威廉·莫里斯[①]风格,甚至有可能是威廉·莫里斯本人的设计,你是了解艾奇这个人的。在配套的浴室中,除木地板外,其余一切都是亮白色的。这个淋浴间是我用过的所有淋浴间中最好的,水压高,圆盘状的喷头安装在天花板上,你可以闭上眼睛,假装自己站在一场让人淋得十分痛快的热水风暴之中。窗台又宽又深,是摆放收藏的贝壳或石头的完美场所。我也许可以把这里当作我的卧室。我摇了摇头,现在想这些还太早了。

穿上衣服后,我和内森坐在阳光充足的厨房里,这里有之前醒来的客人留下的猪肉派和纽约奶酪蛋糕。那些保镖已经离开了。有人在大客厅的一张躺椅上睡觉,也有人就张开四肢睡在餐厅的地板

[①]威廉·莫里斯(William Morris, 1834 – 1896),英国设计师、诗人、工艺美术运动的引领者。

上,我希望那条正在花园里转悠的杂种猎犬是他们其中某个人的。

"你想让我明天同你一起去书店等保险评估员上门吗?"内森问。

"好的,拜托你了。"我说。你看出来了吗?我更擅长接受帮助了。好吧,让我们面对现实,如果不接受帮助,我早就困在书店里被烧焦了。

保险公司处理完这些事后,我可以雇一辆车,将这个曾庇护我、护我周全的地方所有死去的、被淋湿的、被烧焦的、碳化的痕迹全部运走。奇怪的是,我对此很期待。这是一项必须完成的工作,它并不抽象。无论我打算怎么处置这家店,都必须完成清理工作。

这座房子却是一个完全不同的问题。我知道我应该住在里面,但是要我在艾奇喜爱的旧宅里游荡,这感觉很荒谬。在慢慢滑入睡眠的过程中,我想着我可以把它改造成别的什么东西——受监护的孩子们的临时家园、一个可供丧亲人士表达哀伤的地方、刚出狱或摆脱虐待的女性的过渡期住所——但是醒来后,我无法想象自己能担负起此等重任。不过将垃圾装上车,或是擦洗地板,这些我还是能做到的。

"瓦内萨说她会帮忙,"内森说,"梅洛迪也是。"

"她们真好。"我说。我说的是真心话。

一上午就这样静静地过去了。内森和我说起了去康沃尔的事,他可以带我参观我记得或不记得的那些地方,可以去为我的爸爸扫墓。我在图书室中看一些书首页的题词,内森则躺在沙发上小睡。我从他身旁经过时,用手掌揉了揉他的额头,但他没有醒。我在所有那些已看不见艾奇的痕迹的房间里徘徊。他拟定的"当我死后"的计划中,还包括预约一家清理公司来换掉床单、洗衣服、丢掉冰箱里的食物和全部已经打开使用过的洗漱用品。他真的把每一件事都想到了,但他并不知道家里的每一英寸空间和每一个原子都散发着他的气息,我完全不知该如何对待。我把这些都告诉了安娜贝尔。

"一步一步往前走,洛芙迪。"她说。我真希望在十一岁时就学会了与她交谈,而不是一直等到现在。

我又读了一遍妈妈的信,那让我对她的思念仿佛像最初一样深切。当时我还是一个吓坏了的十岁小孩,每一个重要的人都离开了我。当我偶尔不为艾奇伤心时,就会想到妈妈和我一直以来都是那么孤独,这让我心都碎了。

我开始煎培根和鸡蛋时,内森和剩下的客人都醒了。大家吃完饭后,内森提出开一瓶香槟,这是一个冒险的策略,但它奏效了。最后两位客人听到这话时,脸色都发绿了,于是打电话叫了出租车。

此时此刻。

房子里只剩下我们两个人了。

"时间差不多了,"内森说,"你没问题吧?"

"没事。"我说的是真话。和之前相比——好吧,是和我一直以来的状态相比——我平静了许多。失去艾奇让我心痛,生活环境的变化让我不知所措，但我正在允许自己展露本真面目，并且学会向内森和安娜贝尔伸手求助——我仿佛终于找到了一个舒适地站起来的姿势，双脚踩在地上，目视前方，除了深呼吸，以及决定下一步的动作之外，别无他求。

昨天，当艾奇的棺木被放入地下时，我做了一个决定。妈妈曾经多么想要来见我，她花了那么多心思找到我，她的精神还陷入过崩溃。就和以前许多时候一样，我原本可以向内森伸手求助，可以举报罗布，可以让梅洛迪听从我的警告。我也本可以在任何一个艾奇向我表明他早已准备好的时刻告诉他所有的事情，但我都没有。

我终于明白了。我最想做的事就是去见她，但这也是我最害怕的事情。联系她并不代表着一起喝一杯咖啡叙叙旧，而意味着一个崭新的未来的开始，而这是我早就应该拥有的。

我知道我与妈妈的关系就像那座被烧毁的书店。对我们而言，没有任何事情是简单的。我也没有理由认为，事情将会变得简单起来。当葬礼车载着我们回艾奇的宅子时，我请安娜贝尔给妈妈打了电话，邀请她来看我。她说，她今天就会过来。

"你需要我自动消失吗？"内森问。

"也许一开始需要。"我说。

"那我先上楼，"他说，"需要我的话就叫我。"他轻轻地亲了我一下。我的嘴唇才刚刚愈合，有些发亮，而且很容易被再次弄破。

他从包里掏出了那本《笑脸杰克》，迈步上楼，去了我们的卧室。

我在晚秋的阳光中等待着妈妈。我想象着她将那些书留在书店的样子，想象着她将它们放在台阶上，一如往一个车祸现场献花的样子。她曾经那么想和我说话。她曾经那么恐惧。我知道那是什么感觉。

想到她的感觉，就像麦片姜饼一般温暖，就像在海岸上找到一个完美的贝壳一般甜蜜。

选择
由洛芙迪·卡迪尤于二〇一七年一月在约克的乔治与龙酒馆表演

　　没有任何人经历过我这样的生活。
　　一开始是快乐，
　　然后是不幸，痛哭。
　　那时我悲伤、愤怒、陷入了死结。
　　而且我不知该如何摆脱这种困境。

　　一夜之间失去双亲的人不多，
　　就那样——光芒消失在尽头。
　　没有应对策略，
　　看不见尽头。
　　而且我没办法摆脱这种生活。

当你只想要妈妈和爸爸,
那么没有任何人能取代。
当你推开其他人,
他们也会离开你。
我表现得像是深谙这一切,
但我其实一无所知,
而且我不知该如何从中摆脱。

当你意识到,
你的行为只是在给自己筑起一道壳,
你已经将内心的猫咪立刻、彻底、永远地关在了井中,
已经没有人能听到你必须讲述的故事,
那么你到底该怎样解决问题?

事实证明,
如果你迈出一步,
那么某个人也会和你一样。
这就像,
如果你丢出一个球,
某个很有自信的人就会接住它。

过去无法限定未来,

你有能力结束那种困境,

而那或许就是我从困境中摆脱的方式。

一家书店

门上有只铃:会发出响亮叮当声的黄铜铃铛。

店里不应该有时钟。

时间在这里毫无意义。

没有一本书是无价值的。

要有呈现出大理石花纹的光,

从旧窗户中折射进来,

提醒我们,

没有什么是真实的。

这就是你尚不了解的一切。

除了书页中一行行的文字,

每样事物都会有轻微的变数。

这里有食物。

这地方充满着各种不期而遇。

这里不应该有音乐,

但也不应该一片沉默。

触摸书脊、翻动书页吧,

别让手指那么羞怯。

角落里还有一扇谁也没有钥匙的门。

当某样遗忘的东西被找到,

会有小小的"噢"的惊呼声,

还有咯咯的笑声。

书店不是魔法,

却能偷走你的心。

这里的空气与其他任何地方都不同。

这里有记忆在翻涌。

这里有为你准备的东西。

你要做的,

就是从中选择。

你知道那些味道,广藿香、蜂蜜、盐和紫罗兰。

啊,对了,还有人。

他们一定宽恕了自己的罪,

因为他们身处此地。

书店不是魔法,

但能慢慢治愈你的心。

约克市无言书店重新开业

为全世界各地的爱书人

提供珍本和漂亮的书

楼上提供阅读的避世空间

诚挚邀请诸位莅临

店主：洛芙迪·卡迪尤

活动承办：莎拉－简·沃克

娱乐表演：内森·埃夫伯里

参观导游：梅洛迪

致谢

许多人帮助我理清了洛芙迪的故事细节:

玛丽·希尔、劳拉·莱恩、丽贝卡·梅森和玛丽恩·罗布森向我详细解释了社会工作和长期寄养看护系统的细节;

杰克·费洛斯和汤姆·弗内尔向我解释了书店失火的过程;

克尔斯滕·卢金斯和詹姆斯·威金森回答了我关于诗歌表演的许多问题;

官佐勋爵获得者巴里·斯皮克副郡长向我展示了家庭暴力相关法律的复杂性;

安尼克镇巴特书店的斯图亚特·曼比带我参观了书店的私密空间,并且让我了解了二手书销售的秘密。

我很感谢你们所有人,我声明,任何错误和误传都是我的责任,在此先表达我的歉意。

我想特别感谢"临时拼凑的泰恩河"(*Scratch Tyne*),这是一个由口语慈善组织"苹果与蛇"(*Apples And Snakes*)资助的彩排团体。在我笨手笨脚地想要理解诗歌表演,以及怎样同时对诗人和观众发挥魔力时,团体内的诗人都耐心地鼓励我。直到现在,我仍能感受到你们所有人的鼓舞。

我的试读读者包括艾伦·巴特兰、丽贝卡·梅森、艾米丽·梅德兰、汤姆·尼尔森、詹姆斯·威金森和苏珊·杨,他们的反馈至关重要,帮我弄清了该如何讲述洛芙迪的故事。

雪莱·哈里斯从一开始就阅读了本书的开头,并在整个写作过程中一直鼓励着我。

新视野咨询公司的克莱尔·戴尔给出了智慧而珍贵的反馈,指出了书中好的方面、有问题的地方,以及还能更好的部分。

艾奇这个名字来自艾奇·布罗迪,他同玛丽·亚当斯、玛格丽特·罗杰森和贝弗·里尔曼一样,都曾是我的英语老师。我上过的学校并不出名,但我认为它的英语教学十分出彩。尤其是贝弗,他在我的写作中发现了闪光的地方,我将永远心怀感激。

我的代理人,A.M.希思的奥利·芒森,同时也是我的支持者和朋友。感谢你总是对我充满信心。

伊利·德莱顿既是我的编辑,又是我的创意伙伴,我喜欢同她一起工作。她的投入和深刻的洞见创造了奇迹。同邦尼尔-扎菲尔(*Bonnier Zaffre*)公司的团队合作令人欣喜,团队中的伙伴们坚定、聪慧、充满奇思妙想。谢谢你们。

作家的家人需要忍受很多。艾伦、内德、乔伊、妈妈、爸爸、苏珊阿姨,感谢你们一直在这里,哪怕是我缺席(有时是真的缺席,但大多数时间是精神上的缺席)的时候。

与斯蒂芬妮·巴特兰的对谈

《乔治与龙酒馆的诗歌之夜》中提到了许多很棒的书。你是怎样挑选洛芙迪身上的文身的？这种选择有多重要？

我有两项标准：可能会对洛芙迪有影响的书；对洛芙迪意义重大，并且书中第一句话不太长的书。举例来说，她说过《碟形世界2：实习女巫和小小自由人》中的女主角很坚强。任何读过这本书的人都知道，蒂凡尼是一个自强自立的女主角，她生活在一片奇怪的大地上，必须依靠手头的资源拯救自己和他人。她的所作所为并不是每次都能得到认可。她利用记忆来帮助自己，保证自己的安全。洛芙迪对这一切都会有所感触。"有些事情的发生先于其他"，这句话可能会让洛芙迪产生特别的共鸣：她早期的生活就是由一连串事故组成的，矛盾在她的家中逐渐累积、放大，直到那天晚上，一切都变了。

你有一个特定的写作地点吗？

啊，有的！我在家里花园的后方有一座工作室。无线网络信号覆盖不到那么远，所以走进去关上门后，就只剩下我和我正在写的书了。我在我祖母的一个写字台上写作，周围都是我爱的事物，以及给我带来灵感的东西。

不过我认为告诉自己"这就是我写作的地方"是一件危险的事。我的第一本书是在餐桌上写的。还有一本是在约克火车站的一家咖啡馆里写的。我也曾在机场的沙发、图书馆和火车上写作。当然，我更喜欢在工作室写作，但是我认为重要的是，不要给工作方式设定限制，当在工作室写作变成一种奢侈时，没必要把它变成必要条件。

你认为在写一部小说时，调研有多重要？

写一部小说能让你最快地认识到，对于任何事情你其实都一无所知。我在写第一部小说时，有一位全科医生发挥了关键性作用。那本书写完后，我突然想到要找一位全科医生朋友讨论一下情节——就在那时，我发现书中的角色做了好几件全科医生不会被要求做的事，其中有一件还违背了职业道德！现在我在写作时会试着不想当然地写。在写作《乔治与龙酒馆的诗歌之夜》这本书时，我和诗人、律师、寄养家庭的父母、社会工作者、魔术师和书店店主都聊过。我还认为，有些事情你只有亲自动手去做，才会有真正的了解。我之前做过图书销售的工作,所以我知道那份工作是怎样进行的——不过除此之外,我还了解了诗歌表演的情况,去了惠特比,在教堂静坐了一会儿,去海滩散了步,还尝试了变魔术的感觉。

没有写作灵感时,你会怎样做?

我不确定我是否会因为"脑海一片空白"而痛苦。我确实会有写作十分困难的时候——脑袋就像艘嘎吱作响、有裂缝的旧船,去哪儿都快不了——有时候从桌子前起身时,感觉仿佛已经写完了我体内所有像样的语言,在往后的职业生涯里都只能写些黯淡无聊的边角料了。我的窍门是,记住这一点:能成为一名作家就已经是美梦成真了——虽然这样并不会让情况有所改善。在写一本书时,我会制订每日目标,一般是每天写一千个词,多写一个词就是赚了。只要我还在敲键盘,那我的状态就还行。有时候文字的确会像流淌出来一般,写到一千个词时仍然不想停笔。有时候却完全不是这样。那时我就会提醒自己,写下一千个词的烂文,以后再去修改,这总比脑海中攒了一整本小说,但要等灵感来时再写要好。

看到自己的书上市,被人分享、讨论是怎样的感觉?

美妙,奇怪,让人害怕。

写一本书时——当只有我和文档面对面时——书里的世界完全属于我,迷人又真实。出版后,任何人都可以买到它,将它放进手提袋。他们可能会很喜欢，可能根本不会读，还可能不太喜欢。这种感觉很奇怪，而且令人相当不适。关于这种转变，我的解决办法是，在写作时，把它当作"我的"书。一旦进入印刷厂，它就不再属于我了。它有自己的生命，虽然我对它很感兴趣，但是不能再像写作时那样依附于它……如果还在乎，那么一旦看到差评，我就会睡不着觉的。

你在写作时，会读其他人的小说吗？

这个问题的答案，我想是"对，不过……"，我热爱阅读，但是在写作的某些阶段必须谨慎，因为如果不谨慎，我可能会无意识地将正在阅读的元素"写进去"。所以当我仍在构建角色、背景和故事时，我倾向于避免阅读当代虚构文学作品。取而代之的是，我会转向阅读历史小说、科幻作品或重读经典。它们的世界与我小说中的世界区别足够大，这样就会阻止任何跨界现象的发生。

你的下一步计划是什么？你手头有正在写的新书吗？

当然！一般情况下，我写完一本书，会承诺自己"休息三个月"，结束休息的那一周，我就会开始从便笺中搜罗点子。我正在写的这部小说是关于一个名叫艾尔萨的年轻女人的，她因为先天性疾病接受了心脏移植，现在第一次恢复了健康，所以需要适应自己的新生活，其中会涉及探戈舞、莎士比亚、爱丁堡和电视真人秀的元素……

图书在版编目（CIP）数据

乔治与龙酒馆的诗歌之夜／（英）斯蒂芬妮·巴特兰
著；陈磊译．—北京：北京十月文艺出版社，2019.10
书名原文：Lost for Words
ISBN 978-7-5302-1988-1

Ⅰ．①乔… Ⅱ．①斯…②陈… Ⅲ．①长篇小说—英国—现代 Ⅳ．① I561.45

中国版本图书馆 CIP 数据核字（2019）第 175456 号

乔治与龙酒馆的诗歌之夜
QIAOZHI YU LONG JIUGUAN DE SHIGE ZHI YE
[英] 斯蒂芬妮·巴特兰 著
陈磊 译

出　　版	北京出版集团公司	
	北京十月文艺出版社	
地　　址	北京北三环中路6号	
邮　　编	100120	
网　　址	www.bph.com.cn	
发　　行	新经典发行有限公司	
	电话 (010)68423599	
经　　销	新华书店	
印　　刷	北京汇林印务有限公司	
版　　次	2019年10月第1版	
	2019年10月第1次印刷	
开　　本	850毫米×1168毫米　1/32	
印　　张	11.5	
字　　数	225千字	
书　　号	ISBN 978-7-5302-1988-1	
定　　价	59.00元	

质量监督电话　010-58572393
如有印装质量问题，由本社负责调换。

版权所有，未经书面许可，不得转载、复制、翻印，违者必究。

著作权合同登记号　图字：01-2018-5035

LOST FOR WORDS by Stephanie Butland
Copyright © 2017 by Stephanie Butland
This edition arranged with A. M. Heath & Co. Ltd., through Andrew Nurnberg Associates International Limited
Simplified Chinese translation copyright © 2019
by Thinkingdom Media Group Ltd.
ALL RIGHTS RESERVED.